Le bonheur d'un vétérinaire

*

Un complice pour Alice

ALISON ROBERTS

Le bonheur d'un vétérinaire

Traduction française de
VIRGINIE CANTIN

BLANCHE

HARLEQUIN

Collection : Blanche

Titre original :
THE VET'S UNEXPECTED FAMILY

HARPERCOLLINS FRANCE
83-85, boulevard Vincent-Auriol, 75646 PARIS CEDEX 13
Service Lectrices — Tél. : 01 45 82 47 47 - www.harlequin.fr
ISBN 978-2-2804-7375-0 — ISSN 0223-5056

Composé et édité par HarperCollins France.
Imprimé en juin 2022 par CPI Black Print (Barcelone)
en utilisant 100% d'électricité renouvelable.
Dépôt légal : juillet 2022.

FSC www.fsc.org
MIXTE
Papier issu de sources responsables
FSC® C159065

Pour limiter l'empreinte environnementale de ses livres, HarperCollins France s'engage à n'utiliser que du papier fabriqué à partir de bois provenant de forêts gérées durablement et de manière responsable.

1.

Alors qu'elle s'apprêtait à entrer dans la salle d'attente de la clinique vétérinaire de Coogee Beach pour appeler son premier patient de l'après-midi, Hazel Davidson s'arrêta dans son élan.

Comment avait-elle pu oublier qu'on était mercredi, et qu'elle devait éviter d'être filmée par l'équipe de télévision qui tournait son épisode hebdomadaire de l'émission *Allô Véto* ? C'était en tout cas le titre de la première saison. Aujourd'hui, elle aurait pu être rebaptisée *Allô Dr Finn*, du nom du vétérinaire vedette préféré des Australiens – et accessoirement célibataire le plus convoité du pays. C'est peut-être pour cela qu'elle avait oublié de rester discrète aujourd'hui. Ces derniers temps, les tournages se faisaient plus rares à la clinique, car la foule des fans rassemblés à l'extérieur commençait à poser problème.

Peut-être Hazel pourrait-elle demander à la nouvelle réceptionniste d'aller chercher le chiot de seize semaines amené par son propriétaire pour un bilan de santé et un vaccin ? De cette façon, elle demeurerait invisible, ce qu'elle avait réussi à faire depuis sa malheureuse apparition dans la première saison.

C'est Finn qui l'avait convaincue de se montrer à l'écran.

« J'ai besoin de toi, Hazel, avait-il dit avec ce sourire qui l'avait toujours fait fondre. Ça va être amusant ! »

Hélas, au bout du compte, ça n'avait pas été amusant du tout…

Kylie, la jeune réceptionniste, regardait Finn – qu'une maquilleuse préparait au tournage en lui appliquant une crème matifiante et un peu de laque pour discipliner ses beaux cheveux blonds – avec le genre d'expression rêveuse qu'il inspirait à toutes ses admiratrices. Ce n'était pas la première fois que Hazel se félicitait d'avoir acquis dans son enfance certains mécanismes d'autodéfense, dont celui qui consistait à dissimuler ses émotions. Sinon, elle aurait elle-même ressemblé à cette jeune femme énamourée, du moins dans les premiers temps, lorsqu'elle avait fait la connaissance du Dr Finn.

Elle savait qu'il lui suffisait de faire quelques pas pour aller chercher son patient, mais l'un des deux cameramen avait sa caméra sur l'épaule et semblait déjà filmer, alors que Finn, aux mains de la maquilleuse, était encore en pleine conversation avec le metteur en scène et les accessoiristes occupés à installer du matériel. L'adorable chiot, covedette de l'émission, n'était nulle part en vue. À moins qu'il se trouve dans cette caisse de transport posée près de l'étagère remplie de jouets pour chiens et chats ? La tentation de retourner dans son bureau dans l'espoir que l'équipe de télévision aurait disparu au moment où elle reviendrait était très forte. Suffisamment pour l'agacer, en tout cas.

— Oh ! pour l'amour du ciel ! murmura Hazel. C'est ridicule.

Levant le menton, elle fit quelques pas, ouvrit complètement la porte et entra dans la salle d'attente, mais personne ne remarqua sa présence. Toutes les têtes étaient tournées dans la direction opposée, car les portes vitrées automatiques venaient de s'écarter devant une femme affolée qui appelait à l'aide.

Oh ! non…

Hazel pressa les doigts contre ses lèvres en découvrant l'affligeant spectacle.

Non, non, non…

La visiteuse s'arrêta devant le comptoir de la réception, tenant un chien dans ses bras. C'était une femme d'âge mûr, nota Hazel, et elle semblait en grande détresse. Ses vêtements étaient couverts de sang.

— S'il vous plaît... quelqu'un peut-il m'aider ? demanda-t-elle en sanglotant. Il s'est littéralement jeté sous mes roues. Je n'ai rien pu faire…

Oubliant les deux caméras braquées sur elle, Hazel s'avança vers la femme. Lorsqu'elle l'eut rejointe, elle lui prit le chien des bras aussi doucement que possible. Mais celui-ci poussa un glapissement de douleur, et Hazel vit que sa patte arrière était très déformée et probablement cassée.

— Par ici…

Tout à coup, Finn apparut près d'elle et la suivit vers son cabinet de consultation, une main posée sur son épaule. L'équipe de tournage s'écarta pour les laisser passer, et même si elle ne les regarda pas, Hazel sentit leur excitation. C'était le genre de drame qui ne pouvait pas être simulé ni mis en scène. Il tiendrait les téléspectateurs en haleine et ferait grimper l'Audimat en flèche.

Hazel n'était pas la seule à avoir oublié tout ce qui se passait autour d'elle. Finn semblait tout aussi concentré qu'elle sur le petit chien noir qui venait d'être renversé par une voiture. L'animal était clairement sous le choc. Il gémissait de douleur et sa respiration était beaucoup trop rapide quand ils le posèrent avec le plus grand soin sur la table d'examen.

Hazel prit le stéthoscope qu'elle portait autour du cou et attendit quelques instants avant de poser la main sur la tête du chien. À la forme de ses oreilles et à son poil soyeux, on pouvait supposer qu'il s'agissait d'un épagneul, mais son museau blanc indiquait qu'il n'était pas jeune.

— Tout va bien se passer, mon beau, dit-elle doucement. On va bien s'occuper de toi…

— Il n'a pas de collier, nota Finn, et il a l'air un peu sous-alimenté. Il pourrait s'agir d'un chien errant.

Il passa doucement les mains sur le corps de l'animal pour localiser la source du saignement et chercher toute lésion interne palpable. Il n'y avait pas d'hémorragie engageant le pronostic vital, rien de visible, en tout cas. Quelques lacérations devraient être nettoyées et suturées. L'abdomen semblait normal.

— Il est en tachycardie, affirma Hazel, qui avait plaqué son stéthoscope sur le flanc du chien, là où le battement était le plus facile à mesurer.

Elle posa les doigts sur l'artère fémorale de l'animal.

— Le pouls est faible. On dirait que sa pression sanguine est trop basse.

Finn acquiesça.

— Je vais poser une perfusion et mettre des fluides en place.

— Oui. Il faut aussi lui administrer un antidouleur et le placer sous oxygène, dit Hazel avant de remettre son stéthoscope autour de son cou. Nous avons besoin d'aide, ici. Où est Anna ?

— Je suis là…

Hazel leva les yeux et aperçut l'infirmière vétérinaire qui se faufilait entre un cameraman et un technicien du son. Une perche à la main, celui-ci enregistrait toutes les conversations. Cela la contraria une seconde, mais elle oublia aussitôt qu'elle était filmée, trop préoccupée par le bien-être de son patient pour se laisser distraire.

Finn prit une tondeuse et Anna, sans même qu'on ait à le lui demander, s'approcha et saisit délicatement la patte de l'animal qu'elle immobilisa tandis que le vétérinaire la rasait pour faciliter la recherche d'une voie veineuse.

Hazel ouvrit des tiroirs et trouva rapidement le matériel pour poser la perfusion dont Finn avait besoin : une lingette désinfectante, une canule et un bouchon, du ruban adhésif et un bandage.

Elle prit un antidouleur dans l'armoire à pharmacie, puis elle s'arrêta près du chariot d'anesthésie, ouvrit la bouteille d'oxygène et posa l'extrémité du tube sur la table, près de la tête du chien.

— Oxygène en flux continu réglé à six litres par minute, dit-elle à Finn, qui approuva d'un signe de tête. Anna, pouvez-vous maintenir le tube le plus près possible de son museau ?

Finn glissa l'aiguille dans une veine, inséra la canule en douceur, puis déclipsa le garrot en l'espace de quelques secondes.

— Désolé, gentil chien, dit-il. Tu te sentiras bientôt mieux, je te le promets.

Hazel avait préparé un analgésique opioïde prêt à être injecté au moment où Finn fixa la perfusion avec du ruban adhésif. Toute cette opération lui avait paru beaucoup trop longue, mais en réalité, cela n'avait duré que quelques minutes, et tous poussèrent un soupir de soulagement. Le chien blessé se détendait visiblement au fur et à mesure que sa douleur diminuait, fermant les yeux alors que sa respiration se faisait plus lente, donnant l'impression qu'il dormait. Maintenant que leur patient était stabilisé, ils pouvaient préparer une intervention chirurgicale d'urgence pour sauver sa patte, voire sa vie.

Finn préleva un échantillon de sang, puis tendit la seringue à Hazel avec un sourire.

— Peux-tu vérifier la NFS et les électrolytes, s'il te plaît ? demanda-t-il. Je veux aussi connaître l'état des fonctions hépatique et rénale et savoir si l'on peut procéder à l'anesthésie en toute sécurité. Ce qui est très probable, vu la fracture évidente de sa patte arrière, c'est que cet animal aura besoin d'une chirurgie complexe.

— Bien sûr.

Mais Hazel ne put s'empêcher de hocher doucement la tête lorsqu'elle se détourna pour emporter l'échantillon dans la petite pièce située à côté de la salle de radiographie, véritable laboratoire interne qui abritait des appareils à la pointe de la technologie. Comme elle refusait d'apparaître dans l'émission de téléréalité, elle travaillait très rarement sur les mêmes patients que Finn, en ce moment. Cependant, celui-ci savait très bien qu'elle connaissait la marche à suivre dans une situation d'urgence telle que celle-ci et n'avait pas besoin de se faire rappeler les informations que les résultats pouvaient leur fournir. Sans doute agissait-il ainsi parce qu'il se savait filmé ? Il voulait montrer à tous son expertise et fournir des explications à un public qui n'avait pas de connaissances médicales.

— Je peux m'en charger, si vous voulez, dit Anna. Ensuite, je m'assurerai que le bloc opératoire est prêt.

Hazel secoua la tête.

— La clinique est pleine, annonça-t-elle. La salle d'attente doit être bondée.

Finn leva les yeux après avoir évalué la méchante fracture de l'animal.

— Non… Ne t'en va pas. J'ai besoin de toi, Hazel.

Cette fois-ci, nul sourire charmant n'accompagnait sa demande, ce qui ne l'empêcha pas de se sentir troublée jusqu'au plus profond d'elle-même par ses yeux bleus qui ne quittaient pas les siens.

— Les interventions orthopédiques sont autant ton domaine que le mien, ajouta-t-il pour achever de la convaincre. Et je sais à quel point tu es douée pour ça.

Anna hocha la tête en guise d'approbation.

— Je me suis occupée des patients de la clinique, dit-elle en prenant l'échantillon de sang des mains de Hazel. Nigel a terminé son opération et prendra en charge vos patients de l'après-midi. J'ai bien vu que Finn aurait besoin de vous. Et, même si les gens doivent attendre un peu plus longtemps, ils comprennent que lorsqu'une urgence comme celle-ci se présente il faut lui accorder la priorité.

Elle était postée dans l'encadrement de la porte, maintenant, ôtant à Hazel toute possibilité de s'éclipser.

Une partie d'elle-même n'en avait pas envie, de toute façon. Le chien avait ouvert les yeux, bien qu'il fût toujours allongé calmement sur la table, et il posait sur elle un regard plein d'espoir. Finn avait peut-être joué sur la corde sensible en prétendant qu'il avait besoin d'elle, mais ce chien lui disait que son besoin était bien réel. Désespéré, même. Et elle avait l'impression que l'animal comptait sur elle pour rester près de lui. Ne le lui avait-elle pas promis ?

Hazel avait beau avoir appris, ces dernières années, à faire abstraction des réactions que provoquait encore en elle le charisme de Finn, elle ne pouvait pas résister à ce chien. De nouveau, elle tendit la main pour caresser ses oreilles.

— Il faut faire des radios, dit Finn, mais sauver sa patte sera une opération très délicate, car il est assez âgé. Peux-tu te charger de soulager sa douleur ? Ensuite, nous l'emmènerons à côté afin de voir exactement à quoi nous avons affaire.

Les pensées de Hazel se bousculaient tandis qu'elle préparait les médicaments. Elle devait rester et tenter de sauver ce vieil animal. Et si c'était vraiment un chien errant et qu'il n'y ait personne pour régler ses frais médicaux et sa rééducation ? Et si l'opération présentait un tel défi qu'il serait beaucoup plus facile d'amputer la patte, tout simplement ? Dans le pire des cas, l'euthanasie pourrait même être l'option la plus raisonnable…

Hazel ferma les yeux et s'efforça de prendre quelques longues inspirations. Soudain, elle était heureuse que cette urgence soit filmée et ne se souciait pas vraiment de ce qu'on dirait d'elle. Elle pourrait non seulement aider à sauver la vie de ce chien, mais aussi avoir l'occasion de parler à beaucoup de gens de la passion qui l'avait poussée à devenir vétérinaire et de ce qu'elle faisait durant son temps libre. Elle pourrait leur parler de l'Hôtel des Animaux, le refuge que sa meilleure amie, Kiara, tenait dans la région des Blue Mountains, et qui avait grand besoin de soutien financier. Elle-même s'y rendait dès qu'elle le pouvait, et faisait tout son possible pour aider les pensionnaires.

Faire face aux éventuelles retombées d'une apparition à la télévision nationale ne serait pas cher payé pour défendre la cause qui lui tenait le plus à cœur : celle des animaux.

N'est-ce pas ?

C'était merveilleux.

Comme au bon vieux temps, quand Hazel avait commencé à travailler à la clinique vétérinaire de Coogee Beach. Avant qu'*Allô Véto* prenne une si grande place dans la vie de Finn, qui passait le plus clair de son temps – et même ses nuits, parfois – à la clinique vétérinaire qu'il avait mis tout son cœur et toute son âme à construire après son retour à Sydney.

Il avait reconnu une passion pareille à la sienne chez Hazel lorsqu'il l'avait choisie pour occuper le nouveau poste de vétérinaire dans son établissement, et cela avait été la meilleure décision qu'il ait jamais prise. Ses références, toutes élogieuses, étaient le reflet fidèle de la réalité, et ils avaient rapidement forgé une complicité sans égale dans la salle d'opération. Finn n'avait pas réalisé à quel point travailler avec elle lui avait manqué, jusqu'à ce qu'ils soient plongés dans la réduction complexe de la fracture de ce cas d'urgence qui avait franchi les portes de la clinique, cet après-midi. Il avait presque oublié à quel point elle était habile, capable de prendre des décisions réfléchies, équilibrées et importantes en un clin d'œil, et… à quel point elle se souciait des autres.

Il la regardait maintenant, alors qu'elle retirait minutieusement chaque petit morceau d'os brisé de l'incision qu'elle avait soigneusement pratiquée pour exposer la grave fracture de la patte de ce chien. Finn était heureux d'assister Hazel alors qu'elle s'attelait à la tâche délicate qui consistait à exposer puis à réparer une fracture complexe. Non seulement il prenait plaisir à observer son travail, mais il savait qu'elle était tellement concentrée sur la tâche à accomplir qu'elle en oubliait les caméras.

Finn savait parfaitement ce que voulait la productrice de l'émission – et ce qui expliquait pourquoi elle était devenue si populaire. Il s'adressa à voix basse à l'équipe de tournage qui, positionnée au fond de la salle d'opération principale, observait avec fascination le travail de Hazel.

— C'est ce qu'on appelle une fracture comminutive, expliqua-t-il. Cela signifie que l'os est cassé en plus de deux endroits. Hazel est en train de retirer les minuscules éclats d'os qui pourraient créer des problèmes à ce chien à l'avenir, puis elle décidera de la meilleure méthode pour réduire la fracture afin qu'elle puisse guérir.

Il ajusta le plafonnier pour éclairer de manière optimale le champ opératoire entouré de draps stériles qui recouvraient leur patient. Il voulait demander à Hazel de parler de ce qu'elle faisait. Si elle appréciait l'exercice, peut-être accepterait-elle de participer à l'émission de façon régulière ?

— Qu'envisages-tu, Hazel ? demanda-t-il. Des broches et du fil de cerclage ? Une fixation externe ? Ou des plaques et des vis ?

— Des plaques et des vis, répondit la jeune femme sans lever les yeux de son travail. On a assez de longueur d'os en distal et en proximal de la fracture pour permettre un minimum de trois vis dans chaque fragment. C'est la solution la plus sûre.

Finn sourit aux caméras. Il savait que cela ne se verrait pas sous son masque, mais serait perceptible au ton de sa voix. Il voulait donner au public l'impression de partager avec lui des informations confidentielles.

— En tant que vétérinaires, nous appliquons ce qu'on appelle la règle du cinquante/cinquante, dit-il. Il faut qu'au moins cinquante pour cent des extrémités des os fracturés soient en contact les unes avec les autres pour que la guérison osseuse soit possible. Il faut aussi que le patient soit stable. Une attelle ou un plâtre externe est la méthode la moins efficace pour réduire une fracture, contrairement à la fixation interne à l'aide de plaques et de vis. De plus, cela constitue le meilleur choix pour restaurer la longueur d'un os broyé comme celui que Hazel est en train d'examiner.

Il fit une pause, sachant que la caméra allait zoomer sur le haricot en acier chirurgical dans lequel Hazel déposait les minuscules fragments d'os. Une nouvelle fois, il se montrait trop bavard, songea-t-il. Il devait trouver un moyen de faire participer Hazel et d'effacer les mauvais souvenirs qu'elle gardait de sa première et unique apparition dans l'émission.

Même aujourd'hui, plus d'un an après, Finn lui-même n'aimait pas se remémorer cette histoire. Non qu'il eût été présent lorsque cette femme désagréable et sa fille avaient amené leur chat persan pour une consultation, mais il avait entendu parler de leur mécontentement lorsque Hazel était arrivée pour les accueillir. Ou plutôt, il l'avait lu, car l'incident avait fait le tour des réseaux sociaux.

La femme s'était assurée que tout le monde dans la salle d'attente bondée pouvait l'entendre avant de lancer :

— Comme nous l'avons dit quand nous avons appelé pour prendre rendez-vous, nous voulons voir le vétérinaire qui passe à la télévision. Nous avons traversé toute la ville pour ça !

— Le Dr Davidson est l'un des vétérinaires de l'émission, leur avait répondu la réceptionniste. Elle a participé à celle de la semaine dernière.

— C'est *un* et non *une* vétérinaire que nous sommes venues voir. Vous savez, le beau gosse…

La fille avait été encore plus directe que sa mère, et très blessante.

— C'est vrai. On ne veut pas de la grosse vétérinaire !

Hazel avait répondu très sèchement à ses visiteuses, avant de les faire raccompagner à la porte de la clinique.

Elle était un peu ronde, et alors ? Comme si cela changeait quoi que ce soit à ses incroyables compétences et à sa personnalité ! Finn considérait la jeune femme comme l'une de ses amies les plus proches et il avait été mortifié pour elle.

Mais Hazel avait toujours refusé de revenir sur cet incident. Depuis, elle faisait simplement son travail et ne parlait à personne si elle pouvait l'éviter. Elle était très compétente, mais aujourd'hui, même si les téléspectateurs s'en rendaient compte, Finn voulait plus. Il voulait que les gens la respectent. Qu'ils l'apprécient autant que lui.

— Alors… tu as donné des nouvelles au type qui est venu à la réception pendant qu'on faisait les radios de cette patte ? Celui qui travaille au restaurant brésilien ?

Hazel secoua la tête.

— Y a-t-il une mèche de 2,5 mm sur le chariot ?

— Oui, juste là. Tout près des vis de broches.

— Merci.

— Il a entendu parler de l'accident et s'est tout de suite présenté à la clinique. Il a été reçu par Kylie et lui a expliqué qu'il avait commencé à nourrir ce chien avec des restes de viande il y a une semaine environ. Il a essayé de s'approcher suffisamment pour l'attraper et le conduire dans un refuge mais, bien qu'il ait accepté un peu de nourriture, le chien s'enfuyait dès qu'il voulait le toucher.

Cette fois, elle leva les yeux.

— Ah oui ? J'ai oublié de demander, mais est-ce qu'Anna a aussi vérifié s'il portait une puce électronique ?

— Oui, mais hélas, il n'en a pas. Nous avons décidé de procéder à l'opération quand même car, comme tu le sais, nous avons des fonds destinés à couvrir les urgences occasionnelles. Celle-ci en fait partie.

Il perçut nettement la respiration de Hazel qui s'accéléra.

— Je sais qui pourra nous aider quand nous aurons libéré ce patient. J'ai une amie que je connais depuis l'école vétérinaire et qui dirige un merveilleux refuge dans les Blue Mountains.

— Oh ? Et elle pourrait s'occuper d'un chien qui a besoin d'une rééducation intensive ? Un chien assez âgé ? À en juger par ses dents, ses yeux et tous ces poils gris, celui-ci pourrait bien avoir plus de douze ans. Peut-être quatorze ou quinze.

— Elle peut prendre en charge n'importe quel animal en cas d'urgence, mais elle est spécialisée dans le sauvetage de cas pareils à celui-ci. Des chiens ou des chats trop âgés pour que la plupart des gens envisagent de les placer dans un foyer, parce qu'ils risquent de ne plus vivre très longtemps et qu'ils ont souvent besoin de soins médicaux coûteux. Le genre d'animaux que l'on demande sans cesse aux vétérinaires d'euthanasier parce que leurs propriétaires sont décédés ou ont été hospitalisés et qu'il n'y a personne d'autre pour s'occuper d'eux.

Finn hocha la tête. Il avait dû faire face à des demandes de ce genre dans le passé et il avait détesté ça. Mais cela ne s'était pas produit récemment. Était-ce parce qu'il était plus impliqué dans son travail à la télévision que dans la gestion quotidienne de la clinique, ou bien Hazel avait-elle secouru tous ces animaux sans qu'il le sache ?

Il savait à quel point elle se souciait de ses patients, mais son admiration pour le soin qu'elle apportait à tous les animaux venait d'augmenter de plusieurs crans.

— Et les vieux chiens sont si attachants ! ajouta-t-elle

d'une voix tremblante. J'ai grandi avec un chien qui a vécu jusqu'à dix-huit ans et il était…

Elle hésita à poursuivre, comme si elle avait changé d'avis sur ce qu'elle était prête à révéler.

— C'est grâce à lui qu'est née ma vocation de vétérinaire, ajouta-t-elle. Comment peut-on faire piquer un animal pour des raisons de commodité, ou pire, l'abandonner alors que rien ne justifie un tel traitement ? Je ne comprendrai jamais !

Soudain, elle s'était animée. Elle avait les joues roses et ses yeux brillaient. Lorsqu'elle se tut, le bip du moniteur cardiaque en arrière-plan résonna dans la pièce. Finn avait envie de savoir ce qu'elle n'avait pas souhaité dire, mais il devina que poser une question qui touche à sa vie privée était le moyen le plus sûr de l'effrayer. Or il ne voulait pas que cela arrive.

Elle reprit son travail méticuleux, observant la plaque d'acier inoxydable qu'elle avait déjà façonnée pour qu'elle s'adapte à l'os en place tandis qu'elle perçait des trous pour recevoir les vis. Finn avait suffisamment d'expérience dans le domaine de la téléréalité pour savoir qu'il tenait là un sujet intéressant. La passion dont elle faisait preuve dans l'exercice de son métier était très séduisante, et donnait envie de mieux la connaître. En l'écoutant, on ne pouvait s'empêcher d'admirer son abnégation, son courage et son grand cœur. Il espérait qu'elle trouverait un jour quelqu'un qui reconnaîtrait ses immenses qualités et la ferait se sentir aussi bien qu'elle le méritait, songea-t-il en souriant de nouveau sous son masque.

— Parle-moi de ce refuge.

— Ça s'appelle l'Hôtel des Animaux.

On aurait dit que Hazel souriait, elle aussi.

— Nous avons trouvé ce nom ensemble. En imaginant un hôtel rempli d'animaux heureux, qui vivaient ensemble en parfaite harmonie…

— C'est un nom charmant.

— Oui, mais les histoires de ses occupants le sont moins. C'est à la suite d'événements dramatiques qu'ils arrivent au refuge, mais nous faisons tout pour leur faire oublier leurs malheurs passés.

— Nous ?

— Oui. Je donne un coup de main à mon amie dès que je peux. C'est pour ça que je conduis une vieille camionnette plutôt qu'une vraie voiture.

— Ce n'est pas une vieille camionnette, mais un fourgon vintage, souligna Finn avec un sourire.

Il regarda la caméra en face, comme s'il faisait des confidences aux téléspectateurs.

— Il est rouge vif et très beau.

— Peu importe, reprit Hazel. Ce qui compte, c'est que je puisse mettre deux caisses à l'arrière pour aller chercher un chien ou un chat dans une clinique ou un refuge après le travail ou si le téléphone sonne au milieu de la nuit parce qu'il y a un animal en détresse quelque part. Hélas, je ne peux pas tout faire. Nous avons reçu un appel au sujet d'un âne qui doit être relogé d'urgence parce qu'il ne peut pas marcher, mais je n'aurais pas pu le faire entrer dans la camionnette et, de toute façon, il n'y a pas de place pour aménager un paddock au refuge.

Finn hocha la tête d'un air compatissant mais garda le silence. Il n'avait jamais entendu Hazel aussi désireuse de parler de quelque chose qui faisait partie de sa vie privée.

— J'adore ce refuge, ajouta-t-elle. Et j'ai la plus grande admiration pour ce que fait Kiara. Certaines histoires sont déchirantes, mais elle fait toujours de son mieux. Même aujourd'hui, alors que les choses deviennent de plus en plus difficiles.

— Pourquoi ?

— Nous avons quelques soucis financiers. Ce n'est jamais bon marché de s'occuper d'animaux, surtout s'ils ont des problèmes de santé importants et, malheureusement, certains d'entre eux finissent leur vie au refuge.

Elle leva les yeux de son travail et laissa son regard errer sur le pelage presque gris de son patient.

— Je ne voudrais pas que cela arrive à ce vieux chien. Je le prendrais moi-même, sans hésiter, si je le pouvais, mais je vis dans un appartement en sous-sol. S'il finit ses jours à l'Hôtel des Animaux, j'irai lui rendre visite.

Finn se promit d'aller parler à la productrice de l'émission. Ils pourraient indiquer les coordonnées du refuge à la fin de cet épisode et inciter les téléspectateurs à faire un don, peut-être. Il en parlerait à Hazel plus tard. Si rien d'autre n'était fait, il s'assurerait qu'elle défende sa cause à l'écran et que son message soit diffusé. Il voulait contribuer à sauver des animaux, et jugeait important qu'une de ses collègues attire l'attention du public sur le bien-être d'une partie de la population des animaux de compagnie.

Il avait également un bon pressentiment quant à la réussite de l'opération qu'elle était en train de mener. Il se pencha pour regarder le résultat tandis que Hazel irriguait la plaie et la nettoyait.

— Tu as fait un travail incroyable, lui dit-il. Je ne vois même plus les lignes de fracture.

— Il faut juste refermer et poser une attelle à cette patte, puis s'occuper des autres lacérations. J'aimerais stopper l'anesthésie dès que possible.

— Il faut donner un nom à ton patient. On ne peut pas écrire « Vieux chien » sur sa caisse, n'est-ce pas ?

— Ben.

La suggestion de Hazel fut si rapide que Finn comprit que c'était sa décision.

— C'était le nom de ton chien ? demanda-t-il doucement. Celui avec lequel tu as grandi ?

Hazel ne leva pas les yeux pour répondre.

— Oui… Il était noir, lui aussi… Et maintenant… replaçons ce périoste sur l'os ! ajouta-t-elle d'un ton signifiant que la conversation était terminée.

Plus d'une heure plus tard, Ben, le vieux chien noir, sortit du bloc opératoire, blotti dans des couvertures. Il fut installé dans un box de la clinique et confié aux bons soins d'une infirmière spécialisée à qui Anna avait donné ses instructions. L'équipe de télévision remballait son matériel, la salle d'attente s'était vidée de ses patients et de leurs propriétaires, Kylie se préparait à rentrer chez elle et Hazel avait quitté sa blouse pour enfiler des vêtements de ville.

— Je vais chercher quelque chose à manger et je reviens, dit-elle à Finn. Je voudrais rester un peu pour garder un œil sur Ben.

Finn acquiesça. Avec la productrice de l'émission, il était occupé à regarder le moniteur installé sur l'une des énormes caméras.

— C'est un beau plan, Jude, dit-il. Je devrais insérer une voix off pour expliquer ce qui se passe, mais je ne voudrais pas couper ce que Hazel dit sur le refuge. C'est merveilleux, n'est-ce pas ?

— Oui, dit la productrice. Ça pourrait être intéressant d'aller visiter cet endroit. C'est un joli nom, l'Hôtel des Animaux !

Hazel se moquait de manger. Ce qui venait de se passer pourrait constituer un tournant pour le refuge, et faire connaître au plus grand nombre cet endroit extraordinaire ! Elle revenait sur ses pas, cherchant les bons mots pour convaincre Finn et l'équipe de tournage d'aller le visiter, quand un son inattendu retint son attention. Cela ressemblait au miaulement d'un chat affamé. Hazel n'était pas la seule personne déconcertée par le bruit car Finn, intrigué, demanda :

— Qu'est-ce que c'est ? Il n'y a personne dans la salle d'attente.

Hazel jeta un regard à l'étagère des jouets et des friandises pour chiens et chats, d'où provenait le son. Bizarrement, une grande caisse de transport pour animaux était posée au sol, différente de celles que la clinique vendait, et Hazel se rappela l'avoir déjà vue auparavant, durant l'heure de plus grande affluence de la clinique.

— Quelqu'un a dû oublier son animal, dit-elle. Ce ne serait pas la première fois. Les propriétaires rentrent à la maison et paniquent en s'apercevant que la cage de transport n'est pas à l'arrière de la voiture.

Secouant la tête, elle se dirigea vers la caisse et s'accroupit pour regarder à travers la porte grillagée sur laquelle était fixé un petit mot. Comme elle le décollait pour regarder à l'intérieur, le cri retentit de nouveau. Plus fort, cette fois.

— Oh ! mon Dieu ! chuchota-t-elle. On dirait que… c'est un bébé !

— Pas possible…, murmura Finn en fixant la caisse de transport.

— Voyons ce que dit ce mot, reprit Hazel.

Elle vit le cameraman et la productrice de l'émission échanger un regard alors qu'elle déchiffrait le message écrit sur le papier. Le cameraman remit sa caméra sur l'épaule. Il y avait encore de l'action à la clinique vétérinaire de Coogee Beach et ils ne voulaient pas en perdre une miette !

— Que lis-tu ? demanda Finn.

Hazel hésita. Finn n'apprécierait sûrement pas que tout le monde apprenne ce qu'elle venait de découvrir. Comme il s'approchait à longues enjambées, elle décida de lui montrer le mot plutôt que de le lire à haute voix.

Elle vit son visage pâlir quand il lut à son tour :

À l'attention du Dr Finn

Vous vous occupez tout le temps d'animaux dans votre émission.

Vous pouvez donc vous occuper de cette enfant.

C'est la vôtre.

2.

Sous le choc, Finn écarquilla les yeux.

— La *vôtre* ? répéta-t-il, incrédule. Quelqu'un veut me confier un enfant en prétendant que c'est le mien ? C'est… une blague ?

Il se retourna face à la caméra pointée directement sur lui.

— C'est ça, n'est-ce pas ? Une farce ? C'est l'anniversaire de quelqu'un de l'équipe de tournage, aujourd'hui ?

— Je ne pense pas qu'on essaie de te confier l'enfant de quelqu'un d'autre, dit doucement Hazel, tendue à l'extrême. Cette note suggère que ce bébé est ta fille. Est-il possible que… tu sois son père ?

Personne ne disait mot, à l'exception du bébé qui poussa un cri plus fort que le précédent. Anna, qui s'apprêtait à quitter la clinique, se figea, tandis que Kylie, derrière le comptoir d'accueil, regardait Finn, bouche bée. Quant à Jude, la productrice de l'émission, elle haussait les sourcils si haut qu'ils disparaissaient sous sa courte frange. Le cameraman, lui, observait la scène avec un léger sourire.

— Qu'est-ce que ça veut dire ? reprit Finn, soudain furieux. Cela n'est pas possible…

Il tourna la tête et Hazel sut qu'il cherchait son regard. Il voulait s'assurer qu'elle le soutiendrait à cent pour cent, comme elle l'avait toujours fait. Elle aurait voulu répondre à sa demande muette mais, au lieu de cela, pour une raison obscure, elle baissa la tête et tendit les mains vers la caisse pour en extraire délicatement le bébé, couché dans un couffin.

Elle ignorait comment il avait pu rester endormi si longtemps, mais il avait vraiment besoin qu'on s'occupe de lui, maintenant. Son pyjama était humide, alors Hazel alla chercher une couverture dans une armoire et emmaillota l'enfant qu'elle serra fermement contre sa poitrine. Comme par miracle, les pleurs cessèrent, et Hazel découvrit des yeux écarquillés qui la fixaient avec curiosité. Elle sentit son cœur se serrer : c'était le bébé le plus adorable qu'elle ait jamais vu, et elle fut soudain saisie du désir de le protéger coûte que coûte.

Émue aux larmes, elle effleura ses cheveux noirs : ils étaient doux comme de la soie.

— C'est la première fois que je vois des cheveux de bébé aussi bouclés, murmura-t-elle. Et regarde ses cils…

En un clin d'œil, Anna la rejoignit, et admira l'enfant à son tour.

— C'est une fille, non ? Personne ne mettrait une grenouillère rose avec une licorne à un garçon !

— Oui, affirma Hazel. C'était précisé dans le mot.

Finn laissa échapper un soupir exaspéré, froissa le morceau de papier dans sa main et le jeta par terre. Puis il lança un regard furieux au cameraman.

— Arrêtez de filmer tout de suite ! Ce n'est pas drôle. Pour l'amour du ciel, tout le monde sait que je suis en couple avec Shannon Summers depuis au moins un an !

Hazel se mordit la lèvre. Tout le monde savait aussi que ses relations avec Shannon étaient plutôt… intermittentes, et ressemblaient davantage à un arrangement entre amis. Elle ne pouvait pas être la seule à penser qu'il y avait quelque chose de faux dans sa liaison avec cette influenceuse si populaire qu'ensemble ils formaient le couple le plus médiatisé d'Australie… Et tout le monde savait, sans aucun doute, qu'une infinité de femmes, toutes grandes et blondes comme Shannon, attendaient en coulisses que cette idylle prenne fin pour tenter de séduire le célèbre vétérinaire.

— On devrait peut-être appeler la police, suggéra Jude. En tout cas, c'est un vrai scoop !

Elle glissa un regard au cameraman.

— N'y songe même pas ! lança Finn. Hors de question de montrer cette enfant à la télévision. Celui qui a fait ça doit chercher à se faire de la publicité pour une raison quelconque. C'est le genre de chose qui arrive tout le temps aux célébrités.

— Je n'en suis pas si sûre, murmura Hazel. La personne qui a laissé ce bébé ici prétend que tu en es le père…

— Eh bien, elle se trompe ! rétorqua Finn avec force.

Son regard était si intense que Hazel comprit qu'il disait la vérité.

— Tu pourrais faire un test ADN, reprit Jude. J'ai un ami qui travaille dans un laboratoire et qui pourrait t'aider. Je crois qu'il est possible d'obtenir un résultat en quarante-huit heures environ. Tu veux que je l'appelle ?

Finn secoua la tête.

— Je te remercie, mais c'est inutile. Je ne suis pas le père, j'en ai la certitude absolue.

Anna s'accroupit pour examiner le couffin dans lequel le bébé avait été installé.

— Je me demande s'il y a autre chose là-dedans. Oui, regardez… il y a un biberon et du lait en poudre. Et quelques couches, aussi. Elle en a bien besoin !

Hazel acquiesça.

— Si vous voulez bien préparer un biberon, je vais aller la changer.

— D'accord, répondit Anna. Qu'est-ce que le mot dit d'autre, à part que c'est une fille ?

Hazel jeta un coup d'œil à Finn, qui avait toujours l'air

désemparé, tandis que Kylie ramassait la boulette de papier froissé et la dépliait pour la tendre à Anna.

— Attendez ! s'écria Hazel. Je peux voir ?

Finn et elle n'avaient vu que la note gribouillée au recto du papier, mais il y avait autre chose au verso.

— Elena Ferrari, lut-elle à voix haute alors que le bébé recommençait à pleurer. Date de naissance : 29 août... Donc elle a...

— Six semaines, dit Anna. Et elle est visiblement affamée... Je vais préparer ce biberon.

Finn fronça les sourcils.

— Ferrari ? Elena Ferrari ?

— Peut-être que quelqu'un sait quelle voiture vous conduisez ? suggéra l'un des techniciens de l'équipe.

— Il conduit une Porsche, précisa le cameraman. Noire. Dernier modèle. C'est mieux qu'une Ferrari, si tu veux mon avis.

— C'est un nom étrange, murmura Jude, l'air pensif. Italien, mais pas très courant en Australie, à ma connaissance.

Hazel ne pouvait s'empêcher d'observer Finn, et d'avoir envie de lui venir en aide. Elle dut se retenir pour ne pas l'envelopper de ses bras et le réconforter en le serrant contre elle.

— Ce nom te dit quelque chose ? demanda-t-elle.

— J'avais une amie au lycée qui s'appelait Elena Ferrari, dit-il lentement. Drôle de coïncidence, non ?

— C'était une amie proche ? Une petite amie ? insista Hazel.

Elle comprit, à la façon dont le visage de Finn s'adoucit, qu'elle avait vu juste. L'expression nostalgique qui avait assombri ses yeux bleu outremer lui fit penser qu'Elena devait avoir beaucoup compté pour lui. Un premier amour, peut-être ?

Elle se livra à un calcul rapide, puis décida qu'il ne

s'agissait pas d'une coïncidence. James Finlay avait trente-six ans. Il devait avoir eu environ dix-sept ans vers la fin du lycée. Si la mère de ce bébé était aussi jeune, alors…

Alors…

— Oh ! mon Dieu, Finn ! chuchota-t-elle. Et si ce bébé n'était pas ta fille, mais… ta petite-fille ? Y as-tu pensé ?

Oui.

C'était possible.

Finn était capable de gérer les situations délicates et de résoudre les problèmes les plus épineux, mais jamais il n'aurait imaginé se retrouver dans un tel imbroglio. L'idée qu'il puisse être grand-père était si absurde qu'elle devait impérativement être étouffée dans l'œuf. Maintenant.

— Anna, pouvez-vous préparer du lait maternisé pour le bébé ? Kylie… Je sais que vous voulez rentrer chez vous, mais vous serait-il possible de faire d'abord un tour au supermarché et d'acheter quelques produits dont nous pourrions avoir besoin dans l'heure qui vient ?

Il lui adressa son sourire le plus enjôleur, et cela sembla fonctionner.

— Que voulez-vous ?

— Un paquet de couches, et du lait en poudre. Tout ce qui peut être utile pour prendre soin d'un bébé.

Il lui tendit une carte de crédit.

— Utilisez le compte de la clinique.

Alors que les portes automatiques s'ouvraient pour laisser sortir Kylie, il ajouta :

— Tout le monde peut y aller, maintenant ! Je vais contacter la police et les services sociaux et nous allons régler ça en un rien de temps. Oh… Jude ? Je pourrais avoir le nom de ton ami qui fait des tests ADN ? Au cas où…

Comme Hazel s'avançait vers lui, Finn fut pris de panique.

S’apprêtait-elle à lui tendre le bébé ? Croyait-elle qu’elle devait rentrer chez elle, elle aussi ?

— Tu ne peux pas me laisser, Hazel, dit-il à voix basse, mais assez fermement pour que son message soit très clair. J’ai besoin de toi…

Comme elle levait vers lui un regard perplexe, il ajouta :

— S’il te plaît ? Je sais que j’ai l’air de tout maîtriser, mais ce n’est pas le cas. Je suis un peu perdu, pour être honnête… et, de tous mes amis, tu es celle en qui j’ai le plus confiance…

Hazel hocha la tête, confirmant ce qu’il savait déjà : elle était la personne la plus gentille du monde.

— Je vais dans la salle de consultation, dit-elle calmement, en montrant la couche, dans sa main. J’ai besoin d’une table et de lingettes.

Finn resta dans la salle d’attente, et prit plusieurs respirations profondes en essayant de décider qui il devait appeler en premier. La police ? Son agent ? Son avocat ? Ou Shannon – pour l’avertir qu’un incident sérieux venait de se produire et l’inciter à en profiter pour mettre à jour son statut sur les réseaux sociaux ?

Cinq minutes plus tard, Anna revenait avec un biberon de lait maternisé chaud, suivie de Hazel qui avait changé le bébé. Quand Anna lui tendit le biberon, Finn sentit l’angoisse s’emparer de lui.

— Il faut que j’aille surveiller les cas postopératoires. Y compris Ben.

— Oh…

Hazel se mordit la lèvre. Elle voulait aller voir le vieux chien, elle aussi, mais cela signifiait que Finn devrait rester avec le bébé.

— Viens t’asseoir, dit celui-ci à la hâte en lui tendant le biberon, tu seras plus à l’aise.

— Je vais m’occuper de Ben ! lança Anna. Il va probablement passer le reste de la nuit à dormir, de toute façon.

Finn se tourna vers Hazel.

— La police voudra sans doute te parler, reprit-il. C'est toi qui as trouvé l'enfant. Te souviens-tu d'un autre détail ?

À ce moment-là, Kylie revint du supermarché, un énorme paquet de couches dans une main et un sac de matériel de puériculture dans l'autre.

— Je dois vous laisser, maintenant, dit-elle. Je ne veux pas rater mon bus.

Hazel s'assit dans un fauteuil pour nourrir la petite Elena. Au début, celle-ci refusa la tétine, mais sa faim fut la plus forte et au bout de deux tentatives, elle commença à téter goulûment, sans quitter Hazel du regard.

— La pauvre ! murmura la jeune femme. Tu étais affamée, n'est-ce pas, Ellie ?

Finn grimaça en entendant ce diminutif, qui lui rappelait des souvenirs enfouis. Non… il ne voulait pas penser à Ellie ! Elle avait dévasté sa vie… et brisé son cœur.

— Crois-tu qu'on pourra retrouver sa mère ? demanda-t-il pour chasser ses pensées douloureuses.

— Je l'ignore, mais je suis sûre qu'elle sera retrouvée si elle le souhaite.

— Qu'est-ce que ça veut dire ?

— Elle est sans doute très jeune et a du mal à gérer la situation. Elle doit avoir besoin d'un peu de temps. Il peut s'agir d'un appel à l'aide – peut-être au seul membre de la famille qu'elle peut approcher.

— Je ne suis pas un membre de la famille, corrigea Finn, bien qu'il commençât sérieusement à en douter.

— Réfléchis, dit Hazel : on dépose un bébé dans ta clinique. Ce bébé porte le même nom qu'une jeune fille avec qui tu as eu une relation, il y a… dix-sept, dix-huit ans ? Es-tu absolument sûr que la Elena Ferrari que tu as connue n'est pas tombée enceinte ?

— Je ne sais pas répondit-il spontanément. Elle a quitté le lycée avant moi et je n'ai plus jamais entendu parler d'elle.

— Mmm…

Abasourdi, il secoua la tête. Une adolescente enceinte et célibataire qui quittait le lycée précipitamment, et dont la situation familiale était loin d'être idéale…

Oui, c'était possible. Mais ce qu'il n'arrivait pas à concevoir, c'était le fait qu'il était devenu grand-père sans jamais avoir été père.

Non. Non, non, non…

Bébé Ellie avait très faim. Alors que son petit ventre se remplissait, elle se fit plus lourde dans les bras de Hazel. Elle avait du mal à garder les paupières ouvertes. Hazel avait déjà nourri au biberon des chatons et des chiots orphelins, et même un ou deux kangourous, mais elle avait atteint l'âge de trente-deux ans sans avoir jamais nourri un bébé humain. Si c'était aussi agréable de donner le biberon, alors allaiter devait être merveilleux ! Elle sentait monter en elle des émotions très fortes et inédites, quand elle s'aperçut que Finn la regardait.

Il la regardait vraiment. Il ne se contentait pas de l'observer, comme il l'avait fait quand elle avait opéré la patte fracturée de Ben. Soudain, elle eut le sentiment qu'il était lui-même en proie à des émotions bouleversantes, et elle sentit une étrange connexion s'établir entre eux. Se pouvait-il qu'en la voyant tenir ce bébé il ait l'impression de la voir pour la première fois, non en tant que collègue ou amie, mais en tant que femme ?

— Et si c'était vrai ?

Ses mots n'étaient plus qu'un murmure.

— Cela détruirait mon image. Ma carrière, probablement. Ma vie, peut-être, ajouta-t-il.

— On ne sait jamais, répondit Hazel. Ça pourrait aussi s'avérer la meilleure chose qui te soit jamais arrivée.

Finn laissa échapper un soupir dubitatif.

— Que faire ? Appeler les services sociaux ? Tu crois qu'ils ont des hébergements d'urgence pour les bébés comme on en a pour les chiens, les kangourous ou les autres animaux ?

Hazel fronça les sourcils.

— Qu'attends-tu pour appeler quelqu'un ?

Elle raffermit légèrement son emprise sur la petite Ellie.

— Et si c'était vrai ? répéta-t-elle. Si c'était ta petite-fille, tu ne crois pas que l'abandonner dans un foyer d'accueil pourrait être pire pour ton image ?

Finn secoua la tête d'un air désemparé.

— Je ne sais pas quelle est la meilleure chose à faire pour empêcher les médias de s'emparer de cette histoire. L'info est peut-être déjà en ligne, n'est-ce pas ? Jude a beau vouloir me protéger, d'autres dans cette équipe ont peut-être des amis qui seraient ravis d'exploiter un scoop comme celui-ci.

Soudain, Hazel sentit un puissant instinct de protection s'emparer d'elle, et elle enfouit le visage dans le cou du bébé endormi. L'attitude superficielle de Finn la décevait. Et si le personnage de séducteur qu'il s'était construit n'était pas qu'une façade destinée à le protéger ?

— Pas étonnant que Shannon Summers et toi soyez ensemble ! Vous êtes faits l'un pour l'autre ! s'écria-t-elle. Vous croyez tous les deux que l'opinion du plus grand nombre – les millions de personnes qui vous suivent sur les réseaux sociaux – est plus importante que tout le reste, n'est-ce pas ?

Finn cligna des yeux, surpris. Il s'attendait à ce qu'elle le soutienne, et voilà qu'elle l'attaquait ! Que lui prenait-il donc ? Le moment était mal choisi pour laisser s'exprimer des sentiments qu'elle retenait depuis très longtemps – depuis qu'elle avait compris qu'elle avait un faible pour Finn – mais maintenant que la grenade était dégoupillée, il n'y avait pas moyen de l'empêcher d'exploser.

— Vous êtes tous les deux très superficiels, poursuivit-elle. Vous êtes beaux, vous êtes riches, mais vous n'avez pas grand-chose d'authentique. Tout est faux sur les réseaux sociaux, tu sais ?

Elle désigna de la tête le bébé qui s'était profondément endormi, la tétine dans la bouche.

— Ça, c'est bien réel. Et c'est tout ce qui compte.

Elle tendit le bébé à Finn, qui leva instinctivement les mains pour le prendre.

— Tu ne me croiras peut-être pas, mais je pense que montrer que tu te soucies d'un bébé qui est très probablement ta petite-fille fera beaucoup de bien à ton image, à ta carrière et, plus encore, à ta vie.

Elle lui tourna le dos avec l'intention de s'éloigner pour aller voir Ben mais, prise d'un besoin soudain de mettre plus de distance encore entre eux, elle dirigea ses pas vers les portes automatiques. L'infirmière en poste dans le service postopératoire s'occuperait très bien du vieux chien et elle pourrait la contacter à tout moment si elle avait des inquiétudes. Et Anna avait raison – avec les antalgiques que Ben recevait en même temps que sa perfusion de fluides, il était plus que probable qu'il ne se réveillerait pas cette nuit.

Mais elle ne voulait pas rentrer chez elle, songea-t-elle. En réalité, il n'y avait qu'un seul endroit où elle pouvait aller pour se changer les idées : l'Hôtel des Animaux. Et plus vite elle y arriverait, mieux cela serait.

3.

Les Blue Mountains, qui devaient leur nom aux eucalyptus dont le feuillage bleuté enchantait les visiteurs, couvraient des milliers de kilomètres carrés de terres accidentées à l'ouest de Sydney. Destination touristique très prisée, la région était connue pour ses forêts et ses falaises abruptes, ses canyons et ses chutes d'eau, ses grottes souterraines, ses centaines de kilomètres de sentiers de randonnée et sa riche culture aborigène.

Même si elle était préoccupée, Hazel admira la brume qui recouvrait les montagnes au soleil couchant. Elle sentit une partie de son stress s'évanouir en prenant une longue et lente inspiration, qu'elle relâcha dans un soupir. Elle se sentirait encore mieux lorsqu'elle aurait atteint la petite ville de Birralong, suffisamment isolée pour n'avoir jamais fait partie d'aucun circuit touristique, bien qu'elle ne soit située qu'à une heure environ du centre de Sydney.

Elle avait très envie de s'asseoir enfin dans la véranda de la vieille maison que sa meilleure amie avait héritée de sa grand-mère, avec son jardin et sa forêt. Ce serait l'endroit parfait pour se détendre et revenir sur l'une des pires journées qu'elle ait vécues depuis très longtemps. Non qu'elle puisse boire un verre de vin, parce qu'elle avait l'intention de retourner au travail plus tard, mais peut-être Kiara et elle pourraient-elles trouver quelque chose de drôle à dire à propos des événements qu'elle venait de vivre. La chute du célèbre Dr Finn brusquement rattrapé par son passé, peut-être ?

Non. Hazel voyait peut-être son patron sous un jour nouveau, mais elle ne pourrait jamais se réjouir du malheur d'autrui, et encore moins de quelqu'un à qui elle tenait autant qu'à Finn. De nouveau, elle laissa échapper un soupir, de satisfaction cette fois. Même si elle n'avait pas prévu de quitter la ville aujourd'hui, elle n'avait pas fait le mauvais choix en venant voir son amie, dans un endroit qu'elle adorait depuis toujours et où elle se sentait comme chez elle.

Malheureusement, elle ne pouvait pas se permettre de vivre ici. Kiara avait déjà du mal à joindre les deux bouts, même si elle avait eu la chance d'hériter de cette propriété. Le terrain qui entourait sa maison, juste assez grand pour accueillir le refuge et la petite clinique vétérinaire, devait pourtant valoir une fortune, car il était facilement accessible depuis Sydney.

Comme elle ralentissait pour traverser Birralong, Hazel aperçut une silhouette sur le bord de la route, près d'un arrêt de bus. Quelque chose la poussa à écraser la pédale de frein de sa chère camionnette.

C'était un chien.

Il était allongé, immobile, comme mort. Le cœur lourd, Hazel ouvrit l'arrière de son véhicule. Elle ne pouvait pas le laisser ici ! Elle enfila les gants qu'elle utilisait d'habitude pour se protéger contre les animaux agressifs et prit une couverture.

— Que s'est-il passé ? Il a été renversé par une voiture ?

Un homme s'approcha d'elle tandis qu'elle s'accroupissait et couvrait le corps du chien avec la couverture.

Hazel secoua la tête.

— Je ne pense pas. Il n'y a pas de signe évident de blessure externe. Il a pu être abandonné parce qu'il était malade et que son propriétaire n'avait pas les moyens de l'emmener chez le vétérinaire.

— Incroyable ! dit l'homme. Au moins, il n'est pas mort. Je vois sa poitrine se soulever.

Hazel cligna des yeux. Il avait raison. La couverture bougeait légèrement. Elle la fit glisser et l'inconnu retint son souffle.

— Il n'a plus que la peau sur les os…

Hazel ne trouvait pas les mots pour décrire l'un des pires cas de maltraitance animale qu'elle ait jamais vus. Cette chienne squelettique, noire et blanche, était peut-être un border collie, mais c'était difficile à dire, avec ce pelage emmêlé et ces plaies infectées. Mais elle respirait et ses yeux étaient à demi ouverts.

— Il y a une vétérinaire pas loin d'ici, dit l'homme. Au refuge, en haut de la rue.

— Je sais. En fait, c'est là que je vais. Et ce ne serait pas la première fois qu'un animal malade ou blessé serait abandonné près du refuge.

— Oh… Tant mieux, alors.

Il hésita un instant, puis proposa de l'aider à charger l'animal dans la camionnette. Hazel hocha simplement la tête avec reconnaissance. Elle ne se sentait pas capable de gérer cela seule, en ce moment.

Il attendit qu'elle ait fermé le hayon, prête à transporter sa patiente enveloppée dans la couverture, pour demander :

— Ça n'a pas l'air bon, n'est-ce pas ?

— Non. Mais merci pour votre aide.

— J'ai entendu dire que la vétérinaire du refuge était très compétente. Elle devrait pouvoir faire quelque chose.

— Je l'espère, dit Hazel en s'installant au volant.

Elle n'était pas sûre qu'on puisse encore sauver cette pauvre chienne, mais au moins elle et Kiara pourraient lui offrir un endroit plus confortable pour mourir que le bord d'une route.

Des larmes coulaient sur les joues de Hazel lorsqu'elle gara la camionnette dans la cour de la maison et en sortit la chienne. Il était peu probable que Kiara soit à la clinique à cette heure tardive, mais elle s'en approcha quand même.

— Kiara ? appela-t-elle, anxieuse. Kiara ? Où es-tu ? J'amène une chienne blessée…

— Dans les box ! Tiens bon, j'arrive…

— Je l'ai trouvée sur le bord de la route, près de l'arrêt de bus de Birralong, expliqua Hazel à son amie dès qu'elle apparut. Elle est… oh, Kiara, c'est horrible !

Kiara s'accroupit à côté d'elle, découvrant ce qu'elle-même connaissait déjà, et… c'était trop. Hazel dut se détourner de la scène pour retenir ses larmes. Du coin de l'œil, elle vit Kiara qui tenait la tête de la chienne en la regardant comme elle-même avait regardé Ben quelques heures seulement auparavant. Une fois de plus, elle sentit son cœur se serrer.

— Est-ce qu'on peut faire quelque chose pour elle, à ton avis ? demanda Hazel. Avec tout ce qui s'est passé aujourd'hui… je ne pense pas pouvoir supporter ça.

Kiara lui lança un regard interrogateur, mais Hazel se contenta de hocher la tête. Elle lui raconterait plus tard. Pour l'instant, elles avaient bien plus urgent à régler.

— Elle est encore jeune, dit Kiara. Peut-être…

— Oh ! Kiara, regarde-la ! Elle a été tellement maltraitée que, même si nous réussissons à lui sauver la vie, elle sera marquée à tout jamais, physiquement et émotionnellement. Et puis il y a le coût des soins. Qui va payer ? Nous savons toutes les deux que parfois la meilleure chose à faire est… de les laisser partir. Nous pouvons nous assurer qu'elle ne souffre pas.

— Nous allons faire mieux que ça, répondit Kiara sans quitter la chienne des yeux. Amenons-la au bloc !

Elle leva les yeux, croisant le regard de Hazel.

— Je sais qu'on ne peut pas vraiment se le permettre,

mais c'est pour des cas comme celui-ci que l'Hôtel des Animaux a été créé. Si je dois faire faillite, au moins ce sera pour la bonne cause !

Peut-être que ce discours énergique était exactement ce que Hazel avait besoin d'entendre. Kiara était forte et elle savait qu'elle l'était aussi, au fond d'elle-même. Ne s'était-elle pas toujours relevée, jusqu'à présent ? Seule ? Se battre aux côtés de quelqu'un d'autre, avec le même objectif et en se soutenant mutuellement, était un cadeau qui était arrivé tard dans sa vie.

Son amitié avec Kiara, qu'elle avait rencontrée à l'école vétérinaire, était le genre d'amitié dont elle avait rêvé durant toute son enfance et son adolescence. Une relation fondée sur des valeurs communes, comme la loyauté et la compassion, et qui vous donnait la force de relever des défis même s'ils semblaient impossibles.

Oui, toutes les deux, elles pouvaient réussir !

Le travail pendant l'heure qui suivit fut beaucoup plus intense et difficile que les efforts de l'après-midi, car la chienne était dans un état précaire. Mais comme Kiara et Hazel avaient l'habitude de travailler ensemble et qu'elles savaient exactement ce qu'elles faisaient, elles pouvaient accomplir ces tâches ingrates – comme raser la fourrure pour nettoyer les plaies – en parlant d'autre chose.

— As-tu une idée de la manière dont tu pourrais couvrir les coûts ? demanda Hazel.

Kiara secoua la tête.

— Non, mais cela n'a plus d'importance. Qu'est-ce qu'une dette de plus parmi tant d'autres ? L'Hôtel des Animaux est voué à la fermeture, de toute façon.

— Mais… pourquoi ?

— J'ai reçu un devis pour réparer les dégâts causés par les termites et c'est… eh bien, c'est impossible. Même si j'hypothéquais la propriété pour trouver l'argent, je ne pourrais pas faire face aux remboursements.

— Tu ne peux pas fermer, Kiara ! As-tu songé à faire payer plus cher tes clients ?

— Comment ? En hébergeant plus de chiens et en les vendant au plus offrant ? Ce n'est pas comme ça qu'on fait les choses, tu le sais bien.

— Fais de la publicité, alors ? J'ai participé à un épisode d'Allô Véto aujourd'hui, et j'ai parlé du refuge à la productrice. Elle est intéressée pour venir ici tourner un épisode, et avec un peu de chance, cela pourrait déboucher sur des dons.

— Attends… Je croyais que tu avais juré de ne plus jamais apparaître dans cette émission ?

— En effet, acquiesça Hazel. Mais il y a eu un imprévu. Un magnifique épagneul noir errant s'est fait renverser à quelques mètres de la clinique par un chauffard qui a pris la fuite, et il avait besoin d'une opération du tibia. Finn pense qu'il doit avoir quatorze ou quinze ans. Il lui fallait aussi un nom, alors je l'ai appelé Ben.

Kiara la regarda.

— Ben ? Ce n'était pas ton premier chien ?

— Si.

— Ni toi ni moi ne pouvons résister aux chiens, conclut Kiara.

— Ça, c'est bien vrai !

Elles travaillèrent en silence pendant quelques instants. Kiara savait que Ben avait été le seul ami de Hazel dans son enfance, et que c'est à lui qu'elle devait sa vocation de vétérinaire. Sa mort l'avait dévastée, même s'il avait vécu jusqu'à un âge très avancé.

Kiara avait également deviné depuis longtemps qu'elle éprouvait pour Finn des sentiments qui allaient au-delà de la simple amitié professionnelle.

— Pourquoi as-tu passé une mauvaise journée, aujourd'hui ? Ben ne s'en est pas sorti ?

Hazel secoua la tête.

— Ben va bien, pour autant que je sache, et j'irai le voir quand je rentrerai. C'est Finn qui a des problèmes. Figure-toi qu'un bébé a été déposé dans la salle d'attente avec un mot affirmant que c'était le sien…

— Non ! Raconte…

Hazel raconta comment elle avait trouvé la petite Ellie, et à quel point elle avait été déçue par la réaction de Finn.

— Sa petite amie ne va pas être contente ! dit Kiara. N'est-ce pas elle qui gagne sa vie en se faisant photographier en maillot de bain, puis en faisant retoucher les photos pour donner aux autres femmes des objectifs impossibles à atteindre ?

Hazel ne put s'empêcher de rire.

— Oui. C'est ce qu'on appelle une influenceuse.

Elle se redressa pour soulager la douleur dans son dos.

— Je vais juste prendre un verre d'eau.

Elle vérifia son téléphone posé près de l'évier. Elle avait reçu un texto et pensa que l'état de Ben s'était détérioré, mais le message n'était pas de l'infirmière de nuit de la clinique. Il n'était pas non plus d'Anna, mais de Finn.

Où es-tu ? Peux-tu m'appeler, s'il te plaît ?

Hazel n'était pas encore prête à communiquer avec Finn. Au lieu de répondre au message, elle enfila une nouvelle paire de gants pour continuer à soigner la chienne. Bientôt, elles sauraient si cette première tentative de sauvetage avait porté ses fruits, et elle pria pour que leurs efforts soient récompensés.

— Le monde est devenu fou, lâcha soudain Kiara. Les gens ont assez de stress à gérer en ce moment sans que des influenceurs aggravent la situation.

— À qui penses-tu ?

— J'ai eu ma part de drame, aujourd'hui, moi aussi. Avec un homme dont la sœur vient de se suicider et qui s'est vu confier la garde de sa jeune nièce, traumatisée par ce deuil soudain. Son autre sœur vit en Angleterre. Il se trouve que cette femme, avant de repartir, m'avait demandé de leur trouver un chien, et m'a offert pour cela une somme qui me suffirait à régler le problème des termites…

— Vraiment ? dit Hazel. Ça paraît trop beau pour être vrai.

— Le montant proposé était incroyable, reprit Kiara, mais je n'ai même pas un chien convenable pour un enfant.

— Et pourquoi pas celui-ci ? suggéra Hazel.

Kiara la fixa, stupéfaite.

— Tu as perdu la tête ?

— Peut-être, mais deux âmes blessées ont besoin d'aide. Pourquoi ne pas tenter de leur apporter un peu de réconfort ?

— Hazel, c'est ridicule.

— Je ne crois pas. Tu devras trouver une maison à cette chienne, même si tu es en faillite, remarqua Hazel. Surtout si tu es en faillite, d'ailleurs. Pourquoi ne pas la confier à quelqu'un qui a les moyens de payer ?

— Peut-être que je pourrais l'appeler Bunji, murmura Kiara d'un air pensif. Cela veut dire « compagnon », « ami », en langue aborigène.

Hazel hocha la tête. La grand-mère de Kiara, aborigène, lui avait appris les rudiments de sa langue.

— Mais non, c'est impossible. On ne peut pas donner une chienne aussi fragile à une fillette de dix ans ! reprit Kiara.

— Donne-la à son oncle, alors. On dirait qu'il a bien besoin d'un ami, peut-être plus que sa nièce. Et s'il tombe amoureux de Bunji, il pourrait même rembourser son traitement. C'est une bonne idée, non ?

— Je ne suis pas sûre de vouloir leur confier un chien. Et puis, même si je changeais d'avis, il faudrait que je passe quelques jours chez eux, pour le dresser. Qui va s'occuper de ma clinique, pendant ce temps ? Je ne peux pas te demander de prendre plus de congés et je n'ai pas les moyens de payer qui que ce soit d'autre. C'est impossible, je le crains.

Comme Hazel fronçait les sourcils, son téléphone bipa.

— Je ferais mieux de voir de quoi il s'agit, dit-elle en enlevant ses gants. Je suis inquiète pour Ben.

Une fois de plus, c'était Finn qui lui écrivait. Elle lut son SMS en retenant son souffle.

> Je suis désolé. Tu as raison à propos de tout. Cette enfant est bien réelle et je ne peux pas gérer la situation tout seul. J'ai vraiment besoin de toi, Hazel.

Bouleversée, Hazel se tourna vers son amie.

— Je dois y aller, Kiara.

— C'est Ben ?

— Je… suis sûre qu'il va bien mais j'aimerais le vérifier par moi-même. Et puis, tu veux sans doute connaître les résultats de la prise de sang le plus vite possible. Je vais faire faire les analyses dès que j'arrive.

Kiara hocha la tête.

— Ne t'inquiète pas. Nous avons fait tout ce que nous pouvions pour l'instant. Je vais rester auprès de ma patiente. Merci beaucoup pour ton aide.

— Pense à mon idée de confier Bunji à cet homme. C'est peut-être vrai que les gens – et les chiens – n'entrent pas dans nos vies par hasard.

Et les bébés ?

4.

Tendu comme un arc, Finn attendit le retour de Hazel pendant plus d'une heure, puis l'appela.

— Quand tu arriveras à mon immeuble, gare-toi à l'arrière. Il y a une porte coupe-feu et tu peux entrer avec un code. Je te l'enverrai par SMS. Il faudra prendre l'escalier plutôt que l'ascenseur. Désolé… Qui aurait pensé que vivre dans un penthouse présenterait des inconvénients ?

— Mais… pourquoi toutes ces précautions ?

— Quelqu'un a divulgué cette histoire aux médias. Probablement le cameraman. Ils ne savent peut-être pas tout, mais ils savent qu'il se passe quelque chose et ils sont rassemblés devant mon immeuble. Ils ont surpris Shannon à son arrivée mais, heureusement, elle a prétendu n'avoir aucune idée de ce dont ils parlaient.

— Shannon est avec toi ? demanda Hazel, surprise.

— Pas pour longtemps, répondit-il d'un ton désabusé. Apparemment, elle n'aime pas s'occuper des bébés.

Il y eut un silence à l'autre bout de la ligne, et il crut entendre Hazel soupirer.

— Alors, tu as ramené Ellie chez toi ? Comment va-t-elle ?

Finn traversa le vaste salon de son appartement. Shannon arpentait le balcon offrant une vue panoramique imprenable sur la côte de Coogee. Elle était en train de faire des selfies, et ajustait sa position pour capter les lumières du paysage urbain, derrière elle. Les portes coulissantes étaient fermées pour éviter que la fumée de sa cigarette entre dans la pièce. Finn ne lui accorda qu'un regard las. Devant lui, Ellie était blottie dans un nid de coussins sur le canapé. Il avait l'impression qu'elle n'avait pas cessé de pleurer depuis qu'il l'avait ramenée après la visite de la police et d'un représentant des services sociaux. Il savait que Hazel entendait ses pleurs.

— Je dois… m'occuper d'elle, dit-il simplement. Je t'envoie le code dans une minute.

Shannon entra alors que, le bébé dans le creux du bras, il lisait les instructions au dos de la boîte de lait en poudre. Elle se tenait là, superbe dans sa robe de soirée pailletée noire fendue jusqu'aux cuisses et dont le décolleté ne laissait pratiquement rien à l'imagination.

Elle avait l'air… artificielle. Et elle était furieuse, sans aucun doute.

— Je ne peux pas croire que tu me fasses ça, Finn ! Tu sais combien notre présence à cette soirée de gala est importante ! Il y aura là des sponsors qui pourraient faire ou défaire ma carrière…

— Je t'ai déjà dit que j'étais désolé. Je n'avais pas vraiment prévu que ça arrive, tu sais.

Finn mesura soigneusement une cuillère de poudre et la versa dans le biberon qui contenait déjà de l'eau bouillie tiédie. Quand le fait d'être populaire sur les réseaux sociaux était-il devenu une « carrière », exactement ? Fallait-il dépasser le demi-million de *followers* ? Y aurait-il un jour un diplôme en réseaux sociaux à l'université ?

— Si on se dépêche, on peut encore arriver à temps. Tu connais sûrement quelqu'un qui pourrait s'occuper de ce bébé pendant un moment, non ?

Finn baissa les yeux sur Ellie. Elle pleurait toujours, mais c'était un gémissement plutôt qu'un hurlement, ce qu'il considéra comme une victoire. Il vissa la tétine et secoua le biberon.

Il pouvait comprendre que l'on puisse trouver un peu

vain le style de vie de sa petite amie, mais lui poursuivait une véritable carrière de chirurgien vétérinaire. Ce n'était pas parce qu'il avait pris une dimension supplémentaire en devenant célèbre à la télévision que son métier n'avait plus de sens. Et d'ailleurs, pourquoi donc se souciait-il de ce que pensait Hazel ?

Parce que, au fond, il avait honte de ce qu'il avait ressenti lorsqu'il avait envisagé la possibilité d'être le grand-père de ce bébé ? Il avait vu un reflet de lui-même dans la réaction de Shannon, et cela lui avait déplu.

« Un grand-père ? s'était exclamée la jeune femme, horrifiée. Sais-tu à quel point ça te vieillit ! Hors de question de poster quoi que ce soit sur les réseaux sociaux, après ça ! »

Depuis que Hazel lui avait déposé le bébé dans les bras, il s'était habitué au poids et à la chaleur de ce petit être dont il avait la responsabilité. Rien, dans la vie qu'il avait menée jusque-là, ne l'avait préparé à cela.

C'était plus qu'un simple contact avec un nouveau-né. C'était l'idée qu'il était soudain lié à quelqu'un qui attendait quelque chose de lui, quelqu'un qu'il craignait de décevoir.

Sa vie de célibataire lui convenait parfaitement et il n'avait pas envie de changer. Sa carrière évoluait sans cesse, il n'avait jamais à s'inquiéter de la manière dont il allait payer ses factures et… ce n'était pas désagréable d'avoir du succès avec les femmes.

— Pourquoi ne vas-tu pas seule à cette soirée ? suggéra-t-il à Shannon. Tu peux sortir par l'escalier de secours sans avoir à parler à quiconque.

— Pourquoi devrais-je me faufiler hors de chez toi ? Je n'ai rien fait de mal ! protesta Shannon.

— Non, bien sûr. Mais les paparazzi voudront te photographier et te poser des questions embarrassantes.

— Ce qui m'embarrasserait, c'est d'assister à une réception sans mon petit ami ! Nous sommes censés être en couple et c'est toi qui es invité. Comment pourrais-je y aller seule ?

— Tout se passera bien. Tu n'as pas besoin d'être à mon bras pour attirer l'attention, tu sais.

— Ne te flatte pas ! répliqua Shannon, acide. Quand nous sortons ensemble, c'est toi qui prends mon bras, pas l'inverse. Combien de *followers* as-tu ?

Finn fut heureux d'entendre la sonnette. Enfin, Hazel était là ! Comme elle entrait, Shannon traversa le salon, sa pochette sous le bras, et se planta devant elle.

— Vous travaillez avec Finn, n'est-ce pas ? Vous êtes venue pour faire du baby-sitting, alors ? lança-t-elle en regardant sa montre – sans doute pour voir s'il restait assez de temps pour que Finn enfile son smoking et fasse une apparition à la soirée.

— Non, répondit celui-ci avant que Hazel puisse cligner des yeux. Hazel n'est pas une baby-sitter, elle est venue m'aider un peu, c'est tout.

Shannon secoua l'extraordinaire crinière de cheveux blonds qui lui frôlait les fesses et regarda Finn par-dessus son épaule.

— Appelle-moi… plus tard.

Le regard qu'elle lança au bébé était glacial, et Finn sentit naître en lui un désir de protéger le petit être qu'il tenait dans ses bras.

Oh ! mon Dieu…

La fureur que Shannon Summers avait laissée dans son sillage était palpable, songea Hazel en fixant la porte que la jolie blonde venait de claquer derrière elle. Les avait-elle surpris en pleine dispute ? Peut-être était-ce pour cela que Finn avait l'air dévasté ? Son col était déboutonné et ses manches retroussées. Il avait une barbe naissante et ses cheveux étaient emmêlés, comme s'il y avait passé les doigts à plusieurs reprises.

Pourtant, se dit-elle, il n'avait jamais été aussi attirant, et elle sentit son cœur chavirer. Elle aurait voulu laisser libre cours à l'émotion qui s'emparait d'elle, le serrer dans ses bras et lui dire que tout irait bien. Et, pour être tout à fait honnête, elle avait envie de l'embrasser pour oublier le monde et ses problèmes, au moins pour un petit moment.

Mais tout cela était ridicule ! songea-t-elle en secouant la tête pour chasser ces pensées inconvenantes. La petite amie de Finn venait juste de passer la porte et elle savait à quel point il serait incongru de tenter de séduire cet homme qui tenait un bébé grognon dans les bras ! Un bébé qui refusait le biberon qu'il lui présentait…

— Ça marchera peut-être mieux si tu t'assieds, suggéra Hazel.

Heureusement, Finn ne lui demanda pas de prendre le bébé. Il s'assit et essaya de nouveau de lui glisser la tétine dans la bouche. Un peu de lait coula, et Ellie se mit à hurler de plus belle.

— Je ne suis pas très doué, dit Finn en tentant de conserver son calme.

Hazel se sentit fondre alors qu'une étrange chaleur se répandait dans son corps. Rien sur Terre n'aurait pu l'empêcher d'aider Finn, de faire tout ce qu'elle pouvait pour le rendre un peu moins malheureux.

Elle s'assit près de lui, sur le canapé, et prit le bébé dans ses bras. Elle le tint quelques instants contre son cœur en le berçant, tout en lui parlant avec douceur, puis elle déposa un baiser léger sur ses boucles soyeuses. Ensuite, elle plaça la tétine sur la lèvre inférieure d'Ellie et attendit qu'elle l'aspire d'elle-même.

Quand les hurlements firent place à de doux bruits de

succion, Finn laissa tomber sa tête contre le canapé et poussa un gros soupir.

— Merci, dit-il simplement.

Ils restèrent assis en silence pendant quelques instants, savourant la tranquillité retrouvée. Hazel serrait avec plaisir le bébé dans ses bras, très consciente de la présence de Finn tout près d'elle. Elle sentait la chaleur de sa cuisse qui touchait presque la sienne…

Elle rompit le silence pour chasser les pensées dérangeantes qui envahissaient son esprit.

— Alors, dis-moi… Je suppose que Shannon n'a pas bien pris ce qui s'est passé ?

D'un geste de la main, Finn lui fit comprendre qu'il ne souhaitait pas évoquer ce sujet, et Hazel ne put s'empêcher d'en ressentir un certain soulagement. Il méritait une relation vraie, avec une personne sincère, et non ce genre de mise en scène permanente.

— J'ai parlé à la police. Et aux services sociaux. Nous nous sommes mis d'accord sur le fait que l'important était d'assurer la sécurité du bébé et que, s'il y avait un lien familial entre nous, la mère serait plus encline à s'adresser à moi plutôt qu'aux autorités.

Hazel était impressionnée que Finn ait même envisagé cette option.

— C'était courageux de ta part.

Soucieux, Finn se frotta les tempes.

— C'est seulement pour quelques jours. J'ai aussi contacté le type qui s'occupe des tests ADN et il est venu faire des prélèvements. J'ai payé une somme considérable pour un service urgent, et j'aurai un résultat en quarante-huit à soixante-douze heures, avec un peu de chance. Ça pourrait même être beaucoup moins long que ça si la personne qui a abandonné le bébé se manifeste.

Le regard de Hazel se posa sur les sacs alignés sur le comptoir de la cuisine.

— Je sais que j'ai été absente de la ville pendant quelques heures, mais comment diable as-tu réussi à faire les courses ? Il y a même un siège auto. Anna t'a aidé ?

— Non. C'est Margaret, la responsable des services sociaux. Anna a appelé pour dire que l'épagneul allait très bien. Il s'est réveillé, a bu de l'eau et a même remué la queue. Elle a renforcé son analgésie et il devrait dormir toute la nuit, maintenant. Tu n'as pas besoin d'y aller.

— Très bien. Je vais rester ici et t'aider, alors.

Finn secoua la tête, puis prit une profonde inspiration.

— Je ne peux pas rester ici, dit-il. Pas avec les journalistes qui guettent dehors. La mère de ce bébé – ou son père, comme tu l'as suggéré – ne s'approchera pas dans ces conditions, de crainte d'être importunée. Je ne vais pas non plus faire de déclaration à la presse, pas avant de savoir à qui j'ai réellement affaire ; or je ne le saurai pas tant que le résultat du test ADN ne sera pas connu.

— Que feras-tu quand tu seras fixé ?

— Si ce bébé n'a aucun lien de parenté avec moi, nous rendrons l'affaire publique et essayerons de trouver sa mère.

— Et sinon ?

Le regard que lui lança Finn exprimait une grande détermination.

— Si c'est ma petite-fille, je ferai ce qu'il faut.

Hazel était très fière de cette attitude, qui la rassurait. Elle était également soulagée de ne pas avoir été aveuglée par ses sentiments pour Finn. Sous des dehors futiles, c'était un homme bon et généreux, un homme dont toute femme aurait aimé être amoureuse.

— C'est là que tu interviens, reprit-il.

— Ah oui, comment ?

— Je vais aller dans la maison de campagne que je possède dans les Blue Mountains et faire profil bas avec le bébé jusqu'à ce qu'on en sache un peu plus. J'espère que nous pourrons filer discrètement et utiliser ta camionnette pour échapper aux paparazzi.

Hazel avait entendu parler de la propriété que Finn avait achetée il y a quelque temps. Des photos avaient été publiées dans un magazine et elle savait qu'elle se trouvait à proximité de l'Hôtel des Animaux.

— J'espère que tu pourras m'accompagner et rester un peu là-bas avec moi, ajouta Finn. Juste pour une nuit ?

Juste pour une nuit…

On aurait dit le titre d'un film romantique, songea-t-elle avec ironie.

— Je sais que tu viens de faire l'aller-retour mais je peux conduire, tu sais, poursuivit Finn, plein d'espoir. Et ce serait plus raisonnable que tu dormes sur place plutôt que de reprendre la route, tu ne crois pas ? J'ai appelé ma gouvernante il y a un moment et elle va s'assurer que les lits soient faits et le frigo rempli.

Hazel se surprit à sourire. Elle savait déjà qu'il ne fallait pas se laisser aller à ses fantasmes, mais cette perspective la réjouissait, et elle avait du mal à dissimuler son plaisir.

— Alors, c'est d'accord ? Je ne peux pas te dire à quel point je te suis reconnaissant ! dit Finn avant de se pencher pour déposer un baiser sur sa joue. Tu es la meilleure amie qu'on puisse avoir, Hazel.

Une amie ? C'était mieux que rien, n'est-ce pas ? Mais, si elle n'était qu'une amie, comment se faisait-il que son baiser fasse naître en elle des sensations aussi enivrantes ? Il avait besoin d'elle et elle ne pouvait pas nier que cela lui faisait plaisir. Quelque chose avait changé entre eux depuis que ce bébé avait surgi dans leur vie. Hazel avait l'impression qu'il la voyait telle qu'elle était pour la première fois. Elle percevait aussi quelque chose de nouveau chez lui, une maturité qu'elle n'avait pas remarquée auparavant.

Dans ses bras, Ellie s'était endormie. Hazel se leva et

la déposa soigneusement dans un espace douillet fait de coussins étalés à l'extrémité du canapé, puis elle enroula une couverture épaisse autour d'elle avant de lancer à Finn :

— Préparons nos affaires et mettons-nous en route, d'accord ?

5.

Dans la douce lumière de l'aube, Hazel ouvrit la porte de la chambre qu'elle occupait dans la maison de campagne de James Finlay et découvrit… un décor de conte de fées. Elle se trouvait dans une grande véranda meublée de canapés et de fauteuils en osier garnis de coussins moelleux qui invitaient à la détente. Une vieille glycine courait sur le toit et les murs de verre, et l'on apercevait à travers ses fleurs parfumées qui formaient un rideau des haies de buis soigneusement taillées, des roses, un étang entouré de pelouses et de très grands gommiers.

Le parfum des fleurs était enivrant, et elle écouta avec ravissement le chant des oiseaux, le rire d'un kookaburra, tandis que la faune des Blue Mountains s'éveillait alentour. Elle entendit aussi le cri d'un cacatoès, qui déploya ses ailes blanches pour aller se poser sur la branche d'un arbre, donnant l'impression qu'une grande fleur y avait soudainement éclos.

— Bien dormi ?

Hazel sursauta, puis se tourna vers la silhouette qui l'observait depuis l'autre côté de la véranda. Elle n'avait pas eu le temps de visiter la maison lorsqu'elle et Finn étaient finalement arrivés ici, à presque 2 heures du matin, après avoir rusé pour échapper aux paparazzi qui les épiaient sans relâche.

— Je me suis endormie très vite, avoua-t-elle. Je suis désolée de ne pas t'avoir aidé à coucher Ellie.

Elle observa Finn. En jean délavé, il avait les pieds nus et portait une chemise déboutonnée. La barbe naissante qui ombrait ses joues paraissait très sombre dans la lumière matinale et elle aperçut des lignes profondes au coin de ses yeux, qu'il semblait avoir du mal à garder ouverts. Le bébé, bien emmitouflé dans une couverture, somnolait au creux de son bras. Hazel se sentait coupable d'avoir eu quelques heures de sommeil dans le lit le plus confortable qui soit, alors qu'il avait visiblement moins bien dormi qu'elle. Elle ressentait également un mélange de pitié et de fierté pour lui, qui faisait face à un défi de taille au lieu de le contourner en confiant Ellie aux services sociaux.

— Laisse-moi la prendre, proposa-t-elle en tendant la main vers le bébé. Tu te sentiras peut-être mieux après une bonne douche ?

— Elle est calme, maintenant, et je préfère ne pas la bouger, répondit-il, mais j'ai besoin d'un café. Si tu pouvais m'en apporter un, je t'en serais reconnaissant. Oh… et il faudra un autre biberon, je pense.

— Je vais chercher ton café. Je n'en ai pas pour longtemps, dit Hazel en s'éloignant en direction de la cuisine, que Finn lui avait vaguement indiquée lorsqu'ils étaient arrivés, cette nuit.

Les planchers étaient recouverts de magnifiques tapis et il y avait tellement de fenêtres que la maison serait inondée de soleil plus tard dans la journée. La cuisine au joli sol de pierre était aménagée avec tant de goût qu'elle aurait pu figurer dans un magazine de décoration.

L'énorme réfrigérateur était bien garni et le cagibi qui servait de garde-manger ressemblait à un supermarché miniature. Hazel n'avait aucune idée de comment faire fonctionner ce qui ressemblait à un percolateur, mais elle trouva une cafetière et une boîte de café moulu. Elle glissa deux tranches de pain complet dans le grille-pain et prépara un plateau.

Voir le visage de Finn s'illuminer lorsqu'il vit l'assiette pleine de toasts au beurre de cacahuète et à la confiture procura à Hazel un étrange plaisir. Elle posa le plateau sur la table, devant lui.

— J'ai pensé que tu aurais besoin de prendre des forces.

Finn souleva sa tasse de café, en prenant soin de la tenir bien éloignée du bébé. Il ferma les yeux en buvant une gorgée, puis une autre. Quand il les rouvrit, il les planta dans ceux de Hazel et dit avec chaleur :

— Parfait, ça fait du bien. Merci.

— De rien.

Elle regarda au loin.

— Oh… Ce sont des kangourous, dans ce paddock ?

— Oui. On en voit souvent à cette heure de la journée. Chaque fois que je viens ici, je me demande pourquoi je ne le fais pas tous les week-ends. J'adore cet endroit !

— C'est magnifique, approuva Hazel en prenant un morceau de pain grillé. À quoi servent les paddocks ? Tu as des chevaux ?

Il secoua la tête.

— J'ai embauché un couple pour entretenir la propriété. Ils ont une ferme à proximité. Sandra s'occupe du ménage et des courses, et son mari du domaine. Il fauche les paddocks avec son tracteur pour les garder propres.

Ses yeux se fermèrent d'eux-mêmes, et il se tut soudain.

— Pourquoi n'irais-tu pas dormir quelques heures ? suggéra Hazel. Je ne suis pas de garde à la clinique ce matin et je dois aller au bloc pour quelques opérations de routine en début d'après-midi, donc je peux m'occuper un peu d'Ellie. Lui donner un petit déjeuner et un bain, peut-être. Je suppose que tu voudras venir avec moi pour récupérer ta voiture ?

Finn secoua de nouveau la tête.

— Je ne veux pas m'approcher de mon immeuble. Les médias ne doivent rien savoir de cette histoire, ce qui signifie que je vais probablement devoir éviter aussi la clinique, même si c'est là que la mère du bébé risque de se présenter. J'appellerai Nigel et Anna plus tard pour organiser tout cela. Tu pourrais te faire remplacer un jour ou deux, toi aussi…

Elle s'empressa de tuer dans l'œuf tout espoir qu'il veuille la retenir pour passer du temps avec elle, simplement pour le plaisir. Incapable de retenir sa frustration, elle lança :

— Pourquoi ? Tu veux que je m'occupe d'Ellie ? Tu as besoin d'une baby-sitter ?

Finn se sentit agressé par la remarque, ce qui, dans l'état d'épuisement dans lequel il se trouvait, n'était pas étonnant. Durant ces dernières heures, il s'était efforcé de ne pas perturber le sommeil de Hazel alors qu'il essayait, sans succès, de calmer le bébé.

Il voulait juste être avec elle. Était-ce donc si étrange ? Il voulait auprès de lui quelqu'un qui puisse traverser cette crise sans flancher, quelqu'un avec qui il se sentait suffisamment à l'aise pour laisser parler son cœur. Il n'y avait entre eux aucune ambiguïté – même si, pour être tout à fait honnête, il se surprenait à prendre un grand plaisir à sa compagnie. Hazel n'avait jamais été impressionnée par sa célébrité ou sa fortune. Il savait qu'elle ne le suivait pas sur les réseaux sociaux et qu'elle le voyait tel qu'il était, au-delà du personnage qu'il s'était si soigneusement construit.

Mais voulait-il vraiment que quelqu'un le voie pour ce qu'il était – ou avait été – et lui dise la vérité sur lui-même ?

Il avait délibérément laissé cette partie de son passé derrière lui… jusqu'à maintenant, en tout cas. Jusqu'à ce qu'un bébé portant le nom de la femme qui l'avait jadis sauvé fasse irruption dans sa vie. Il secoua la tête pour écarter cette pensée gênante, et parla avec une sincérité absolue.

— Non. Je ne te demande pas de faire du baby-sitting. J'assume l'entière responsabilité de ce bébé. C'est juste que… je redoute de me sentir seul pendant quelques jours et… j'aime bien l'idée de passer du temps avec toi. Loin du travail. On ne l'a jamais vraiment fait, n'est-ce pas ?

Son regard croisa le sien, et il ajouta :

— J'ai aussi pensé que tu aimerais changer d'air. Ça fait combien de temps que tu n'as pas pris quelques jours de congé ?

— Un moment, admit-elle.

— Et qu'est-ce que tu en as fait ? Où es-tu allée ?

Elle sourit.

— Pas très loin. J'ai aidé Kiara à construire de nouveaux enclos au refuge.

Ah… le refuge. La passion de Hazel. Soudain, il pensa au chien nommé d'après un animal de compagnie qu'elle avait chéri dans son enfance.

— Tu te souviens, quand tu as dit que tu prendrais Ben si tu ne vivais pas dans un appartement ?

Elle le regarda d'un air méfiant.

— Oui, et alors ?

— Amène-le ici, suggéra-t-il. Tu pourras t'occuper de lui jusqu'à ce qu'il soit guéri.

Elle le fixa comme s'il était devenu fou.

— Ben aura besoin de beaucoup de temps. Je vais le conduire à l'Hôtel des Animaux, même si ce n'est pas idéal, car Kiara a assez à faire en ce moment. Et je suis responsable d'une grande partie de ça après ce qui s'est passé hier.

— Que s'est-il passé ? demanda-t-il, perplexe.

— En quittant le travail, je suis venue la voir. J'ai trouvé une chienne abandonnée sur le bord de la route. Une chienne victime de maltraitance. Je l'ai amenée au refuge parce que je ne voyais pas d'autre solution et maintenant Kiara a une chienne sur les bras qui va lui demander beaucoup de temps et d'énergie.

— Donc ce serait beaucoup mieux si tu pouvais t'occuper toi-même de Ben, n'est-ce pas ?

Elle haussa les épaules.

— Quelques jours ne changeraient pas grand-chose.

— Tu peux rester ici aussi longtemps que tu le souhaites, dit-il. J'ai rarement l'occasion de venir et c'est dommage que personne d'autre ne puisse en profiter.

Elle garda quelques instants le silence, le regard fixé sur les paddocks, avant de répondre :

— Tu me laisserais vivre ici avec Ben jusqu'à ce qu'il soit assez bien remis pour être adopté ? Et en échange, je te tiendrais compagnie et t'aiderais avec Ellie ?

Il hocha la tête.

— Nous pourrions aussi nous aider mutuellement s'il y avait quelque chose d'urgent à faire à la clinique. Tu pourrais pratiquer tes opérations cet après-midi et revenir ensuite, avec Ben et tout ce dont tu as besoin pour t'installer ici. Je pourrais me rendre en ville… la prochaine fois qu'il y a quelque chose d'important à y faire.

Il perçut le regard que Hazel lui lança, et s'empressa de préciser :

— Je ne parle pas de contacter les médias, mais de parler à la police, par exemple. Je n'ai toujours aucune idée de ce que je vais faire si le résultat du test ADN est positif.

— Mmm.

Un silence pesant s'installa. Hazel finit par le rompre.

— Ces enclos vides, c'est un peu dommage, murmura-t-elle. Tu te souviens de l'âne dont je t'ai parlé ? Celui dont les sabots sont si abîmés qu'il ne peut pas marcher ? Est-ce qu'il pourrait venir aussi, en attendant qu'on trouve un autre endroit ? Aussi longtemps que je suis ici avec Ben ?

Elle était clairement en train de négocier, mais Finn était prêt à tout pour la persuader de rester. Ce n'était pas comme si elle demandait quelque chose pour elle-même – elle allait manifestement fonder sa décision sur le nombre de créatures qu'elle pourrait aider…

Personne ne pouvait accuser Hazel Davidson de manquer de sincérité. Chaleureuse, compatissante, intelligente, c'était aussi une professionnelle hautement qualifiée. Soudain, Finn se sentit plus léger. Hazel était spéciale, voilà tout ! C'était drôle, mais il n'avait jamais remarqué auparavant ces éclats dorés, dans ses yeux, en harmonie avec les reflets dans ses cheveux que le soleil commençait juste à souligner. Elle avait un joli nez, aussi, et des lèvres qui semblaient… très douces. Des lèvres qu'on avait envie d'embrasser…

Il secoua la tête. Bon sang ! Il devait repousser cette pensée inconvenante aussi vite que possible.

— Je pense que ça peut s'arranger, dit-il posément, surpris d'avoir l'air si calme. Quand j'aurai pris une douche, j'appellerai Sandra et son mari. Ils ont des chevaux et le matériel nécessaire pour les transporter. Je vais leur demander d'aller chercher l'âne. Ils connaissent aussi un bon maréchal-ferrant qui pourrait commencer à traiter ses sabots.

Comme il parlait, il sentit que le bébé s'agitait, entre ses bras. Son petit visage était tout rouge, signe qu'il avait besoin d'une couche propre. Ou d'un biberon.

Hazel se leva et le lui prit doucement.

— Merci, dit-elle, j'apprécie vraiment ton aide. Maintenant, va prendre ta douche ! Et fais une sieste. Nous reparlerons de tout cela plus tard… si ton offre tient toujours.

Finn lui sourit d'un air rassurant. Il n'allait pas changer d'avis. Avoir Hazel auprès de lui l'aiderait à gérer les montagnes russes émotionnelles et à surmonter au mieux cette crise.

Lorsque Hazel prit le petit cadre argenté en forme de cœur sur sa table de chevet et le rangea avec les objets qu'elle considérait comme essentiels, elle eut l'impression de quitter son appartement pour toujours, car elle emportait avec elle son bien le plus précieux : la photo de son premier chien, Ben.

Et lorsqu'elle installa doucement son nouveau protégé à l'arrière de sa camionnette et qu'elle se mit en route vers la magnifique propriété de Finn, elle eut l'impression… de rentrer chez elle.

Hélas, ce n'était pas le cas. Elle ne devait pas perdre de vue que cet arrangement n'était que temporaire. Elle allait vivre dans ce cadre idyllique le temps que Ben se remette de son opération et que sa patte guérisse, mais elle ne devait pas trop s'y habituer. À un moment donné, elle devrait trouver un nouveau foyer pour Ben, retourner dans son logement et reprendre son travail à plein temps à la clinique vétérinaire de Coogee Beach. Elle devrait aussi trouver une famille d'accueil pour cet âne. Mais qu'est-ce qui lui avait pris, d'entraîner cet animal dans cette aventure ?

Finn animait une réunion du personnel en visioconférence lorsque Hazel était partie, à l'heure du déjeuner. Tous les membres du personnel étaient au courant de la scène qui s'était déroulée à la clinique la veille, et tous se déclarèrent prêts à aider Finn. Il leur demanda de se montrer vigilants envers toute personne étrangère qui chercherait à en savoir plus sur le bébé, avec pour consigne expresse de l'informer rapidement. Il confia ses gardes et celles de Hazel à d'autres vétérinaires jusqu'à nouvel ordre, et il prévoyait de revoir cette stratégie une fois que le résultat du test ADN aurait clarifié la situation.

Une fois de retour, Hazel appela Kiara.

— Tu sais, je vais avoir un peu plus de temps libre, dans les semaines qui viennent, donc si tu changes d'avis pour le chien et que tu acceptes l'offre, je pourrai m'occuper du refuge.

— Je ne changerai pas d'avis, affirma Kiara. Je n'aime pas beaucoup ce type et je n'ai pas de chien pour lui, de toute façon. Bunji ne sera pas en état d'être adoptée avant très longtemps

— Comment va-t-elle aujourd'hui ?

— Le diagnostic est toujours très réservé.

— Quelqu'un t'a appelée au sujet de l'âne ?

— Oui. Comment diable as-tu convaincu Finn de le prendre en pension ?

— J'ai pensé que Ben et moi aurions besoin de compagnie. Nous pourrions rester au domaine un certain temps – huit à dix semaines environ. J'imagine qu'une fois l'affaire du bébé résolue Finn regagnera son penthouse de la plage. Tu devrais voir sa maison, Kiara ! C'est l'un de ces incroyables manoirs coloniaux… En fait, ce n'est pas si loin de Birralong. Quinze minutes de route, tout au plus.

— Je n'irai nulle part avant de savoir que Bunji va s'en sortir. Comment va Ben ?

— Plutôt bien. Il est encore groggy après l'anesthésie et Finn a dû le porter dehors pour qu'il fasse ses besoins, mais… c'est un vieux chien adorable. Je crois qu'il m'a reconnue quand je suis venue le chercher. Ou peut-être qu'il aime juste tout le monde.

— J'en doute, après la façon dont il a été traité. Il doit te faire confiance… Désolée, je te laisse, je vais m'occuper de Bunji. Bonne chance pour l'installation de Ben. Appelle-moi si tu as besoin d'aide !

Finn n'était que trop heureux d'aider Hazel avec Ben. Il défit son bandage pour vérifier sa plaie et la soigner, lui offrit les restes de poulet de son déjeuner et le porta lui-même dehors pour qu'il y fasse ses besoins, avant de l'installer dans une buanderie pour qu'il ait un espace sûr et confiné où dormir.

Cela lui faisait du bien de s'occuper de Ben. Cela le mettait sur un pied d'égalité avec Hazel et il se sentait moins coupable de lui demander de l'aide. Ellie s'endormait enfin dans le couffin que Finn avait fait livrer aujourd'hui. Il fut content de préparer des sandwichs grillés et de choisir un des meilleurs vins de sa vaste cave pour son dîner tardif avec Hazel, qui finissait à peine de déballer les affaires qu'elle avait apportées afin de rendre son séjour ici plus confortable.

Bizarrement, elle ne sembla pas très heureuse de l'offrande qu'il avait disposée sur l'une des tables en fer forgé de la véranda. Il avait même pensé à allumer les lampions dans la glycine, qui donnaient à ce coin dîner une atmosphère romantique.

— Tu ne bois pas de vin rouge ? Tu préfères le blanc ? Ou le champagne ? Tu n'aimes pas les croque-monsieur ?

Elle laissa échapper un rire.

— Tu plaisantes ? Je suis surprise, c'est tout.

Il prit un verre de vin et s'assit.

— Désolé, je ne suis pas très bon cuisinier et Ben a mangé le reste du poulet que Sandra avait préparé pour mon déjeuner.

— Oh ! je ne voulais pas dire que je m'attendais à un repas gastronomique !

Hazel posa le babyphone sur la table et prit une bouchée.

— Mmmh… C'est croustillant ! Tu es un vrai cordon-bleu, dis-moi ! La dernière fois qu'un homme a cuisiné pour moi, je n'ai même pas eu droit à une tranche de pain !

Finn ne dit rien, réfléchissant à toute allure. Qui diable avait obligé Hazel à suivre un régime qu'elle ne voulait pas ? Un petit ami, peut-être ? En y repensant, il avait rencontré son partenaire à l'époque, à une réunion de travail, et… il ne l'avait pas beaucoup apprécié.

— Comment s'appelait-il ? demanda-t-il à voix haute.

— Michael. Mais je n'ai pas dit que c'était lui qui me privait de pain, si ?

— Ce n'est pas le cas ?

Elle haussa les épaules, sans croiser son regard.

— Michael est parti depuis longtemps. Ça n'a plus d'importance, maintenant.

Mais Finn avait l'impression du contraire. Soudain, il se félicita de ne pas lui avoir préparé une assiette de salade pour le dîner, mais un plat plus consistant, qu'elle appréciait visiblement. Il sourit en la voyant prendre une nouvelle bouchée.

— C'est bon ?

— Oui, délicieux.

Ils restèrent quelques instants assis en silence, puis Hazel, rassasiée, ne put retenir un bâillement.

— Va te coucher, dit Finn. Je vais prendre le babyphone, et je me lèverai si elle commence à pleurer.

Elle secoua la tête.

— Non, ça ne me dérange pas de m'occuper d'Ellie cette nuit. Comme ça, je pourrai aussi aller voir Ben.

Ils se levèrent en même temps, et leurs mains se joignirent sur le babyphone.

— Tu peux l'avoir ce soir, concéda Finn avec un sourire. Inutile de se battre, demain ce sera mon tour.

Sans réfléchir, il s'approcha et effleura sa joue de l'index.

— C'est une bonne chose que Michael ne fasse plus partie de ta vie, dit-il simplement.

Dans le regard de Hazel, une lueur passa, qu'il n'avait jamais vue auparavant. Elle avait l'air perdu, soudain, et il fut saisi d'une envie de la prendre dans ses bras et de l'embrasser. Au lieu de cela, il soutint son regard.

— Ne laisse jamais personne te dire que tu n'es pas belle comme tu es, ajouta-t-il avec douceur. Parce que ce n'est pas vrai.

Tout à coup, ce fut comme si le temps s'était arrêté. Hazel se figea, surprise par ses paroles. Elle ne le croyait pas ? Que pouvait-il dire d'autre pour la convaincre ?

Peut-être qu'il n'avait pas besoin de dire quoi que ce soit, songea-t-il. Parce que Hazel était vraiment belle et… il avait envie de l'embrasser, pour qu'elle sache qu'il était sincère, et qu'elle méritait mieux qu'un compagnon qui ne l'estimait pas à sa juste valeur.

Et… peut-être était-ce son imagination, mais il avait l'impression qu'elle en avait envie, elle aussi. En tout cas, elle ne se déroba pas quand il se pencha vers elle. Sa bouche se rapprocha lentement de la sienne, puis ses lèvres effleurèrent les siennes en un baiser léger. Et très troublant.

Très vite, Finn s'écarta d'elle et afficha son plus charmant sourire, comme si ce baiser était tout à fait naturel entre deux amis. Puis il se retourna pour prendre le plateau sur la table.

— Appelle-moi si tu as besoin d'aide pendant la nuit, d'accord ?

6.

Finn était parti depuis de nombreuses heures, et la soirée était déjà bien avancée. Il avait eu des réunions urgentes où sa présence était requise. La police avait apparemment des informations à lui communiquer. Jude et les responsables de la chaîne de télévision voulaient lui parler, eux aussi, ainsi que ses collègues de la clinique vétérinaire.

Il s'était passé tellement de choses aujourd'hui que Hazel avait été trop occupée pour se demander quelles informations la police avait découvertes ou pourquoi Finn n'avait pas appelé pour dire qu'il rentrerait tard. Elle résistait aussi à l'envie de laisser ses pensées dériver vers ce qui l'avait tenue éveillée une bonne partie de la nuit. Elle n'était pas fatiguée à cause du manque de sommeil. Au contraire, elle sentait une énergie nouvelle envahir tout son corps.

Chaque fois qu'elle effleurait ses lèvres, elle se rappelait le baiser que Finn lui avait donné la veille. Non que ça ait eu une quelconque signification, bien sûr. Il avait probablement eu l'intention de l'embrasser sur la joue, comme il l'avait fait quand il lui avait dit qu'il l'appréciait… en tant qu'amie.

Peu importe, ce souvenir était si délicieux qu'elle se le repassait sans cesse.

Sandra, la gouvernante, était restée une bonne partie de la journée pour l'aider à s'occuper d'Ellie, ce qui était une bonne chose. Son mari avait été chercher l'âne. Il avait aussi appelé le maréchal-ferrant, et les soins avaient pris plusieurs heures.

Ils étaient tous partis depuis un moment maintenant, et après avoir nourri et baigné la petite Ellie, Hazel passa un rapide coup de fil à Kiara pour lui donner des nouvelles de l'âne. Sandra avait préparé un rôti et des pommes de terre, à mettre au four au retour de Finn.

Comme elle se dirigeait vers l'écurie, un seau de nourriture dans une main et le babyphone dans l'autre, Hazel vit sa camionnette se garer dans l'allée. Finn en descendit et, à sa mine sombre, elle comprit tout de suite qu'il était bouleversé.

— Oh ! mon Dieu, Finn ! Qu'est-ce qui s'est passé ? demanda-t-elle en lâchant son seau.

— Le résultat du test ADN est tombé, répondit-il, pâle comme un linge. Il n'y a aucun doute que je suis assez proche du bébé pour être son grand-père. On appelle ça « l'indice avunculaire ».

Il laissa échapper un soupir désabusé.

— Je me suis toujours réjoui d'obtenir un score élevé dans tous les tests que j'ai passés, mais cette fois-ci je ne m'en vanterai pas… J'essaie de comprendre, Hazel…

Elle hocha la tête.

— Je comprends.

Elle reprit son seau.

— Viens avec moi une minute. J'ai quelque chose à faire dans l'écurie.

Finn hocha distraitement la tête et la suivit.

— Tu as besoin d'aide ? L'âne est arrivé, alors ?

— Oui. J'ai un petit cadeau pour son dîner avant qu'elle passe la nuit dans un endroit nouveau. Elle a eu une grosse journée.

— Le maréchal-ferrant est venu ?

— Oui. Et il a fait du bon travail. La pauvre bête pouvait à peine marcher à son arrivée, mais il a réussi à lui faire des sabots d'apparence presque normale. Il avait même un appareil portatif pour vérifier la position des os avant de commencer. C'est encore douloureux, donc je l'ai laissée dans l'écurie avec quelques bottes de paille épaisse, mais elle pourra sortir dans le paddock dans les prochains jours.

Hazel continua de parler en marchant, dans l'espoir d'offrir à Finn un moment de calme avant une nouvelle tempête.

Une fois dans l'écurie, il commença à caresser la petite ânesse grise et à lui gratter l'encolure, juste en dessous de l'oreille. L'animal frotta la tête contre lui pour l'encourager à continuer, et Hazel eut l'impression de sentir une partie de son stress s'évaporer, ce qui était exactement ce qu'elle espérait. C'était le cadeau qu'elle avait voulu offrir à Finn, et elle avait l'impression d'en tirer autant de satisfaction que lui. Surtout quand il lui souriait ainsi…

— Il est sympa, cet âne, n'est-ce pas ?

— C'est une femelle, lui rappela Hazel. Elle doit avoir cinq ou six ans et il est possible qu'elle n'ait jamais eu les sabots correctement taillés. Sa propriétaire âgée l'aimait bien, mais ne savait pas très bien comment s'en occuper, alors elle l'a placée dans une maison de repos.

— Elle a un nom ?

— Isabella.

Quand Hazel s'approcha avec le seau, l'ânesse baissa la tête pour en renifler le contenu. Finn sourit en la voyant plier les oreilles vers l'avant, mais son sourire s'effaça rapidement.

— Je viens de passer la pire journée de ma vie, confia-t-il à Hazel. Un journaliste m'a harcelé pour savoir pourquoi Shannon avait été vue avec un autre homme. Un célèbre chef cuisinier. On dirait qu'elle ne veut plus rien avoir à faire avec moi !

Hazel était consternée.

— Elle a évoqué Ellie sur les réseaux sociaux ?

— Non. La version officielle est que nous avons tous

les deux décidé de nous séparer à l'amiable, mais ce n'est qu'une question de temps avant que la nouvelle sorte dans la presse. Je vais devoir faire quelques changements majeurs dans ma vie.

Pendant un long moment, Finn demeura silencieux, regardant l'ânesse, puis il laissa échapper un long soupir.

— Que voulais-tu que je fasse pour t'aider ? Isabella n'a pas l'air malade. Elle dévore tout ce qu'il y a dans ce seau.

— Elle va bien. Je lui ai déjà donné des antalgiques pour la nuit. Elle n'aura plus besoin de rien avant demain matin.

Finn fronça les sourcils.

— Je pensais que c'était pour ça que tu m'avais demandé de venir ici. Pour la soigner.

Hazel le gratifia d'un doux sourire.

— Non, mais j'ai pensé que passer un peu de temps avec Isabella te ferait du bien.

Elle soutint un instant son regard, puis ajouta :

— Sandra a préparé un dîner qui est en train de cuire dans le four. Je suppose que tu n'as pas mangé grand-chose aujourd'hui.

Finn secoua la tête.

— En effet. Je n'avais pas du tout d'appétit. Je ne t'ai pas raconté ce que la police avait découvert à propos de la mère d'Ellie…

C'était la première fois qu'il appelait le bébé par son prénom, nota Hazel. Et avait-il vraiment failli parler de sa fille en évoquant la mère de l'enfant ? En tout cas, il paraissait en proie à une foule de pensées troublantes.

— Je suis prête à parier que tu auras faim dès que tu sentiras la bonne odeur de rôti de bœuf et de pommes de terre croustillantes, assura-t-elle. Il y a même une vraie sauce qui ne sort pas d'un sachet !

Hazel serait plus qu'heureuse d'écouter ce qu'il avait à lui dire autour d'un bon repas et de lui apporter tout le réconfort possible, mais elle était aussi ravie d'être simplement avec lui. Il était toujours préférable de ne pas se retrouver seul lorsque la vie semblait trop compliquée. C'est Ben qui, le premier, lui avait appris cette leçon.

Et peut-être que Finn l'avait comprise, lui aussi, car il lui passa un bras sur les épaules alors qu'ils rentraient à la maison. Un simple geste amical, peut-être, qui ne l'empêcha pas de savourer ce contact. Ainsi que les mots qu'il prononça.

— Te demander de rester était probablement la meilleure idée que j'aie jamais eue, Hazel. Et tu sais quoi ?

Elle leva les yeux à temps pour apercevoir une esquisse de sourire.

— Je suis affamé ! lança-t-il en l'entraînant vers la maison.

La magnifique table ancienne était assez grande pour accueillir au moins douze convives, mais Finn préféra celle de la cuisine, plus conviviale, et Hazel approuva son choix.

Leur dîner décontracté fut interrompu, car Ben eut besoin d'aide pour sortir de la maison et il fallut nourrir Ellie et l'installer dans son couffin, mais peu importe ! Ils dégustèrent avec plaisir leur délicieux repas.

Il se faisait vraiment tard lorsque Finn leur versa un dernier verre de vin.

— Nous devrions aller nous coucher, dit Hazel.

À peine avait-elle prononcé ces mots qu'elle se mit à rougir. Elle baissa la tête pour éviter de croiser son regard.

— Oh… Je ne voulais pas… Je voulais juste dire qu'il était tard…

Sa réaction était charmante, songea Finn, nullement embarrassé. Est-ce que, dans son passé, un homme comme cet abruti de Michael l'avait fait douter de sa séduction au point de la laisser croire qu'il était malvenu de faire le premier pas ?

— Il faut que je te parle d'Ellie, dit-il doucement. Et de ce que la police a découvert.

Hazel se figea soudain, tout entière concentrée sur lui.

Mais par où commencer ? Finn ferma les yeux, et relâcha son souffle dans un soupir. Alors qu'il cherchait quoi dire, il entendit Hazel demander d'une voix douce :

— Tu l'aimais, n'est-ce pas ?

— Je pense qu'elle m'a sauvé la vie, murmura-t-il. Nous étions dans la même classe au lycée quand nous avions quinze ans et tout le monde avait pitié de nous. Elena, parce que son père était connu pour être maltraitant, et moi… eh bien, j'étais l'enfant dont personne n'avait jamais voulu, ou du moins pas très longtemps. J'ai commencé à fréquenter cette école après avoir quitté ma précédente famille d'accueil et je savais qu'on ne tarderait pas à m'envoyer ailleurs, dans un centre de détention pour mineurs. Elena m'a surpris un jour en train de mettre le feu au hangar de l'école et m'a dit à quel point j'étais stupide. Elle a aussi ajouté que si je voulais arriver à quelque chose dans la vie je ferais mieux d'apprendre à éviter les ennuis.

Il ferma les yeux. Même après tout ce temps, ces souvenirs étaient encore douloureux.

— Je comprends, dit Hazel. C'est parfois difficile de se faire accepter des autres.

Finn écarquilla les yeux.

— Tu as été harcelée, à l'école ?

— Je souffrais d'un léger embonpoint, ce qui faisait de moi une cible facile, confia-t-elle en haussant les épaules. J'aurais aimé avoir quelqu'un comme toi à mes côtés.

Finn faillit lui répondre qu'il aurait bien aimé être cette personne, lui aussi. Mais au lieu de parler, il posa la main sur la sienne. Elle comprenait le désespoir de se sentir rejeté. Avec elle, il n'avait pas besoin de dissimuler la vérité.

— Nous avons passé deux ans ensemble, dit-il. Nous nous sommes encouragés mutuellement à réussir à l'école parce que nous voulions tous les deux conquérir le monde dès que nous serions en âge de voler de nos propres ailes. Nous étions les meilleurs amis du monde, et puis nous sommes tombés amoureux et… elle a disparu. Son père m'a dit qu'on lui avait offert un travail à Sydney et que, de toute façon, cela ne servait à rien que les filles fassent des études. Quant à sa mère… eh bien, elle ne voulait même pas me parler. Je n'ai jamais su pourquoi elle était partie sans même dire au revoir. Je pense que sa mère a dû lui demander de ne jamais revenir parce que son père l'aurait tuée s'il avait su que…

— Qu'elle était enceinte…, acheva Hazel à sa place.

Il acquiesça.

— La police a retrouvé la trace de la naissance d'Ellie, dans une petite ville de l'arrière-pays. Le père n'est pas mentionné sur l'acte mais le nom de la mère y figure : Jamie Ferrari.

Hazel en eut le souffle coupé.

— Jamie ? Elena a donné une version féminine de ton nom à son bébé !

Finn sentit les larmes lui picoter les yeux. Hazel pensait exactement ce qu'il pensait.

— Elle t'aimait, chuchota-t-elle. Et elle a tenu à mettre ton bébé au monde. A-t-elle dû le faire adopter ?

Il secoua la tête.

— Elle avait encore Jamie avec elle quand elle est morte, il y a dix ans. Comme elle était mère célibataire et n'avait pas de famille, Jamie, qui n'avait que huit ans à l'époque, a été placée en famille d'accueil. C'est une histoire qui se répète…

Hazel s'apprêtait à dire quelque chose mais il reprit la parole.

— Quand Elena a disparu, j'étais dévasté, furieux. Puis j'ai décidé que personne ne me ferait plus jamais souffrir. J'allais travailler comme un fou et gagner assez d'argent pour faire ce que je voulais et devenir quelqu'un. Une bonne personne…

« Une personne digne d'être aimée », faillit-il ajouter. Mais il n'exprima pas à haute voix ce désir enfoui au plus profond de son cœur depuis si longtemps qu'il était trop difficile à partager. Il n'en avait pas besoin de toute façon, et vit dans les yeux de Hazel qu'elle l'avait compris.

— Tu es quelqu'un de bien, dit-elle. Et ta fille a pu te retrouver car tu es devenu quelqu'un, précisément. Je pense que Jamie reviendra, parce que vous avez quelque chose de très important en commun.

— Quoi ? Je ne l'ai jamais rencontrée. Je ne savais même pas qu'elle existait.

— Vous connaissiez tous les deux Ellie. Ton Ellie. Et vous l'aimiez tous les deux. Et…

Elle leva la main pour effacer une larme sur la joue de Finn.

— Je me suis trompée sur ton compte, acheva-t-elle. Tu n'es pas superficiel, Finn. Tu sais exactement ce qui compte le plus dans la vie – je pense que tu as juste eu peur de te laisser aller…

Elle se leva.

— Ça a été une sacrée journée, n'est-ce pas ? Nous avons tous les deux besoin de dormir avant qu'Ellie se réveille à nouveau.

Finn lui prit la main et ne la lâcha que lorsqu'ils atteignirent la porte de sa chambre.

— Reste avec moi, murmura-t-il soudain.

Il voulait seulement être assez près d'elle pour sentir sa chaleur et l'entendre respirer. Il doutait de parvenir à s'endormir s'il était seul et il ne voulait pas rester éveillé toute la nuit.

— Juste… pour avoir de la compagnie, ajouta-t-il. Tu as raison, la journée a été rude…

Hazel le suivit sans un mot dans sa chambre. Là, ils

ôtèrent tous les deux leurs chaussures, s'allongèrent sous la couette, et elle se blottit dans ses bras. Il n'avait jamais connu de moment aussi doux, réalisa-t-il, en posant la tête sur son épaule – déjà prêt à s'abandonner au sommeil. Était-ce si différent parce que c'était peut-être la première fois qu'il invitait une femme dans son lit pour autre chose que du sexe ? N'était-ce pas paradoxal qu'il ressente une plus grande intimité avec Hazel qu'avec aucune de ses maîtresses ?

Hazel resta longtemps immobile dans les bras de Finn. Et elle repoussa le moment où elle sombrerait dans le sommeil car elle ne voulait pas manquer une seconde de ces instants délicieux – comme si elle était la seule personne en qui Finn avait assez confiance pour lui raconter son histoire. La seule personne dont il avait besoin à cet instant. Elle écouta sa respiration de plus en plus profonde et lente, et elle sentit les battements de son cœur ralentir, tandis qu'il s'endormait paisiblement.

Était-il en train de rêver d'Ellie ? Son premier et seul véritable amour ? Hazel ne pouvait qu'imaginer à quel point il avait dû être désemparé lorsqu'elle avait disparu de sa vie du jour au lendemain…

Lorsqu'elle ouvrit les yeux, un peu avant l'aube, Hazel vit qu'elle n'était pas la seule à être réveillée. Le visage à quelques centimètres du sien, Finn la regardait, et elle eut l'impression qu'il voulait l'embrasser. L'intensité de cet instant lui coupa le souffle. Vite, il fallait trouver un prétexte pour s'échapper de ce lit, ou elle ne répondait plus de ses actes… Pourvu que la petite Ellie se mette à pleurer !

Mais seule leur respiration légèrement hachée troublait le silence. Finn avait un bras au-dessus de sa tête et, juste au moment où Hazel décida de se lever pour aller voir Ben, il lui caressa les cheveux, et toute pensée cohérente la déserta. Elle s'attendait à un léger effleurement de ses lèvres, un baiser amical, mais elle comprit qu'elle se trompait dès qu'il posa la bouche sur la sienne.

C'était… grisant. Quand la langue de Finn se mêla à la sienne, elle sentit une vague de désir la submerger. Elle le regarda, et ce fut comme si elle le voyait pour la toute première fois.

— Où diable as-tu appris à embrasser comme ça ? murmura-t-elle.

Pour toute réponse, il lui sourit, avant de susurrer :

— J'ai envie de te faire l'amour.

Incapable de prononcer un seul mot, Hazel leva vers lui des yeux éperdus.

— Tu peux dire « non », ajouta-t-il doucement.

Soudain, elle n'avait plus du tout envie qu'Ellie se réveille, et elle espéra de tout son cœur que la fillette ferait une longue nuit…

Cette fois, ce fut elle qui esquissa un sourire, avant de s'offrir sans retenue à ses caresses.

7.

— Regarde ! Elle m'a souri.

— Non ! Elle ne m'a jamais souri, à moi.

— Eh bien, à moi, si ! Regarde… elle recommence !

Hazel posa sur la table de la cuisine la poêle où grésillaient du bacon, des œufs et des champignons, puis se pencha par-dessus l'épaule de Finn, suffisamment près pour que ses cheveux lui chatouillent l'oreille. Elle sentit chaque cellule de son corps répondre à ce léger contact, tandis qu'un désir pareil à celui qui les avait emportés un peu plus tôt l'envahissait tout entière.

Elle ferma les yeux un instant et respira. Rien ne pourrait plus jamais être comme avant, entre eux, n'est-ce pas ? Même si cela ne durait pas, elle savait qu'elle ne ressentirait pour personne d'autre ce qu'elle ressentait pour Finn, qui sans le savoir l'avait changée pour toujours.

Désormais, elle savait ce que c'était que d'aimer et d'être aimée avec passion…

Finn venait de donner le biberon à Ellie, et Hazel sourit en voyant à quel point il était fier de la bercer. Aux anges, Elena Ferrari, âgée de presque sept semaines, souriait et souriait encore à son jeune grand-père qui émettait le genre de sons idiots que même les adultes les plus sérieux utilisaient pour communiquer avec les bébés dont ils étaient totalement gagas. Quand il leva vers elle des yeux brillant de larmes, elle prit conscience de l'importance de ce moment.

Hazel cligna elle aussi des paupières pour cacher son émotion, le cœur débordant de sa propre joie. Tout était parfait pour elle, en ce moment précis, et elle n'aurait pas voulu changer le moindre détail. Elle avait tout ce qu'on pouvait désirer et, l'espace d'une seconde, elle eut l'impression de regarder cette scène de loin : une magnifique maison dans une belle région, une cuisine faite pour les repas en famille et les éclats de rire, un chien somnolant près de la porte, un bébé qui souriait pour la première fois et un homme qui lui avait fait passionnément l'amour…

Elle avait en face de lui le vrai James Finlay. L'homme qui avait recueilli la fille de sa propre fille dont il n'avait jamais connu l'existence, et qui avait pour la première fois ouvert son cœur. C'était la chose la plus importante qui s'était produite depuis que la petite Ellie était entrée dans sa vie. Dans la foulée, Hazel s'était rapprochée de lui, dont elle était déjà amoureuse sans vouloir se l'avouer. Il avait partagé avec elle des choses intimes, que personne d'autre ne connaissait, nouant entre eux un lien unique, indéfectible…

Peut-être avait-elle toujours été attirée par cet homme, mais s'était-elle efforcée d'étouffer ses sentiments car il était son collègue et patron à la clinique ? se demanda Hazel. Et puis, le Dr Finn était la star des vétérinaires, et sortait avec Shannon Summers, une influenceuse très en vue…

Oui, elle aimait Finn d'un amour sincère, et elle ne voulait plus se le cacher. Elle n'avait pas non plus l'intention d'effrayer Finn en lui avouant ses sentiments. Pas alors qu'ils venaient de passer ensemble une nuit merveilleuse ! Leur relation était bien trop fragile, bien trop précieuse pour risquer de la gâcher ainsi.

Le temps d'un battement de cœur, elle soutint son regard, mais le bruit du grille-pain brisa le charme de l'instant.

— Ah, nos toasts sont prêts ! Veux-tu du beurre ou de l'avocat dessus ?

— De l'avocat, s'il te plaît.

Finn sourit de nouveau à Ellie.

— Miam ! Avocat, bacon et œufs, c'est délicieux, ça, Ellie ! Qui aurait cru que Hazel était aussi bonne cuisinière ?

Finn avait toujours su que la vie était faite de tournants, de ruptures, et qu'il suffisait de regarder en arrière pour constater que tout avait changé. Pour toujours.

Il se rappela le jour où, ayant décidé que la vie ne valait tout simplement pas la peine d'être vécue, il avait mis le feu au hangar de l'école. Ellie avait alors surgi de nulle part pour l'arracher aux flammes, et pour la première fois, il lui avait semblé que quelqu'un se souciait réellement de lui…

La découverte de la petite Elena, quelques jours auparavant, comptait aussi parmi les moments les plus importants de son existence. Et allait sûrement en changer le cours. Pour la première fois, il avait l'impression d'être lié à un autre être, totalement dépendant de lui…

Sans doute aussi fallait-il ajouter à ces événements marquants la nuit où il avait fait l'amour avec Hazel Davidson pour la première fois ?

Son regard glissa vers la jeune femme, assise sur le siège passager de sa camionnette. Finn était au volant, ravi d'utiliser des vitesses manuelles après avoir possédé des voitures automatiques pendant si longtemps. Certes, ce véhicule vintage ne pouvait pas être considéré comme très confortable, mais il prenait plaisir à le conduire.

L'intimité qu'il avait connue avec Hazel aurait été impensable il y a encore quelques semaines et pourtant cela avait semblé évident. Mais… sa nuit avec elle ne marquerait pas un grand tournant. Cela ne devait pas être le cas, car faire confiance à une autre personne à ce point – fût-elle Hazel – était une erreur qu'il s'était juré de ne plus jamais commettre. Avait-il besoin de lui annoncer qu'il n'avait pas l'intention de s'engager avec elle, afin de ne pas lui donner de faux espoirs ?

C'était une question d'amitié. Et plus si affinités…

Comme si elle avait lu dans ses pensées, Hazel baissa la tête avec un sourire un peu gêné, avant de regarder à l'arrière de la camionnette, où Ben était couché dans une caisse.

— Il va bien ? demanda Finn. Il n'est pas trop secoué ?

— Non, il a l'air heureux.

Mais Finn percevait une note d'anxiété dans sa voix.

— Je pense qu'il est en bonne voie, dit-il d'un ton rassurant. L'incision guérit bien et il n'a plus besoin d'antalgiques. Ce n'est qu'une question de temps avant qu'il commence à essayer de prendre appui sur sa patte.

— Donc, tu penses que je n'ai pas besoin de la radiographier ? Que je vais perdre mon temps et gaspiller les ressources de la clinique ?

— Pas du tout. Je pense que c'est exactement ce qu'il faut faire pour avoir l'esprit tranquille quant à son rétablissement.

De plus, cela signifiait qu'il pourrait profiter du plaisir de sa compagnie aujourd'hui. Sandra était très heureuse de garder Ellie.

Si Hazel venait en ville avec lui, c'est parce qu'il avait honteusement utilisé Ben pour la persuader. Il aurait voulu lui parler de ce qui s'était passé entre eux, mais il n'osait pas, de crainte de gâcher ce moment. Elle le connaissait assez bien pour savoir que cela n'allait pas durer éternellement entre eux, n'est-ce pas ? N'était-ce pas en partie pour cela qu'elle l'avait accusé d'être comme Shannon, vain et superficiel ? Elle savait que Finn n'avait pas de relations durables – pas avec les femmes, en tout cas. Il ne s'était certainement pas attendu non plus à se lier avec un enfant, mais il n'avait pas le choix maintenant, et il commençait à s'attacher à Ellie. Il y avait des moments où il était vraiment heureux que cette petite soit arrivée dans sa vie – comme ce matin, quand elle lui avait souri et qu'il avait senti son cœur fondre. Finn se surprit à sourire en se remémorant la scène, et, distrait, dut ralentir pour aborder un virage serré.

Faire l'amour avec Hazel avait été merveilleux, et pas seulement parce que le désir avait surgi avec une force inattendue pour elle comme pour lui. Non... la vraie révélation était venue plus tard. Se pouvait-il qu'il ait totalement oublié à quel point c'était bon de sentir un corps de femme nu contre le sien ? Tout dans le corps de Hazel était doux et délicieux, et elle était la plus généreuse des amantes. Il ne s'était jamais senti aussi bien avec quelqu'un, aussi à l'aise.

Aussi... aimé ?

Non... il n'était pas prêt à suivre cette voie. C'était le meilleur moyen de perdre le contrôle de la situation, or il ne pouvait pas se le permettre. Il était convaincu que Hazel et lui étaient sur la même longueur d'onde, pourtant. Ils étaient deux amis qui, grâce à Ben qui avait besoin d'un endroit pour récupérer, s'isolaient temporairement du monde et partageaient des moments privilégiés qu'ils appréciaient tous les deux.

Hazel devait pratiquer une opération ce matin et effectuer ensuite une radiographie de la patte de Ben. Quant à Finn, il avait un nouveau rendez-vous avec Jude et des cadres de la chaîne de télévision qui diffusait *Allô Véto* pour discuter des prochains épisodes, suivi d'une consultation orthopédique et d'un entretien avec les services sociaux en début d'après-midi. Avoir une conversation avec Hazel n'était pas vraiment une priorité, songea-t-il. Ils étaient manifestement tous les deux très heureux de ce qui se passait, et le fait d'en parler pourrait peut-être changer les choses – qui sait ?

Or Finn ne voulait pas changer quoi que ce soit. Pas encore, en tout cas.

— Je pense que je vais aller chercher ma voiture après ma dernière réunion de l'après-midi, lui dit-il. Les paparazzi ont sûrement cessé de surveiller mon immeuble, depuis le temps.

Il lui sourit.

— Ce n'est pas que je n'aime pas conduire cette relique, mais ce serait pas mal de retrouver un peu de normalité !

Seule une personne comme le Dr Finn, star de la télévision, pouvait considérer comme normal de conduire le dernier modèle de Porsche, mais Hazel comprenait pourquoi il avait hâte de retrouver son véhicule chéri. Était-il également pressé de regagner son élégant penthouse avec vue imprenable sur la mer ? De renouer encore une fois avec Shannon Summers ?

Hazel déglutit avec peine en repoussant cette pensée. Au fond d'elle, elle savait qu'elle vivait une sorte de fantasme qui ne durerait pas éternellement mais… on pouvait rêver un peu, n'est-ce pas ? L'espoir était un sentiment merveilleux et cela faisait très longtemps qu'elle n'avait pas eu l'impression de le toucher ainsi du doigt…

Entendre son téléphone sonner lui apporta un répit bienvenu, mais l'inquiétude la gagna de nouveau quand elle vit le nom affiché sur l'écran. Kiara n'appelait pas à cette heure de la journée, à moins qu'il y ait un problème.

— Salut ! Qu'est-ce qui se passe ? Ce n'est pas Bunji, j'espère ?

— Non… elle va bien. Je n'ai pas encore eu le temps de m'occuper d'elle. Je suis seule et je suis débordée. J'ai reçu un appel de la police, Hazel. Une personne âgée a été retrouvée morte à Glenbrook et il y a un chat…

Hazel se tourna aussitôt vers Finn.

— Comment s'appelle la prochaine sortie d'autoroute ?

— Warrimoo.

Kiara avait entendu sa réponse.

— Tu vas en ville ?

— À Coogee, mais je peux faire un détour par Glenbrook.

De nouveau, elle s'adressa à Finn :

— Pouvons-nous aller récupérer un chat ? La propriétaire a été retrouvée morte et la police veut qu'on s'occupe de son animal. Le vétérinaire local les a dirigés vers l'Hôtel des Animaux mais Kiara ne peut pas quitter le refuge pour le moment, et personne d'autre ne semble disponible. Mais si je peux y aller, elle le prendra en pension…

— Bien sûr, dit Finn en consultant sa montre. J'ai du temps avant mon premier rendez-vous.

Hazel raccrocha après avoir noté l'adresse, puis elle utilisa son téléphone pour savoir à quelle distance se trouvait la sortie qu'ils devaient prendre.

— Kiara ne sait pas dire non, même si elle n'a pas de place chez elle. Mais on dirait que ce chat a besoin d'un vétérinaire, de toute façon. L'agent de police envoyé sur place dit qu'il ne laisse personne approcher.

C'est une scène étrange qu'ils découvrirent quelques instants plus tard. Des voitures de police et un corbillard étaient garés devant la maison et les voisins s'étaient rassemblés sur le trottoir pour observer de plus près les événements qui perturbaient la tranquillité de cette banlieue paisible. L'arrivée d'une camionnette rouge vif ne fit qu'attiser leur curiosité.

— Oh ! mon Dieu ! lança un badaud. Ce n'est pas le Dr Finn ? Tu sais, celui de l'émission *Allô Véto* ?

— Il vient sauver Mitaine ! dit quelqu'un d'autre.

Regarde, il a une boîte pour transporter les chats. Il doit avoir l'habitude, non ?

Eh bien... pas tout à fait, songea Hazel, mais aujourd'hui n'était pas un jour comme les autres pour Finn.

— Vous êtes les vétérinaires de l'Hôtel des Animaux ? demanda le policier posté à l'entrée de la maison.

— Pas exactement, mais nous venons de la part de la propriétaire pour récupérer un chat.

— Il est là-bas. Il se cache sous la commode, dans la chambre.

Une fois sur place, Hazel inspecta l'espace entre la commode et le mur en murmurant des paroles apaisantes et tendit la main pour caresser l'animal, qui se mit à feuler en reculant.

— Il est peut-être blessé.

Finn s'agenouilla et regarda à son tour.

— Salut, toi ! lança-t-il. Que se passe-t-il ? Ce n'est pas facile pour toi ce matin, n'est-ce pas ?

Le chat cessa de feuler. Finn continua à lui parler avec douceur, tandis qu'il glissait délicatement la main dans l'interstice, et Hazel perçut ce qui ressemblait à un miaulement soulagé. Un ronronnement ?

— Il t'aime bien, j'ai l'impression.

— C'est une femelle, dit Finn. Un Birman, je crois. Elle est très douce et elle a le bout des pattes blanches. On dirait qu'elle porte des chaussettes !

Ou des gants, songea Hazel, ce qui expliquerait qu'on l'ait baptisée « Mitaine ».

— Pauvre bête ! Elle doit être vraiment effrayée par ce qui se passe. Mettons-la dans la cage, elle se sentira plus rassurée.

Finn prit le téléphone portable qu'elle lui tendait et éclaira l'espace.

— Peut-être pas tout de suite, murmura-t-il.

— Pourquoi ?

Hazel se pencha et appuya la tête contre son épaule pour mieux voir.

— Oh ! un chaton ! On dirait qu'il vient tout juste de naître, dit-elle à voix basse.

La minuscule créature étira ses pattes et émit un miaulement silencieux. Elle était d'une couleur inhabituelle, avec de grandes taches noires sur un corps blanc.

— Trop mignon, chuchota Hazel.

— Je pense que Mitaine n'a pas encore fini, dit Finn. On dirait qu'elle a des contractions.

— Tu peux rester là ? Et ce rendez-vous avec les gens de la télé ?

— Je vais les prévenir que j'aurai un peu de retard.

Il esquissa un sourire.

— Décidément, en ce moment, je m'occupe beaucoup de bébés !

Hazel se sentit fondre. Comment ne pas aimer un homme qui était prêt à tout laisser tomber pour mettre au monde des chatons sans défense ?

C'est presque une heure plus tard que Finn prit tour à tour les quatre minuscules chatons pour les placer avec leur mère dans la cage de transport que Hazel avait garnie d'un coussin trouvé sur une chaise du salon.

— Je suis sûre que cette vieille dame aurait voulu que Mitaine emporte un objet familier, décida-t-elle. Elle a sans doute été très aimée. Je ferais mieux d'appeler Kiara pour l'avertir qu'elle vient avec sa portée…

— Il faudra la surveiller pendant quelques jours pour s'assurer qu'elle s'adapte à ses petits, rappela Finn en caressant doucement un chaton. Peut-être que nous devrions tous les ramener à la maison.

Hazel sourit à cette idée.

— Les bébés, c'est vraiment ton truc, n'est-ce pas ?

— Pour l'instant, en tout cas, répliqua Finn. Autant suivre le mouvement !

Le « mouvement » dont parlait Finn était plus rapide encore qu'il l'avait cru. Et très imprévisible. Peut-être cela avait-il à voir avec la naissance des chatons, ce matin-là. Ou peut-être était-ce dû à l'ambiance de la réunion qu'il avait eue avec les dirigeants de la chaîne de télévision un peu plus tard ? On lui avait suggéré de se servir de sa popularité pour donner une nouvelle impulsion à l'émission. Peut-être le Dr Finn pourrait-il partir en voyage à l'étranger pour réaliser des reportages sur des animaux exotiques ? Ou, comme Jude l'avait imaginé, participer au sauvetage d'animaux domestiques ou sauvages ? Quelqu'un d'autre lui avait proposé de faire des apparitions dans des émissions de cuisine et des jeux télévisés. Finn se demanda pour la première fois depuis longtemps quelle direction il souhaitait donner à sa carrière…

Une fois sa consultation terminée, il pria Hazel de le conduire jusqu'à son immeuble. Il prendrait ensuite sa propre voiture pour se rendre au rendez-vous avec les services sociaux avant de rentrer au domaine.

— Arrête-toi ici, dit-il, à quelque distance de chez lui.

Quand elle se fut garée, il lui désigna un homme avec une veste en cuir, appuyé contre une voiture.

— Tu vois ce type ?

— Oui… oh… il porte une sacoche photo, n'est-ce pas ?

— Oui… Même si j'entre dans le garage par l'arrière, il faudra que j'emprunte la rue qui passe juste devant lui, et ma voiture est un peu trop facile à reconnaître. Il se lancera tout de suite à mes trousses et je n'ai aucune envie qu'il me suive hors de la ville.

— Mmm…

— Allons-y, dit Finn. Il y a un concessionnaire automobile à un ou deux pâtés de maisons d'ici.

— Tu vas louer quelque chose ?

— Je pourrais acheter une nouvelle voiture, plutôt. Une Porsche n'est pas très pratique pour installer un siège bébé, n'est-ce pas ? Un 4x4 serait plus adapté, je trouve.

Il jeta un coup d'œil à sa montre.

— Nous avons trente minutes. Si je choisis une voiture, elle pourra peut-être être prête avant la réunion. Tu viens avec moi ?

— Tu veux que je t'aide à choisir la couleur ou que je te conduise à ta réunion ?

— J'aimerais bien avoir ton avis sur la couleur, et je pense que tu devrais m'accompagner à la réunion, de toute façon.

— Mais pourquoi ?

— Parce que tu es aussi impliquée que moi dans les soins d'Ellie, et je suis sûr que Margaret aimerait te rencontrer.

Bien sûr. Qui n'aimerait pas Hazel ? Et qui ne serait pas d'accord pour leur confier à tous les deux un bébé abandonné ? S'il pensait un jour fonder sa propre famille, alors il choisirait comme partenaire quelqu'un comme Hazel.

Non… pas quelqu'un comme Hazel.

Juste… Hazel elle-même.

Bon sang… d'où lui venait donc cette idée incongrue ? Alors qu'il y a seulement quelques heures, il voulait garder ses distances avec elle, et contrôler la situation ? Finn avait l'impression d'avoir été piégé par quelque chose qu'il avait évité durant toute sa vie d'adulte. Hazel serait probablement aussi alarmée que lui par cette idée, alors il devait l'écarter une fois pour toutes. Il s'éclaircit la gorge.

— Margaret est géniale, ajouta-t-il. Elle est passionnée par les enfants et les bébés dont elle s'occupe. Elle a probablement la soixantaine, et elle a déjà tout vu.

Comme ils passaient devant le photographe, il prit soin de baisser légèrement la tête.

— Il ne t'a pas vu, assura Hazel.

— Tant mieux !

Il relâcha son souffle.

— J'ai décidé de révéler au public la nature de mon lien avec Ellie, et j'espère qu'on va trouver Jamie rapidement. Nous ne voulons pas l'effrayer, car sa coopération rendrait les choses beaucoup plus simples. Nous ferons tout ce qui est nécessaire pour l'aider à s'occuper de son bébé, mais si cela ne se produit pas, il vaudrait mieux envisager une adoption, ce qui me permettrait d'être partie prenante dans l'éducation d'Ellie.

Hazel tourna vers lui un visage stupéfait.

— Tu... tu as l'intention d'adopter Ellie ? De l'élever toi-même ?

— Pourquoi pas ? répondit Finn. J'ai besoin de la protéger.

Il prit une grande inspiration avant d'ajouter :

— Je refuse de la laisser grandir dans l'idée qu'elle n'a pas été désirée.

Comme il avait grandi, lui...

Et sa propre mère aussi, sans doute.

Cela devait cesser. Cette histoire ne se répéterait pas une fois de plus.

Hazel s'arrêta à un feu rouge avant de tourner dans la rue du concessionnaire automobile. Il sentait son regard sur lui, et fut saisi d'un étrange frisson. Était-ce de la fierté ? Peut-être. En tout cas, c'était agréable, trop sans doute...

Il savait qu'il ne fallait pas faire confiance, engager ses sentiments. Car un jour ou l'autre, ceux que vous aimiez disparaissaient, vous laissant le cœur brisé à jamais.

Le luxueux 4x4 que Finn avait choisi n'avait pas été élu « voiture de l'année » par hasard, mais c'est la couleur qui avait le plus séduit Hazel – un somptueux rouge métallisé. Le concessionnaire avait ajouté un siège auto pour bébé dernier cri que Finn portait actuellement par sa poignée, avec Ellie bien calée à l'intérieur et visiblement à l'aise, car elle s'était endormie.

— J'ai décidé qu'il était temps de tester cet engin, dit-il à Hazel. Qu'est-ce que vous faites, Ben et toi ?

— Nous allons voir Isabella. Le maréchal-ferrant est encore venu hier pour travailler sur ses sabots et je pense qu'elle pourra bientôt marcher. Cela fait un quart d'heure qu'elle hésite, et j'attends…

Finn regarda Ben, qui s'était glissé sous la clôture et s'avançait maintenant lentement vers Isabella.

— Regarde, elle vient de poser un pied par terre !

Il hocha la tête.

— C'est encourageant.

Hazel fronçait les sourcils.

— Oui, mais je ne suis pas sûre que ce soit bien de la laisser dans le paddock. J'ai entendu dire que les ânes n'aimaient pas trop les chiens et… Ben… viens ici !

Ben s'arrêta, regarda Hazel, remua la queue mais se coucha au lieu de la rejoindre.

— On dirait qu'il a besoin de réfléchir, dit Finn. Je vais aller le chercher, si Isabella ne l'aime pas. J'allais te demander si je pouvais le prendre, aujourd'hui.

— Pour quoi faire ?

— Je veux l'emmener avec Ellie à la clinique.

— Mais… pourquoi ?

— Sandra a dû partir, et nous tournons un épisode *d'Allô Véto*. Anna et les autres sont trop heureux de faire du baby-sitting pendant ce temps-là et Jude a envie de me filmer en train d'examiner Ben. L'équipe adore connaître les suites des interventions d'urgence.

— Oh…

Hazel aurait préféré oublier sa prochaine apparition dans l'émission, et Finn se rappela qu'elle était très pudique et n'aimait pas se faire remarquer. Pourtant, elle était très talentueuse, et il trouvait son corps magnifique…

Il se secoua. Que lui prenait-il, de songer ainsi à elle ? N'avait-il pas complètement abandonné l'idée d'avoir une relation suivie avec Hazel ? De vouloir un avenir avec elle ? De faire d'elle la mère des enfants qu'il était jusque-là si sûr de ne jamais vouloir avoir ?

Il fallait qu'il cesse de songer ainsi à elle, et renonce à ses rêves romantiques. Il était persuadé que Hazel n'avait aucune idée des pensées qui lui tournaient dans la tête, mais peut-être avait-il besoin de la rassurer, et de se rassurer lui-même : il n'y avait aucune pression, entre eux. Aucune attente de part et d'autre.

C'est juste que… il appréciait vraiment sa compagnie, surtout aujourd'hui.

— Sandra nous a préparé un bon pique-nique avant de partir. Et aussi cet incroyable gâteau au caramel dont elle a le secret.

Hazel baissa les yeux vers le bébé endormi dans le siège que Finn portait.

— Mais tu veux partir maintenant ? Je n'ai pas besoin d'être à la clinique avant cet après-midi.

— J'ai pensé que je pourrais te persuader de venir un peu plus tôt, dit-il en lui offrant son plus beau sourire. C'est une si belle journée ! Nous pourrions faire un pique-nique sur la plage. Jude voudrait parler du refuge de ton amie dans cet épisode et annoncer un futur reportage, crois-tu que tu pourrais le lui présenter ?

Serait-elle assez courageuse pour participer de nouveau à l'émission ? Pour aider l'Hôtel des Animaux, elle était prête à faire un effort. Il était peut-être trop tard, car la dernière fois qu'elle avait parlé à Kiara, celle-ci lui avait dit qu'elle devrait bientôt fermer le refuge, mais on pouvait toujours informer les téléspectateurs. Si des dons étaient recueillis, ils pourraient toujours servir à d'autres lieux d'accueil pour animaux.

— Mmm…

Ce fut sa seule réponse. Finn insista.

— Je… j'apprécierais vraiment ta compagnie, pour être honnête.

Cela fonctionna. Quand il croisa son regard plein de tendresse, il sut qu'il avait gagné la partie.

Très vite pourtant, elle fronça les sourcils.

— Qu'est-ce qui ne va pas, Finn ?

— La police pense que Jamie met trop de temps à prendre contact, et qu'un peu de publicité pourrait aider. C'est la vraie raison pour laquelle j'emmène Ellie avec moi, aujourd'hui. Je vais me présenter comme son grand-père et lancer publiquement un appel à Jamie.

Hazel écarquilla les yeux.

— C'est une grande nouvelle !

— Je t'avoue que je ne suis pas impatient de voir les retombées, admit-il. La célébrité commence à me peser. Je préférerais rester ici avec le bébé, des chatons, un chien convalescent et…

Il s'interrompit, les yeux fixés sur le paddock, derrière elle. Tournant rapidement la tête, Hazel vit Isabella s'avancer vers elle sans boiter. L'ânesse fit une pause pour incliner la tête et renifler Ben, qui, immobile, se contenta de remuer lentement la queue.

— Ils sont amis, dit Finn doucement. Comme nous. C'est cool, non ?

Hazel lui sourit.

— Trop cool…

Heureusement qu'il tenait le siège auto à la main ! Sinon il aurait serré Hazel dans ses bras à l'étouffer pour lui faire comprendre à quel point elle comptait pour lui.

À quel point il l'aimait ?

Bien sûr que non, il n'était pas amoureux d'elle ! Il avait

été blessé trop profondément pour aimer de nouveau. Mais l'amitié était une forme d'amour, n'est-ce pas ?

Une expression étrange sur le visage, Hazel lança :

— Tu sais quoi ? Je suis d'accord avec toi : un pique-nique est une très bonne idée, finalement !

8.

Ce fut, en effet, un pique-nique parfait.

Pas seulement parce qu'ils évitèrent de mettre du sable dans les délicieux plats de Sandra en utilisant l'une des tables de pique-nique installées à côté de la plage et qu'ils trouvèrent une place à l'ombre, sous un arbre, pour que personne ne souffre de la chaleur. Mais aussi parce que, bien qu'à deux pas de leur travail, ils avaient l'impression d'être en vacances. Le ciel sans nuages, la douce brise de cette magnifique journée de printemps, les cris des enfants jouant sur l'herbe et pataugeant dans les vagues, les aboiements joyeux des chiens courant après des frisbees leur procuraient une détente bienvenue. Couché sous la table dans l'espoir que des miettes en tombent, Ben ne risquait pas d'infecter ses plaies en voie de guérison.

Finn prit Ellie dans ses bras. Elle venait de se réveiller et commençait à avoir faim.

— Regarde la mer, ma chérie !

Il la tourna vers la plage.

— Tu vois ces grands enfants qui font des châteaux de sable et courent dans les vagues ? On pourra bientôt faire ça, tous les deux, non ?

Ellie grimaça, puis se mit à pleurer, de plus en plus fort. Comme Ben sortait la tête de sous la table, Hazel lui fit une caresse pour le rassurer.

Finn souleva le bébé au-dessus de sa tête, puis tourna doucement sur lui-même.

— On fait l'avion ?

Les pleurs cessèrent, mais Ellie ne souriait toujours pas. La tenant fermement, Finn planta les yeux dans les siens.

— Bouh !

Elle eut l'air surpris, et écarquilla les yeux. Puis elle ouvrit la bouche, et Hazel crut qu'elle allait se mettre à pleurer mais, au lieu de ça, ses lèvres se courbèrent en un grand sourire et elle commença à émettre d'étranges bruits de hoquet.

— Oh ! mon Dieu ! dit Hazel. Je crois qu'elle rit…

Finn la fit de nouveau tournoyer, ce qui provoqua un véritable éclat de rire. Ravie, Ellie agitait ses petits bras dans tous les sens.

— Elle veut que je continue, dit Finn.

Mais, alors qu'il soulevait le bébé devant son visage, il pinça le nez.

— Euh…

Il hésita une fraction de seconde, puis il sourit de nouveau en tendant les bras vers Hazel.

— C'est ton tour de changer sa couche, n'est-ce pas ?

— Non, grand-père, je crois que c'est à toi.

Mais elle prit machinalement le bébé. L'espace d'un instant, leurs mains se touchèrent et ils échangèrent un regard complice.

Un regard d'amour pur.

Pas seulement l'amour que Hazel portait à cet homme, mais aussi celui qu'elle portait à l'adorable petite Ellie. Et à Ben, qui avait posé une patte sur son genou. Les rires partagés, le soleil, la bonne nourriture et les autres familles alentour donnaient à ce moment une saveur particulière.

Les autres familles…

Oui… Parce que c'est à cela qu'ils ressemblaient.

À une famille. Une famille parfaite.

La dernière pièce d'un puzzle qui s'était assemblé jour

après jour, alors qu'elle tombait de plus en plus amoureuse de Finn. Ce qu'il avait dit plus tôt dans la journée, à savoir qu'il aurait préféré rester dans sa propriété de campagne, dans ce fantasme qu'ils avaient créé d'un lieu idyllique pour les enfants et les animaux, avait semé en elle une graine d'espoir qui avait grandi…

Mais Finn ne semblait pas partager ses espoirs. Ne lui avait-il pas rappelé, ce matin, qu'ils étaient simplement amis ?

— Je plaisantais, dit-il. Si tu veux bien la tenir une seconde, je vais aller chercher le sac à langer. Je l'ai laissé dans la voiture. On pourrait partir au travail juste après lui avoir donné son biberon et la confier à Anna pendant le reste de la journée ?

Déjà, il débarrassait la table.

— Je sais que tu n'as rien de prévu en début d'après-midi, et je suis sûr que Jude aimerait avoir une discussion avec toi. Et tu pourrais être là pour l'examen de Ben, peut-être ?

Hazel secoua la tête.

— Je n'y tiens pas. Je te cède ma place devant les caméras, cette fois-ci, répondit-elle en câlinant Ellie. Je préfère m'occuper des couches sales !

Tout semblait… normal.

Alors qu'il venait de passer deux longues heures dehors, à savourer la chaleur du soleil printanier qui faisait briller la mer d'un bleu très pur, voici qu'il se retrouvait assis devant un miroir, avec une maquilleuse qui lui poudrait le visage pour que sa peau ne soit pas luisante sous les projecteurs. Toute l'équipe l'attendait pour tourner l'épisode d'*Allô Véto* de la semaine.

Jude, la productrice, pensait manifestement à plus long

terme, et elle aborda Hazel alors qu'elle vérifiait sa liste de patients de l'après-midi.

— Bien sûr, nous ne pouvons pas utiliser toutes les séquences de l'opération que vous avez pratiquée sur le vieux chien errant, mais nous adorons tous ce que vous avez dit sur le refuge de votre amie. Pouvez-vous me donner les coordonnées de… quel est son nom, déjà ?

— Kiara. Kiara Brail, répondit Hazel. Je ne pense pas qu'elle sera intéressée par une apparition à la télévision, cependant. Elle ne vous laissera filmer que si cela peut être utile aux animaux, et vous devez savoir qu'elle est sous une telle pression financière qu'elle songe à fermer.

Jude eut un geste de la main.

— Je suis sûre que l'émission peut encourager les donateurs à se montrer généreux.

— Je devrais peut-être lui en parler d'abord. Elle est très occupée en ce moment.

Cette fois, Jude haussa les épaules.

— C'est à elle de décider. Et ce serait parfait de pouvoir filmer le chien après son adoption. Vous ne lui avez pas encore trouvé un vrai foyer définitif, n'est-ce pas ?

— Non. J'ai la chance de l'accueillir moi-même jusqu'à ce qu'il se remette de l'opération.

— Et ensuite ? Aura-t-il la fin heureuse que tous les fans d'*Allô Véto* souhaitent ?

— Je ne sais pas, dit Hazel avec calme. Mais j'espère vraiment que oui.

Toujours aux mains de la maquilleuse, Finn écoutait sans mot dire cette conversation. Il savait à quel point Hazel aimait Ben. Même si elle n'avait jamais rien dit, il savait aussi que, pour elle, vivre dans un endroit où le vieux chien pourrait finir sa vie serait un rêve devenu réalité. C'est ce qui lui avait donné envie de l'aider, car si quelqu'un méritait de voir son rêve se réaliser, c'était bien Hazel.

— On reste en contact, alors !

Jude avait l'air moins enthousiaste, tout à coup.

— C'est juste une idée à ce stade, bien sûr, ajouta-t-elle. Nous avons beaucoup d'autres choses passionnantes en préparation pour le célèbre Dr Finn !

Comme de l'envoyer sauver un ornithorynque ou un diable de Tasmanie ? Ou se ridiculiser dans une émission de cuisine pour célébrités ? Finn secouait la tête lorsque la maquilleuse se tourna vers lui, un tube de mascara à la main.

— Non, merci, dit-il fermement.

— Très bien. Mais je vais vous mettre un peu de laque, au moins. On aura l'impression que vous avez fait du surf.

Finn passa les doigts dans ses cheveux.

— Je préférerais un look naturel, aujourd'hui.

Finn voulait que les projecteurs soient braqués sur Hazel plutôt que sur lui. Il voulait que les téléspectateurs voient à quel point elle était compétente, passionnée et dévouée à la cause animale, des qualités qu'il aimait chez elle. Et il voulait qu'un prochain épisode montre Ben guéri et installé dans son nouveau foyer…

Quelques instants plus tard, Finn rejoignait l'équipe de tournage en salle d'examen. La main sur la tête du vieux chien, il se tourna vers la caméra.

— Ben est arrivé en urgence il y a une semaine après avoir été renversé par une voiture. Il souffrait d'une fracture du tibia. Ma collègue, le Dr Hazel Davidson, a utilisé des implants spéciaux composés d'une plaque et de vis pour stabiliser les os cassés. Vous pouvez les voir sur cette radiographie récente.

Finn se dirigea vers l'écran lumineux fixé au mur et poursuivit son explication.

— Cette petite tache que vous voyez ici est le cal qui se forme sur la ligne de fracture et qui soude les os rompus.

Il n'est pas assez fort pour que la patte soit utilisée mais dans quelques semaines, la ligne de fracture aura complètement disparu et un mois plus tard environ, Ben pourra de nouveau courir.

Ce moment de la guérison de Ben était suffisamment éloigné dans le futur pour qu'il n'ait pas à penser que cela marquerait le départ de Hazel, qui n'aurait alors plus de raison de vivre dans sa maison.

Avec lui… ?

C'était dans longtemps, se rappela Finn, alors que le tournage avec Ben se terminait et que les techniciens de plateau discutaient d'un nouveau cas que le Dr Finn devrait diagnostiquer et traiter. Et il avait des choses bien plus importantes à régler avant de se demander à quel point la compagnie de Hazel allait lui manquer. Ce ne serait pas un problème d'éviter d'y penser, en fait, car il en avait pris l'habitude. Le moyen le plus simple était de se concentrer sur des problèmes pratiques pour chasser ses émotions. Comme de trouver un endroit où Hazel pourrait vivre avec Ben, par exemple. Peut-être pas trop loin de chez lui, afin de préserver leur belle amitié ?

La solution la plus simple serait de l'aider à trouver et à acheter une maison qui lui convienne, mais si Hazel avait eu les moyens, elle l'aurait probablement déjà fait. Hélas, l'immobilier atteignait des sommets à Sydney, en ce moment. Son penthouse de Coogee Beach, par exemple, valait plusieurs millions. Avait-il vraiment besoin de vivre entre deux propriétés ? Avec une telle somme d'argent à sa disposition, il pourrait faire tant de choses !

C'était précisément le genre de problème que Finn savait pouvoir résoudre. Et il le résoudrait. Plus tard. Il y avait d'autres choses bien plus importantes sur la liste de ses priorités, dont la première était Ellie. Certes, ils essayaient de ne pas effrayer la mère du bébé, faisant ce qu'ils pouvaient pour la retrouver discrètement tout en lui donnant l'opportunité de prendre contact elle-même, mais ils devaient accélérer le processus. Jamie s'était rendue dans une ville très isolée de l'arrière-pays australien pour accoucher. Si elle était déjà en fuite, plus elle aurait de temps, plus il serait difficile de la retrouver.

Les rendez-vous de quinze minutes n'étaient jamais tout à fait suffisants, mais aujourd'hui, la pression était presque bienvenue car elle permettait à Hazel de rester concentrée sur son travail et de ne pas penser à Finn, en train de parler devant les caméras dans la salle de consultation adjacente. Mais tout cela n'était pas suffisant pour dissiper cette… sensation de vide qu'elle ressentait depuis la mi-journée.

Depuis ce fameux pique-nique près de la plage qui lui avait fait entrevoir ce que pourrait être son existence, éveillant en elle un espoir insensé. Et totalement vain, hélas, car Finn ne partageait pas son désir d'avoir une famille, et aspirait au contraire à retrouver sa vie d'avant. Non seulement il était en train de tourner un nouvel épisode d'*Allô Véto*, mais il prévoyait d'autres apparitions télévisuelles pour tenter de mieux vivre les bouleversements que l'arrivée de sa petite-fille avait créés.

Les uns après les autres, Hazel appela ses patients afin de respecter ses heures de rendez-vous. Elle dut endormir un jeune beagle pour extraire un grain de maïs de son oreille et examiner une femelle labrador âgée et en surpoids qui montrait clairement des signes de diabète et avait besoin de plus qu'un simple test sanguin.

— Prenez ce récipient, dit-elle à la propriétaire, et emmenez Penny de l'autre côté de la route, dans les dunes près de la plage. Si elle urine aussi fréquemment que vous me le dites, ça ne devrait pas prendre trop de temps pour obtenir un échantillon. Marchez derrière elle et glissez le récipient en dessous quand elle s'accroupit. Doucement, pour ne pas l'effrayer.

— Et ensuite ?

— Vous nous rapporterez l'échantillon, et son analyse nous permettra de décider du traitement à donner à Penny.

— Ce n'est pas bon signe, n'est-ce pas ? demanda la propriétaire de la chienne, les larmes aux yeux. Si elle a du diabète, cela peut la rendre aveugle ?

— Procédons par ordre : nous allons prendre soin d'elle et il est inutile de s'inquiéter avant d'avoir un diagnostic précis.

C'était un conseil qu'elle devait suivre elle-même, décida-t-elle en se dirigeant vers la salle d'attente. Un pas après l'autre, c'était tout ce qu'elle pouvait faire, car elle n'avait aucune idée de ce que serait le prochain tournant de sa vie, ni du moment où il se produirait. Ce qu'elle savait, c'était que Finn essayait d'entrer en contact avec sa fille et qu'il avait besoin de son soutien. En arrivant à la porte, elle réussit à croiser son regard et lui offrit un sourire encourageant avant de rejoindre les autres membres du personnel qui observaient le tournage.

Il se tenait devant deux séries de caméras de télévision, sur les marches qui menaient à l'entrée de la clinique. L'équipe de Jude filmait un jeune reporter qui interviewait Finn. Ainsi, la star *d'Allô Véto* pourrait être vue dans un épisode de sa vie quotidienne.

Hazel sentit son cœur se serrer lorsqu'elle aperçut de nouveau le visage de Finn. Était-ce la lumière naturelle qui le faisait paraître plus mûr et plus sérieux, ou simplement le fait que son statut de célébrité commençait à lui peser ? Aujourd'hui, ce n'était pas un animal qu'il tenait dans ses bras, mais un bébé, et il était entouré d'un officier de police en uniforme d'un côté, et d'une représentante des services sociaux de l'autre, ce qui conférait à cette scène un caractère particulièrement dramatique.

Le jeune reporter désigna d'un geste de la main les grandes lettres rouges au-dessus de l'entrée de la clinique.

— Nous sommes ici sur le lieu de tournage de l'une des émissions de télévision les plus populaires d'Australie, *Allô Véto*, mais ce n'est pas à la cause animale qu'est dédiée l'émission d'aujourd'hui, expliqua-t-il en se tournant vers Finn. Je laisse la parole au Dr Finn lui-même.

Hazel retint son souffle en regardant Finn prendre une profonde inspiration. Il rassemblait son courage, et elle dut se retenir de courir vers lui pour lui apporter son soutien. Il baissa les yeux vers le visage d'Ellie, endormie dans ses bras.

— Aussi incroyable que cela puisse paraître et, croyez-moi, j'ai été aussi surpris que n'importe qui de le découvrir, ce magnifique bébé est ma petite-fille.

— Désolé, le coupa le journaliste, vous voulez dire « fille », n'est-ce pas ?

— Non. C'est ma petite-fille, affirma Finn.

Hazel perçut de la fierté dans sa voix, et songea qu'il avait fait un long chemin depuis le moment où il avait craint que le fait d'être grand-père ruine son image.

— On l'a déposée dans votre salle d'attente il y a une semaine, c'est ça ? reprit le journaliste. Abandonnée, en quelque sorte ?

Margaret, des services sociaux, intervint.

— Elle n'a pas été à proprement parler abandonnée. Elle a été laissée, pour une raison ou une autre, à la garde d'un membre de la famille.

Le reporter hocha la tête et se tourna aussitôt vers Finn.

— Comment pouvez-vous être sûr que vous êtes de sa famille ?

— Il y avait un mot, dans le couffin, qui décrivait avec précision la nature de notre lien. Et cela a suffi pour que je prenne la responsabilité de m'occuper de ce bébé – avec la permission et le soutien de la police et des services sociaux – le temps d'effectuer un test ADN. Je suis certain maintenant d'être lié à cette enfant. Le résultat du test est très clair. La mère de cette fillette est ma fille biologique, mais j'ignorais jusque-là son existence.

Il y eut un moment de silence, comme si tout le monde savait à quel point cette nouvelle allait choquer.

Le journaliste interrogea ensuite l'officier de police principal.

— Que disait la note ?

— Une enquête est en cours à ce sujet, et je ne peux révéler aucune information qui risquerait de la compromettre.

Finn se tourna face à la caméra. Il avait l'air de se contrôler parfaitement, songea Hazel, et il semblait aussi à l'aise que lors du tournage des autres épisodes.

— Ne t'inquiète pas, Jamie, dit-il doucement. Je veux juste m'assurer que tu vas bien. Que je peux t'apporter toute l'aide dont tu pourrais avoir besoin.

Il marqua une pause et prit une profonde inspiration.

— N'aie pas peur et appelle-moi, s'il te plaît, ajouta-t-il en souriant à la caméra. J'aimerais vraiment te rencontrer.

Grâce aux réseaux sociaux, plus personne n'eut besoin d'attendre le bulletin d'information du soir pour connaître les dernières nouvelles et, si l'annonce surprenante que le célibataire le plus convoité d'Australie était déjà grand-père ne suscita pas l'intérêt international, elle fit grand bruit au niveau local.

Pendant le voyage de retour vers les Blue Mountains, le téléphone de Finn fut saturé d'appels. Le temps qu'ils rentrent à la maison, des extraits de son interview circulaient partout en ligne.

— Tu t'es vraiment bien débrouillé, lui dit Hazel. Je suis sûre que quelqu'un va se manifester.

— Hmm…

Finn secoua la tête et consulta l'écran de son téléphone tandis qu'elle aidait Ben à gravir les marches du perron.

— Bon sang… il y a des photos de moi à l'université ! Comment diable quelqu'un a-t-il pu s'en procurer si vite ?

— As-tu la moindre idée du nombre d'articles qui ont été publiés sur toi ces dernières années ? demanda Hazel avant de fermer la porte derrière eux. Il suffit de faire une recherche sur Internet pour trouver des centaines de clichés.

Une fois dans la cuisine, Finn posa le siège auto d'Ellie sur la table et commença à défaire le harnais de sécurité, puis il lança à Hazel :

— Je ne sais pas pour toi, mais je prendrais bien un verre de vin !

— C'est un bon programme. Ça a été une sacrée journée, n'est-ce pas ?

— Il y a du vin blanc au frais. Du rouge dans le casier du garde-manger. Du champagne dans la cave.

— C'est bon à savoir. Je prendrai du chardonnay, dit Hazel en ouvrant le réfrigérateur.

Finn souleva Ellie.

— Qui sait qui va se manifester ? se demanda-t-il. Et si ce n'est pas Jamie ? Et si c'était le père d'Ellie et sa famille qui voulaient l'emmener ?

Hazel lui tendit un verre de vin.

— Une étape à la fois, dit-elle. Pourquoi n'irions-nous pas nous asseoir sur la terrasse quelques minutes pour profiter du coucher de soleil ?

Il sourit.

— Quelle bonne idée !

— J'en ai une autre : laisse ton téléphone ici.

Mais le bip d'une nouvelle alerte retentit et il jeta un coup d'œil à l'écran.

— Oh ! non…

Le cœur de Hazel manqua un battement.

— Quoi ?

Elle s'approcha pour voir ce qu'il regardait.

— Oh ! mon Dieu… qui a pris ça ? C'était des heures avant que la nouvelle soit publiée…

C'était une photo de Finn tournant avec Ellie pour jouer à l'avion. On y voyait aussi Hazel, qui lui souriait, et même Ben. Ce cliché saisissait parfaitement cet instant familial qu'elle chérirait pour toujours et elle ressentait comme une violation de son intimité le fait que le monde entier puisse le voir.

— Je suis vraiment désolé, dit Finn doucement. Le mieux est d'ignorer tout cela.

Il posa son téléphone sur la table.

— Ne regarde rien pendant quelques jours, d'accord ?

Hazel était encore sous le choc quand ils sortirent sur la terrasse.

— Ce n'est que le début, n'est-ce pas ? murmura-t-elle.

— C'est possible, mais pas ce soir. Ce soir, il n'y a que nous, dit-il en levant son verre. Et puis… c'est une belle photo, tu ne trouves pas ?

Oh… cette expression dans les yeux de Finn ! Soudain, elle eut l'impression qu'il les voyait comme une vraie famille, qu'il avait autant qu'elle envie d'y croire.

Le crissement de pneus sur le gravier de la cour rompit le charme de l'instant. En se retournant, ils virent une voiture s'arrêter, dont deux personnes sortirent en même temps : Margaret et une jeune femme aux longs cheveux noirs, portant un sweat à capuche et un jean déchiré.

Finn était devenu très pâle. Ils savaient tous les deux à qui ils avaient affaire, mais Margaret le leur confirma quand même.

— Voici Jamie, dit-elle à Finn. Votre fille. La mère d'Elena.

Finn parut sur le point de dire quelque chose, mais Jamie le devança.

— Je suis venue récupérer mon bébé, déclara-t-elle sans préambule.

9.

Finn eut l'impression de recevoir un coup de poignard en plein cœur. Muet d'émotion, il observa le corps svelte de la jeune femme, ses pommettes hautes et ses longs cheveux, aussi noirs que ses yeux. Que ce regard soit franchement hostile n'y changeait rien : les mots qui sortirent de sa bouche furent spontanés.

— Tu ressembles à ta mère…

Cela était si vrai que Finn fut assailli par le souvenir de son premier amour. Son seul et unique amour.

— Comment le sais-tu ? répliqua Jamie d'un ton narquois. Tu ne l'as pas vue depuis plus de dix-huit ans !

— Allons à l'intérieur, suggéra Margaret. Peut-être que nous pourrions faire du thé ?

Elle parlait à Hazel, bien sûr, ce qui rappela soudain à Finn qu'il n'était pas seul. Or il avait bien besoin d'un ami, en ce moment, d'une ancre à laquelle il savait pouvoir se raccrocher, d'un regard qui ne fuirait pas le sien. Il savait qu'il avait toujours pu compter sur le soutien de Hazel, qui faisait désormais partie intégrante de sa vie et des bouleversements qui s'y produisaient, dont le coup de théâtre d'aujourd'hui constituait le point culminant. Ellie dut sentir qu'il se passait quelque chose, car elle se mit à pleurer beaucoup plus fort que d'habitude.

— Laisse-moi la prendre, proposa Hazel. Je vais lui faire un biberon. À moins que…

Elle prit Ellie dans ses bras ; Jamie lui lança un regard noir.

— C'est une très bonne idée ! dit Margaret. Nous avons tous besoin de discuter, je pense.

— Je veux juste reprendre mon bébé, marmonna Jamie.

Finn remarqua qu'elle ne quittait pas Hazel des yeux.

— C'est exactement ce dont nous devons discuter, reprit Margaret d'un ton doux, mais ferme. Tu as vécu dans la rue, Jamie. Nous devrons trouver un meilleur endroit que ça si tu veux t'occuper de la petite Elena, n'est-ce pas ?

Dix minutes plus tard, ils étaient assis à la table de la cuisine, une bonne tasse de thé devant eux, et Margaret menait la conversation.

— Jamie vous a vu à la télévision, expliqua-t-elle à Finn, puis elle est allée au poste de police le plus proche. C'est là qu'on m'a envoyée pour la rencontrer, et nous avons parlé. Elle n'a accepté de venir vous voir que si vous n'étiez pas prévenu de son arrivée.

— Mais… comment a-t-elle su qui j'étais ? demanda Finn. Qui a suggéré que j'étais son père ?

— Nous avons aussi parlé de ça, répondit Margaret en regardant Jamie, qui était assise, capuche relevée et tête baissée. Veux-tu raconter ça à Finn, Jamie ?

Il n'y eut pas de réponse, mais Finn perçut le regard de la jeune femme sur Hazel, qui donnait son biberon à Ellie. Elle se souciait vraiment de son bébé, pensa-t-il, ce qui était un point commun entre eux. Un point de départ ?

— Jamie savait qu'elle avait la possibilité de rechercher sa famille biologique lorsqu'elle aurait dix-huit ans, expliqua Margaret et, comme elle était enceinte de son propre enfant, elle a décidé de le faire. Elle… était prête à demander de l'aide.

— De l'argent, intervint Jamie, c'est tout ce que j'attends de toi. Tu as de la chance d'être riche, hein ?

— Je t'apporterai tout le soutien dont tu as besoin, dit Finn.

— Ouais, c'est ça…, marmonna Jamie d'un air dédaigneux. Comme tu l'as fait pour ma mère quand elle est tombée enceinte.

— Je n'ai jamais été au courant de la grossesse de ta mère, Jamie et… je ne peux pas te dire à quel point je suis désolé. Je suis prêt à faire tout ce que je peux pour essayer de me rattraper mais…

— Mais tu n'en as pas pris la peine quand ça comptait vraiment ! explosa Jamie. Tu n'as pas essayé de retrouver ma mère, n'est-ce pas ? Et elle n'a jamais cessé de me dire combien tu étais merveilleux. Combien elle t'aimait…

Finn lut dans le regard de Hazel que celle-ci y croyait. Elle lui avait d'ailleurs dit qu'Elena devait l'aimer pour avoir appelé sa fille comme lui. Que leur amour avait été précieux…

— Son père m'a dit qu'elle avait trouvé un travail et ne voulait plus étudier. Qu'elle en avait assez de moi…

Finn chassa avec peine la boule qui s'était formée dans sa gorge et ajouta :

— Pourquoi ne me l'a-t-elle pas dit en personne ?

— Peut-être parce qu'elle ne voulait pas gâcher ta vie, comme son père lui a dit qu'elle avait gâché la sienne. Elle était censée partir et ne pas mettre cet enfant au monde. Il lui a demandé de ne jamais revenir si elle n'obéissait pas.

Finn ferma les yeux sous l'effet de la douleur que cette déclaration provoquait en lui. C'est à ce moment-là qu'il avait cessé de croire en l'amour et avait commencé à se protéger pour ne plus jamais rien ressentir d'aussi fort pour quiconque.

— Mais… je ne comprends pas, dit-il lentement. Pourquoi n'a-t-elle pas pris contact plus tard ? Pourquoi n'ai-je pas été prévenu quand elle est morte et que tu as été prise en charge par les services sociaux ? Quelqu'un devait bien savoir la vérité…

Jamie croisa les bras et tourna le dos à Finn pour se diriger vers Ben, qui se leva et remua la queue.

Ce fut Margaret qui fournit à Finn la réponse qu'il attendait.

— Oui, quelqu'un savait : la mère d'Elena, annonça-t-elle. Elle a été sollicitée pour prendre Jamie quand la mère de celle-ci est morte et elle a refusé à cause de sa situation familiale, prétextant que la jeune fille serait bien mieux dans une autre famille. Quelques années plus tard, elle a écrit une lettre qui devait être conservée dans le dossier de Jamie et lui être remise si elle souhaitait en savoir plus sur ses origines. C'est comme ça qu'elle connaît l'histoire de sa mère, et par conséquent la vôtre…

Finn regarda Jamie s'accroupir à côté de Ben pour le caresser.

— Ça a dû être dur pour toi de laisser ton bébé dans la salle d'attente comme ça, dit-il avec douceur. Je suis si heureux que tu aies eu confiance en moi pour prendre soin d'elle !

Jamie haussa les épaules.

— Je ne pensais pas que tu voudrais d'elle. Pas plus que tu ne voulais de moi.

— Je veux qu'elle fasse partie de ma vie, affirma Finn.

— Ça dépend de ce qu'elle représente pour toi, ajouta Jamie d'un air désinvolte. Si ce n'est pas assez, je la confierai à quelqu'un d'autre !

Le biberon était vide, maintenant, et Hazel tendit Ellie à Finn, qui la tint contre son épaule et lui frotta le dos.

— Je te veux aussi dans ma vie, dans notre vie, Jamie, dit-il. Que tu sois la mère d'Ellie et que je sois ton père… ou que j'essaie de l'être. Je ne connais pas grand-chose à la paternité, mais je suis bien décidé à apprendre. Reste ici avec moi ! Apprenons à nous connaître avant de prendre de grandes décisions.

Jamie ne répondit pas.

— Ça semble être un bon début, dit Margaret. Je peux aussi chercher un logement, Jamie, pour toi et pour Elena. Nous allons tous réfléchir à ce qui est le mieux pour vous deux.

— Nous avons tout ce dont tu as besoin, ici, Jamie, intervint Hazel, qui s'était tue jusque-là. Tu seras en sécurité, je te le promets. Et si tu restais juste pour ce soir et qu'on en reparle demain ?

Elle sourit en se penchant pour tapoter la tête de Ben, sa main touchant celle de Jamie.

— Il t'aime vraiment bien, dit-elle doucement.

Jamie cessa de caresser Ben.

— Il est blessé à la patte. C'est dégoûtant !

— Il s'est cassé le tibia, répondit Finn. Il a été renversé par une voiture.

Jamie jeta un regard à Finn.

— Alors, c'est elle, ta petite amie, maintenant ? Quand je t'ai cherché sur Internet, on disait que c'était ce mannequin qui se balade tout le temps en bikini !

— Hazel est mon amie, expliqua Finn sans évoquer sa relation passée avec Shannon. Elle est vétérinaire, comme moi, et nous travaillons ensemble. C'est elle qui a opéré Ben et elle s'est installée ici pour s'occuper de lui. Et pour m'aider à m'occuper d'Ellie.

Il n'osa pas regarder Hazel pendant qu'il parlait. Elle était bien plus qu'une simple amie, pour lui, mais il ne voulait pas y songer maintenant.

Pour toute réponse, Jamie le gratifia d'un regard méfiant.

Tout avait changé.

L'espace d'un instant, sur la terrasse, Hazel avait réellement pensé que Finn était sur le point de dire quelque chose qui les lierait pour toujours et ferait d'eux une famille à l'avenir radieux. Hélas, ce rêve avait été brutalement détruit par l'arrivée houleuse d'une mère adolescente mal dans sa peau.

La fille dont Finn ignorait l'existence, mais qui apparemment ressemblait comme deux gouttes d'eau à sa mère, l'amour de sa vie. Pas étonnant qu'il essaye de se rapprocher de Jamie !

Hazel faisait de son mieux pour l'encourager et le soutenir, mais il lui était de plus en plus difficile de ne pas se sentir de trop. Sandra était là plus souvent pour aider à préparer les repas et s'occuper du bébé, ce qui était très bien car Jamie ne montrait aucun intérêt pour autre chose que dormir, manger et faire du shopping. Finn l'avait emmenée en ville plus d'une fois pour acheter des vêtements, des articles de toilette et le genre d'accessoires dont tous les adolescents ne pouvaient apparemment pas se passer, comme le dernier téléphone portable, par exemple.

Margaret effectuait des visites fréquentes et Hazel savait que toutes les solutions étaient envisagées pour l'avenir de Jamie et Ellie, y compris l'adoption officielle par Finn. Elle avait perçu des bribes de conversations dans la maison.

« — Tu pourrais retourner à l'école. Aller à l'université, si tu veux…

— Et ça me servirait à quoi ? Tu es riche. Je n'ai pas besoin d'un travail. »

« — Nous pourrions tous vivre ici. Ce serait un endroit merveilleux pour voir grandir Ellie.

— Au milieu de nulle part ? Tu plaisantes ? »

Jamie se montrait hostile et Hazel la comprenait. Privée de famille, elle n'avait jamais eu de père, et avait perdu son insouciance en devenant mère trop jeune. Ce qu'elle avait du mal à accepter, en revanche, c'était que Jamie refusait toujours de s'occuper de son bébé. Elle ne voulait ni la nourrir, ni la baigner ou même la prendre pour la câliner, et il semblait qu'Ellie était consciente de ce rejet, car elle était déstabilisée.

Alors que Finn passait tout son temps à la maison, Hazel se rendait de plus en plus souvent à la clinique. Elle prenait Ben avec elle. Elle était ravie de faire ce qu'elle faisait le mieux, et enchaînait rendez-vous et interventions au bloc.

Elle avait huit jours de congé à partir du lendemain. Elle avait prévu d'aller passer quelques heures à l'Hôtel des Animaux, pour aider Kiara et voir par elle-même comment Bunji se portait.

Elle ouvrait la porte de la salle d'attente, impatiente de revoir Penny, quand elle découvrit un homme qui semblait importuner Kylie, la réceptionniste.

— C'est donc là que le bébé a été abandonné ? lança l'homme à voix haute, en désignant l'espace à côté de l'étagère des jouets pour chiens et chats.

Avant que Hazel puisse réagir, il prit quelques photos. Elle s'était délibérément tenue à l'écart des réseaux sociaux, mais elle savait que les ragots allaient bon train : on reprochait à Finn d'avoir abandonné sa petite amie enceinte et d'avoir ignoré ses responsabilités pendant près de deux décennies ; on prédisait la fin de sa popularité et la fermeture de sa célèbre clinique.

Hazel fit signe à la propriétaire de Penny d'entrer dans son bureau, puis elle se tourna vers Kylie.

— Vous avez besoin d'aide ?

Soudain, l'homme la dévisagea et s'écria :

— Hé ! Je vous connais, vous ! Je vous ai vue avec le Dr Finn sur la plage l'autre jour ! Vous êtes sa petite amie, n'est-ce pas ?

— Monsieur, je vous demande de partir, dit Hazel, ou nous allons devoir appeler la police.

— Inutile, je m'en vais, répondit l'inconnu avant de tourner les talons et de quitter la clinique.

Hazel se dirigeait vers son bureau lorsqu'une femme l'interpella.

— Attendez… Je pense que c'est vous que je cherche. Je vous ai vue sur les réseaux sociaux, dit-elle. Avec un chien.

Hazel eut un étrange pressentiment.

— Il est à vous ? lui demanda la femme.

— Je m'occupe de lui, répondit-elle. Il a été renversé par une voiture il y a quelques semaines et a dû subir une opération assez importante de la patte. On nous a dit que c'était un chien errant.

La femme hocha la tête.

— Il ressemble beaucoup au vieux chien de mon père, Max, qui a disparu quand son maître a été hospitalisé. Un des voisins a essayé de le retenir quand l'ambulance est partie, mais il a arraché son collier et s'est enfui. Papa est bouleversé par sa disparition.

Hazel ne put s'empêcher de ressentir un pincement au cœur. Elle savait que le rendre à son propriétaire serait la meilleure chose à faire pour Ben. Le père de cette femme avait probablement élevé le vieil épagneul depuis qu'il était un chiot et l'aimait encore plus qu'elle.

— Venez avec moi, dit-elle. Il est dans la salle réservée aux animaux. Vous pourrez vérifier si c'est bien Max.

Isabella l'ânesse se trouvait dans son enclos quand Hazel revint en fin d'après-midi, mais elle repéra vite la camionnette rouge et comprit que les friandises n'étaient pas loin. Le temps que Hazel se gare devant la maison et fasse descendre Ben, Isabella trottait dans sa direction.

Finn apparut sous le porche, avec la petite Ellie dans un porte-bébé. Il avait l'air impressionné.

— Comme elle marche bien, maintenant ! On dirait que ses sabots ne la dérangent plus du tout, dit-il en souriant à Hazel. Ça fait du bien, n'est-ce pas ?

Elle lui rendit son sourire.

— Oh oui !

La petite Ellie agita les bras et donna des coups de pied pour marquer son approbation et, l'espace d'un battement de cœur, Hazel eut l'impression d'être revenue à la période qui précédait l'arrivée de Jamie.

— Ben a l'air aussi heureux que nous, regarde !

Le chien se tenait près de la clôture, les pattes sur un rail, le nez en l'air. Isabella, penchée vers lui, posa la bouche sur sa truffe. Ce doux salut entre animaux aurait dû ravir Hazel mais, au lieu de cela, sa mine s'assombrit. Non, rien n'était plus comme avant l'arrivée de Jamie, et les choses continuaient à changer.

— Il s'appelle Max, dit-elle à Finn.

— Qui ça ?

Elle déglutit avec peine, avant de répondre.

— Ben. Son propriétaire s'est présenté à la clinique aujourd'hui. Ou plutôt, la fille de son propriétaire. Son père, Frank, a fait une chute et s'est cassé la hanche il y a quelques semaines, près de Bondi Beach. Un voisin a appelé une ambulance. Ben... je veux dire Max... s'est affolé. Un voisin a essayé de l'attraper mais il a arraché son collier et s'est enfui.

— Alors, que va-t-il se passer, maintenant ? demanda Finn à voix basse. Est-ce que Frank a quelqu'un dans sa famille qui pourra s'occuper de Ben ? Ou sera-t-il capable de le faire lui-même quand il sera rétabli ?

— Je ne le sais pas exactement. Sa fille ne peut pas le prendre parce que son mari est asthmatique et allergique aux chiens et son père ne peut pas s'occuper de lui parce qu'il va devoir aller dans une maison de retraite. J'ai promis d'aller lui rendre visite dans les prochains jours. J'emmènerai... Max avec moi.

Hazel se tut. Elle avait toujours su que son temps avec

Ben était compté, tout comme celui qu'il lui restait à passer avec Finn, mais elle ne voulait surtout pas y penser.

Soudain, un éclat de rire retentit en provenance de la maison.

Hazel leva les sourcils.

— Jamie a l'air heureuse, aujourd'hui.

Finn secoua la tête.

— Elle a passé tout l'après-midi au téléphone. Elle ne veut toujours pas me parler, ni s'occuper d'Ellie. Elle dit que ça ne sert à rien, parce qu'elle va bientôt avoir une nouvelle mère, de toute façon.

Il y eut un autre éclat de rire alors que Hazel se dirigeait vers la maison afin d'aller chercher une carotte pour Isabella. Jamie, allongée sur l'un des canapés de la véranda, tenait son téléphone au-dessus de son visage. Mais ce furent les mots qu'elle prononça qui firent stopper Hazel net, si soudainement que Finn faillit la heurter.

— On parle de toi sur les réseaux sociaux ! lança la jeune femme. Et c'est plutôt drôle. Regarde…

Hazel se pencha et lut sur l'écran :

Une petite amie à la fois, s'il vous plaît, docteur Finn !

La photo illustrant ce titre avait été prise aujourd'hui, à la clinique, comprit Hazel, alors qu'elle se penchait pour caresser Penny, avec en gros plan son derrière moulé dans sa blouse ! Il y avait aussi une capture d'écran de sa première apparition dans *Allô Véto*, avec Finn à ses côtés. Hazel eut tout juste le temps d'apercevoir une troisième photo avant que Finn attrape le téléphone et l'éteigne : celle de Finn lors d'une soirée de gala, en smoking, avec à son bras la sculpturale Shannon.

Affligée, Hazel imaginait déjà les milliers de commentaires que récolteraient des publications de ce genre. Au moins, elle n'était pas une adolescente vulnérable et savait comment se protéger.

Il n'en restait pas moins qu'elle avait enfreint les règles, n'est-ce pas ? Elle était tombée amoureuse, et – pire encore – s'était laissée aller à espérer. Elle n'avait pas été surprise que toute intimité physique entre Finn et elle ait cessé après l'arrivée de Jamie dans la maison. L'énergie de Finn était entièrement consacrée à Jamie, avec qui il tentait de créer un lien. Mais s'il y avait plus que ça ?

Et si la présence de Jamie lui avait fait comprendre qu'il devait s'abstenir d'aller plus loin avec Hazel, faute de voir leur relation révélée via les réseaux sociaux, ce qui lui rendrait la vie impossible ? Il avait peut-être aussi envie de renouer avec sa petite amie, dont il se séparait souvent… pour mieux renouer avec elle ?

Oui, tout s'effondrait, et quelle que soit la direction que prennent ses pensées, tout ne faisait qu'empirer. Plus on la verrait avec Finn, plus on ferait de comparaisons… et plus on rirait, comme Jamie l'avait fait, du couple mal assorti qu'ils formaient, elle et lui.

Être moqué sur les réseaux sociaux était le pire cauchemar de Finn, et il avait l'air furieux, en effet.

— Je garde ce téléphone, dit-il à Jamie. Et tu peux t'excuser auprès de Hazel.

— Pourquoi ? protesta la jeune femme en évitant le regard de Hazel. Ce n'est pas moi qui ai publié ces photos, si ? Tu as dit toi-même que vous n'étiez que des amis.

Elle haussa les épaules.

— Mais si je vous dérange, je peux aller ailleurs. Et emmener Ellie…

Les poings serrés, Finn s'approcha de Jamie, cherchant manifestement les mots pour la rassurer. C'est alors qu'Ellie se mit à pleurer, de plus en plus fort. Inquiet, Ben se glissa dans la maison, la queue entre les jambes, et Hazel comprit à cet instant qu'elle n'avait pas sa place ici. Du moins pas pour le moment. Sa présence ne faisait que compliquer les choses, pour Finn et pour Jamie, sans doute jalouse de la relation qu'elle entretenait avec Finn – et soupçonnant davantage qu'une amitié, peut-être… Et elle pourrait bien sans le vouloir empêcher la fille et le père de nouer ce lien dont ils avaient l'un et l'autre si désespérément besoin.

Elle devait à tout prix faire quelque chose pour désamorcer cette situation. Rapidement, avant de causer encore plus de dégâts, bien malgré elle. C'était sans doute la dernière chose qu'elle pouvait faire pour aider Finn à traverser cette crise et, bien que son cœur fût brisé, elle voulait quand même faire tout son possible pour le soutenir.

— Au fait, dit-elle d'un ton faussement désinvolte, pour briser le silence qui s'installait, je voulais te dire : je vais aller aider Kiara à l'Hôtel des Animaux pendant quelques jours. Je peux prendre Ben avec moi. Je sais que Sandra sera heureuse de s'occuper de Mitaine, car elle a proposé de l'adopter si aucun parent ou ami de sa propriétaire ne se manifestait. Et Isabella sera bien ici pour l'instant…

Elle se retourna pour suivre Ben, et se rappela qu'elle devait s'habituer à l'appeler « Max ».

— Je vais préparer mes affaires…

Finn la suivit à l'intérieur.

— S'il te plaît, ne pars pas, Hazel, dit-il. J'ai besoin de toi !

C'était loin d'être la première fois qu'il lui disait ça. C'était précisément ce qui l'avait attirée et avait alimenté ses fantasmes les plus fous. L'espoir qu'elle pourrait signifier quelque chose pour lui un jour était assez fort pour lui faire croire à l'impossible. Et elle y avait cru, avant que les événements lui rappellent à quel point elle faisait fausse route.

— Désolée, Finn, répondit-elle avec douceur, mais tu n'as pas besoin de moi pour te rapprocher de Jamie. Tu peux faire en sorte que le dialogue s'établisse, entre vous. Il s'agit de ta famille…

Il secoua la tête, berçant le bébé qui pleurait encore dans ses bras.

— Elle me déteste. Elle ne veut pas croire à ma version de l'histoire.

— Je pense qu'elle te repousse parce qu'elle a peur d'être elle-même rejetée. Parle-lui. Donne-lui du temps. Dis-lui ce que tu as vécu. Elle saura à quel point tu aimais sa mère.

Elena avait été l'amour de sa vie. Comment diable Hazel avait-elle pu croire que Finn pourrait l'aimer elle aussi ? Même maintenant, alors qu'il la regardait, elle avait l'impression que…

— Fais-moi confiance. Ce sera mieux pour tout le monde si je ne suis pas là.

Surtout pour elle-même ?

10.

Il y eut des larmes.

Le personnel de la maison de retraite où vivait désormais Frank fut très heureux d'accueillir Hazel et Max lorsqu'elle rendit visite au vieil homme, et chacun essuya une larme en voyant le petit épagneul noir frétiller de joie en retrouvant enfin son maître.

Les larmes n'étaient jamais très loin pour Hazel depuis qu'elle avait quitté la maison de Finn, de toute façon, alors c'était presque un soulagement d'avoir un prétexte parfaitement acceptable pour en laisser échapper quelques-unes. Elle se rendait bien compte que ces derniers jours elle s'était surtout apitoyée sur elle-même, aux prises avec ce qu'il fallait bien appeler un chagrin d'amour. Mais dans le fond, n'avait-elle pas toujours su que son rêve ne serait que temporaire ?

Ce n'était peut-être pas la meilleure idée de passer sa semaine de congé à s'occuper de l'Hôtel des Animaux, en l'absence de Kiara, car cela la coupait du reste du monde et lui laissait un peu trop de temps pour réfléchir. Elle avait quelques heures de chirurgie l'après-midi dans la petite clinique vétérinaire, et Maureen, une amie de la grand-mère de Kiara l'aidait le matin, mais à part ça, elle était seule avec Max et les quelques chiens qui restaient encore au refuge. Kiara avait amené Bunji chez l'oncle de la fillette orpheline et devait y rester quelques jours.

Son isolement ne présentait pas que des inconvénients,

cependant. Elle n'allumait son téléphone que pour passer des appels et consulter ses messages, et ignorait complètement les réseaux sociaux. Elle aurait aimé savoir comment les choses se passaient entre Finn et Jamie, mais son instinct lui disait qu'il valait mieux disparaître complètement de la vie de Finn, le temps qu'il noue un dialogue solide avec sa fille.

Pour se distraire, elle travaillait le plus possible. Les enclos des chiens étaient nettoyés deux fois plus souvent que nécessaire, elle avait réorganisé tous les placards de la clinique et les chiens étaient tous très bien exercés, à l'exception de Max, qui avait encore besoin de soins même s'il ne boitait quasiment plus. Le soir, alors qu'il dormait dans son panier, elle continuait à s'affairer. La grand-mère de Kiara collectionnait toutes sortes d'objets – lampes, bibelots en porcelaine – et Hazel avait entrepris de les dépoussiérer tous avant le retour de Kiara.

Cette visite de Max à son propriétaire, bien que tardive, lui faisait beaucoup de bien. C'était sa première sortie, loin de ce qui avait été un refuge pour elle autant que pour les animaux dont elle prenait soin.

Les larmes étaient donc pardonnables. C'était si bon d'avoir quelqu'un à qui parler ! songea-t-elle en se tournant vers Frank, confortablement installé dans le jardin d'hiver, son chien sur les genoux.

— Désolée… Je dois arrêter de l'appeler Ben, dit Hazel. Il s'appelle Max et je pense qu'il est le chien le plus heureux du monde en ce moment.

Elle cligna des yeux pour que le vieil homme ne voie pas son émotion et se laissa aller à la rêverie, se repassant les instants magiques qu'elle avait connus avec Finn et Ellie : lorsque le bébé avait souri pour la première fois, puis éclaté de rire. Ou encore, quand Finn avait dit qu'il voulait lui faire l'amour…

Il lui manquait tant que c'en était vraiment douloureux,

reconnut-elle, ramenée à l'instant présent par la voix de Frank.

— Vous l'avez appelé Ben pour la meilleure des raisons, dit celui-ci. Je suis heureux que vous m'ayez parlé de votre travail. Et du refuge de votre amie Kiara. Et de l'ânesse Isabella…

Il lui sourit.

— Mais dites-m'en un peu plus sur le bébé qui est arrivé dans votre vie le même jour que Max…

Ils n'avaient pas cessé de bavarder depuis que les membres du personnel et les autres résidents les avaient laissés seuls tous les trois pour profiter du jardin d'hiver ensoleillé.

— J'ai beaucoup trop parlé, dit soudain Hazel. Vous devez être fatigué, maintenant. Regardez, Max s'ennuie tellement qu'il dort à poings fermés !

— C'est tout le contraire. Je ne me suis jamais senti mieux depuis l'accident, dit le vieux monsieur. C'est comme si je partageais votre existence. J'espère que vous reviendrez bientôt me donner des nouvelles.

Oh… Hazel aurait tant voulu en savoir plus elle-même ! Savoir comment les choses se passaient entre Finn et sa fille, savoir si Jamie avait fait un pas vers Ellie, ou même comment les chatons se portaient. Mais elle était déjà beaucoup trop impliquée dans la vie de Finn, et pas seulement parce qu'elle avait ouvert la voie à un dialogue entre lui et Jamie. Entretenir des liens avec eux ne ferait que rendre le retour à la vie réelle, à *sa* vie, plus douloureux encore.

— J'ai connu des hauts et des bas, mais hélas je n'ai pas beaucoup de personnes à qui parler de ce qui se passe dans ma vie, admit-elle. Personne qui me réponde, en tout cas.

Elle se pencha pour caresser Ben.

— En tout cas, lui, il sait écouter.

Le chien n'ouvrit pas les yeux, mais il remua la queue en guise d'assentiment.

— Il vous aime bien, dit Frank calmement. Et vous

savez quoi ? Je pense que vous devriez continuer à l'appeler Ben parce qu'il se fiche de savoir quel nom on lui donne. Il veut juste que vous le caressiez, que vous lui fassiez des confidences.

Il toucha affectueusement sa main, avant de poursuivre :

— Et je le comprends. Vous êtes une personne très précieuse, Hazel Davidson. J'espère que vous le savez.

Hazel essuya discrètement une larme. Ces mots étaient un baume sur son cœur blessé, et sur une estime de soi qui avait été une fois de plus ébranlée.

Finn aussi pensait qu'elle était précieuse, n'est-ce pas ? Hazel n'avait qu'à se souvenir de la façon dont il la regardait parfois, et dont il la touchait, pour savoir qu'elle n'avait pas eu tort d'y croire. En revanche, elle n'aurait pas dû commencer à croire que cela pourrait durer…

Il l'avait dit lui-même : il avait été si dévasté quand la fille qu'il aimait avait disparu de sa vie qu'il ne tomberait plus jamais amoureux. Plus jamais il n'accorderait sa confiance à quiconque. C'était d'ailleurs le véritable obstacle entre lui et sa fille. Ils avaient souffert et ils étaient vulnérables. Ils savaient tous les deux combien ça fait mal de perdre un être aimé.

— Vous étiez sérieuse quand vous avez parlé d'adopter Ben ? demanda Frank, occupé à gratter les oreilles soyeuses du chien pendant que Hazel cherchait un mouchoir pour essuyer ses larmes. Parce que, si c'est le cas, je serai ravi d'accepter. Il ne peut pas y avoir de meilleur foyer pour lui. Ni de meilleur nom…

— Bien sûr que je suis sérieuse, répondit Hazel, mais je vais devoir trouver un nouveau logement. J'ai déjà commencé à chercher. Je peux rester à l'Hôtel des Animaux pour l'instant.

— Il y a aussi ma maison à Bondi, dit Frank. Elle devra être vendue un jour ou l'autre, je suppose, mais vous pouvez vous y installer en attendant, si cela peut vous aider. Comme ça, vous serez assez proche pour venir me rendre visite.

— Merci, Frank, je vais y réfléchir. Je viendrai vous voir, de toute façon… n'est-ce pas, Ben ?

Hazel sourit en se levant.

— Ben adore cet endroit. Il pourrait peut-être tenir compagnie à d'autres pensionnaires, de temps en temps ?

— Il a toujours aimé les gens, acquiesça le vieil homme. Et qui ne voudrait pas d'un compagnon comme lui ? Cela pourrait être un moyen d'inciter les gens à aider l'Hôtel des Animaux, et même résoudre ses problèmes financiers.

— C'est une bonne idée. Viens, Ben. On ferait mieux de retourner au refuge et de se mettre au travail ! Ces enclos ne vont pas se nettoyer tout seuls et il faut aussi penser à faire un peu d'exercice.

Ce fut au tour de Frank de se tamponner les yeux.

— Merci beaucoup d'être venue me voir. Je ne peux vous dire à quel point ça m'a rendu heureux.

— Ce fut un plaisir, dit Hazel. Et c'est moi qui devrais vous remercier. C'est exactement ce dont j'avais besoin aujourd'hui.

Comme toujours, le trajet vers les Blue Mountains agit comme une thérapie sur Hazel. Pour la première fois depuis qu'elle s'était éloignée de Finn, elle se sentait à nouveau pleine d'espoir, ce qui était probablement dû aux gentilles paroles que Frank avait prononcées à son sujet. Il l'avait incitée à ne pas abandonner l'Hôtel des Animaux et la clinique vétérinaire de Kiara, et à réfléchir à sa relation avec Finn. En rompant avec lui, en s'éloignant de Jamie et d'Ellie, ne risquait-elle pas de perdre ce qui était devenu son équilibre : un quotidien ancré dans la famille et le réel, avec ses hauts et ses bas ?

Leur amitié était bien réelle, elle le savait. Or on

n'abandonnait pas ses amis en pleine tempête. Elle avait peut-être raison de se tenir à l'écart pour le moment, mais cela ne signifiait pas qu'elle ne pouvait pas faire savoir à Finn qu'elle pensait à lui, n'est-ce pas ? Qu'elle se souciait de sa situation ?

Elle alluma son téléphone dès qu'elle arriva à l'Hôtel des Animaux et lui envoya un message.

Je pense à toi. J'espère que tout se passe bien. xx

Finn rêvassait, lorsque le bip d'un SMS entrant l'arracha à sa torpeur.

Une fois Ellie endormie, il était sorti prendre l'air et, comme à son habitude, avait pris une carotte pour Isabella dans la remise. Comme il attendait que la petite ânesse trotte jusqu'au portail, son téléphone sonna. Lorsqu'il découvrit que c'était Hazel qui lui envoyait un message, la tension dans ses épaules se relâcha et il laissa échapper un énorme soupir.

À sa grande surprise, il eut l'impression que quelque chose d'autre était également en train de lâcher. Sa maîtrise de soi, peut-être ? Sa capacité à se convaincre que c'était mieux pour eux deux que Hazel soit partie ? Mieux pour eux tous ?

Si tout allait pour le mieux, alors pourquoi ce picotement dans ses yeux, et cette boule dans sa gorge ?

En vérité, les choses ne se passaient pas bien du tout, et savoir que Hazel pensait à lui était réconfortant.

Comme elle lui manquait !

— Rien n'est plus pareil depuis qu'elle est partie, n'est-ce pas, Isabella ?

Il donna la carotte à l'ânesse qui pencha la tête sur le côté pour la déguster.

— Non… ce n'est pas ça, n'est-ce pas ? Rien n'est plus pareil depuis que Jamie est arrivée.

Ou plus exactement depuis qu'ils avaient découvert Ellie à la clinique. Sa vie avait basculé en un éclair, à ce moment-là. C'est Hazel qui avait suggéré que le bébé puisse être sa petite-fille, et quelle avait été sa première pensée ? Il avait craint que cela détruise son image ! Sa carrière à la télévision. Peut-être même son existence tout entière.

Et qu'avait dit Hazel ? Que ça pourrait être la meilleure chose qui lui soit jamais arrivée. Il avait commencé à y croire, lui aussi. Comme il s'était senti bien, ce matin-là, quand Ellie lui avait souri pour la première fois ! Et quand ils avaient entendu son premier rire, lors du pique-nique ! S'il n'y avait pas eu Ellie – et Ben – il n'aurait peut-être jamais pu passer autant de temps avec Hazel.

— Elle te manque aussi, n'est-ce pas, Bella ?

Il gratta l'encolure de l'ânesse, juste derrière l'oreille.

Il avait un souvenir très clair de Hazel, assise dans la véranda, ce premier matin. Il se surprit à sourire en se rappelant le regard de joie dans ses yeux quand elle avait repéré les kangourous !

C'était ce qui lui manquait le plus : cette intimité qu'ils avaient tous les deux, qui allait bien au-delà du plaisir physique. Oui, il avait besoin de respirer le même air qu'elle, au quotidien. Hazel Davidson était la première personne qui avait vu clair, au-delà de son image superficielle de célébrité fabriquée de toutes pièces. Elle avait reconnu l'enfant malheureux et non désiré qu'il avait été et l'avait aimé malgré toutes ses failles, ses blessures. Par sa simple présence, Hazel savait créer dans sa demeure une ambiance chaleureuse, comme celle d'un vrai foyer, d'une… famille. Et, bien qu'il lui ait dit à plusieurs reprises qu'une relation à long terme ne l'intéressait pas, il avait désespérément envie de retrouver cette sensation.

Mais elle était partie et, avec elle, ses rêves d'avenir.

Au cours de la semaine dernière, les choses n'avaient fait qu'empirer. Finn avait essayé de parler à Jamie, à plusieurs reprises, comme Hazel lui avait conseillé de le faire. Il voulait réussir. Arranger les choses. Pas seulement pour se faire pardonner de ne pas avoir été là pour elle ni même pour empêcher l'histoire de se répéter avec Ellie, mais pour honorer la mémoire de la mère de Jamie et l'importance qu'elle avait eue dans sa propre histoire. Il voulait vraiment que sa fille croie à sa sincérité. Peut-être même voulait-il qu'elle soit fière de lui ?

Il savait que Hazel avait eu raison de penser que le fait d'être ici seul avec Jamie était sa meilleure voire sa seule chance d'établir une relation avec elle, mais celle-ci refusait toujours de l'écouter. Dès qu'il tentait d'engager la conversation, elle mettait ses bouchons d'oreille et regardait des vidéos sur son téléphone ou allait s'enfermer dans sa chambre.

Il était de plus en plus difficile de résister à l'envie de contacter Hazel pour lui demander conseil, mais il l'avait déjà assez sollicitée. Trop, peut-être. C'était en partie pour ça qu'elle était partie. Avait-elle besoin d'espace ? S'il avait de bonnes nouvelles à lui annoncer, ce serait un excellent prétexte pour prendre contact, mais rien ne se passait et Finn avait lui-même besoin de respirer, de prendre du recul. Il était tenté de compter de plus en plus sur l'aide de Sandra pour pouvoir s'échapper et passer plus de temps au travail, mais sa fidèle gouvernante avait finalement perdu patience plus tôt dans la journée, lorsque Jamie était partie en claquant la porte après que Finn lui eut suggéré de donner à Ellie son biberon de midi.

— Elle a besoin de sa mère, avait-il plaidé auprès de Jamie. S'il te plaît… essaye !

— Je ne serai pas sa mère. Qui es-tu pour me dire quoi faire, de toute façon ? Tu n'as même pas essayé d'être mon père, toi. Tu ne m'as jamais nourrie, n'est-ce pas ?

Le claquement de la porte avait fait hurler Ellie au point que Finn avait eu du mal à la calmer. Elle avait même refusé de prendre son biberon, ce qui n'était jamais arrivé tant que Hazel était là.

— Jamie dépasse les bornes, avait dit Sandra à Finn en partant. Je sais qu'elle a eu beaucoup de choses à gérer dans sa vie, mais à force de vouloir la ménager, vous encouragez un comportement immature. Je pense qu'elle a besoin que vous agissiez en parent et que vous lui imposiez des limites.

En caressant l'oreille d'Isabella, Finn eut une idée. Et s'il partageait une bonne nouvelle avec Hazel ? Elle serait sans doute heureuse de savoir que la petite ânesse appréciait son nouvel environnement et se rétablissait bien ? Aimerait-elle venir voir par elle-même ou était-elle trop occupée en ce moment ? L'Hôtel des Animaux n'était pas si loin, et elle pourrait facilement faire un saut pour prendre un café, par exemple. Il ne lui mettrait pas la pression pour qu'elle revienne. Pourquoi le voudrait-elle, alors que Jamie s'était montrée grossière avec elle ?

Il prit son téléphone pour répondre à son SMS et l'inviter à venir lui rendre visite, mais il n'eut pas le courage de prononcer les mots qui lui venaient aux lèvres.

J'ai besoin de toi…

Tu me manques…

Cette étrange famille que nous avons créée ensemble me manque.

Un crépitement interrompit ses pensées. Puis les pleurs d'Ellie qui venait de se réveiller retentirent dans le babyphone accroché à sa ceinture. Il resta immobile pendant un long moment, essayant de reprendre le fil de sa réflexion, mais les cris se firent de plus en plus exigeants. Glissant son téléphone dans sa poche sans avoir répondu au message de Hazel, il se retourna et se dirigea vers la maison.

C'est alors qu'il entendit un autre son dans le babyphone. La voix de Jamie…

— Bon… Puisque personne ne s'occupe de toi, je vais être obligée de le faire.

Finn entendit le bruit des pas de Jamie, et les pleurs d'Ellie diminuer puis devenir plus lointains. Il accéléra le pas. Où Jamie l'emmenait-elle ? Même s'il avait la certitude qu'elle ne ferait jamais de mal à Ellie, son besoin de protéger sa petite-fille était plus fort que tout.

Une fois dans le grand couloir de la maison, il entendit de nouveau Ellie pleurer. Le son en provenance de la cuisine couvrait le bruit de ses pas sur le parquet poli. Il s'arrêta sur le pas de la porte. Il ne voulait pas avoir l'air de se précipiter, et laisser Jamie penser qu'il ne lui faisait pas confiance. Le bip du micro-ondes résonna à cet instant. Le bébé se tut presque aussitôt.

— Je t'avais dit que je reviendrais, entendit-il Jamie murmurer. Je t'avais dit que tout irait bien entre nous…

En se penchant, il aperçut Jamie assise à la table, tenant Ellie contre elle. Le visage de l'enfant était écarlate à cause de ses pleurs de détresse. Doucement, d'un geste assuré, Jamie lui glissa la tétine du biberon dans la bouche, puis elle la regarda boire.

Finn recula sans un bruit, afin de ne pas interrompre ce moment qui se produisait enfin entre une jeune mère et son bébé. Il savait qu'il devait résister à la tentation d'en profiter pour tenter un rapprochement entre lui et sa fille.

Lorsque son regard se posa sur son nouveau 4x4 garé sous un gommier, il eut une bien meilleure idée. Quinze minutes devraient suffire pour remédier à son désarroi, pensa-t-il. C'était suffisant pour aller jusqu'à l'Hôtel des Animaux, et cela lui épargnerait de se creuser la tête pour écrire un SMS à Hazel. Une fois en face d'elle, il saurait sûrement quoi lui dire.

Il avait besoin d'être près d'elle, car son absence lui faisait mal. Depuis qu'elle était partie, rien ne semblait à sa place, et il lui importait de donner un sens à ce qui se produisait dans sa vie.

Il s'installa au volant et démarra. Il était sur le point de s'engager dans la direction de Birralong quand il vit un véhicule arriver en sens inverse. Une vieille camionnette rouge qui ne pouvait appartenir qu'à une seule personne…

Hazel franchit le portail, se gara près de lui et tourna la poignée pour abaisser sa vitre.

— J'ai pensé que je pouvais passer, dit-elle. Tu… tu n'as pas répondu à mon message.

— Je ne pouvais pas, répondit-il doucement. J'avais trop de choses à te dire alors… j'ai préféré venir te voir.

Elle soutenait son regard, et lui-même se sentait incapable de lâcher le sien, soulagé de la savoir de nouveau si proche. Il n'avait pas seulement retrouvé la première pièce du puzzle de sa vie, mais aussi la plus importante de toutes.

Il aurait voulu sortir de sa voiture, passer la tête par l'ouverture de la vitre de Hazel et se pencher pour l'embrasser sans retenue. Rien qu'à cette idée, il ne put retenir un sourire. Et elle semblait lire dans ses pensées car il la vit passer le bout de la langue sur ses lèvres.

Soudain, elle fronça les sourcils.

— C'est Ellie qui pleure ?

Finn coupa le moteur de sa voiture. Il n'avait pas réalisé qu'il avait toujours le combiné du babyphone accroché à sa ceinture, ou que la portée de l'appareil était aussi forte. Jamie avait dû ramener Ellie dans son berceau après l'avoir nourrie, car elle était manifestement proche de l'émetteur. Jamais il n'avait entendu le bébé pousser des cris aussi aigus.

Brusquement, les pleurs cessèrent et la voix de Jamie résonna.

— Oh ! mon Dieu… Qu'est-ce qui se passe… ?

Il y eut un bruit de pas rapides, puis un cri perçant.

— Finn… où es-tu ? Quelque chose ne va pas avec Ellie. C'est grave !

Finn vit dans les yeux de Hazel le reflet de sa propre peur. Il redémarra le moteur et recula pour faire demi-tour.

— Suis-moi ! lança-t-il à Hazel, affolé.

Il appuya sur l'accélérateur, mais la voix se faisait plus faible, maintenant, dans le babyphone.

— Finn… Où es-tu ?

Il perçut un sanglot étouffé.

— Papa… s'il te plaît… J'ai vraiment besoin de toi…

11.

Hazel avait déjà vu Finn choqué, comme il l'avait été quand elle avait suggéré qu'il pourrait être le grand-père du bébé laissé dans la salle d'attente de la clinique vétérinaire de Coogee Beach. Elle avait été très déçue à ce moment-là, non seulement parce que cela le faisait paraître superficiel, mais aussi parce qu'elle-même avait commis une erreur. Déjà, à l'époque, elle se savait amoureuse de lui et s'était demandé comment elle avait pu se tromper à ce point.

Elle l'avait vu accablé – perdu, même – lorsqu'elle était arrivée, le premier soir, en réponse à son appel à l'aide pour s'occuper de ce bébé, et qu'elle avait vu des larmes dans ses yeux. Tout de suite, elle avait compris que son instinct ne l'avait pas trompée, finalement.

Avec le recul, elle pensait que c'était probablement à ce moment-là que l'amour qu'elle ressentait pour Finn, caché dans le secret de son cœur, s'était affranchi de toute contrainte. Elle avait eu l'impression qu'une douce chaleur – un grand réconfort – irradiait dans tout son corps.

Elle l'avait vu bouleversé, aussi, la nuit où elle s'était donnée à lui – corps et âme…

Mais, en ce moment, ce qu'elle voyait rendait son amour pour cet homme plus fort encore. Il montrait une détermination et un courage incroyables. Et, bien qu'il se porte au secours de sa petite-fille, qui n'était qu'un bébé vulnérable, elle se prit à espérer qu'il pourrait faire la même chose pour elle. La façon dont Finn l'avait regardée quelques minutes plus tôt, quand ils s'étaient rencontrés au bout de l'allée, l'avait convaincue qu'il partageait ses sentiments et tenait à elle autant qu'elle tenait à lui. Il était venu pour la voir, pour lui parler, et elle aussi avait des choses à lui dire mais, bizarrement, elle avait l'impression qu'elles avaient déjà été dites. À voix basse seulement…

— Elle est brûlante, dit Finn, la main sur le front d'Ellie. Nous devons faire baisser sa température et l'emmener à l'hôpital dès que possible.

Jamie était affolée.

— Mais qu'est-ce qui ne va pas chez elle ? demanda-t-elle. Qu'est-ce que j'ai fait de mal ?

— Ce n'est pas ta faute, lui dit Finn. Il est très probable qu'elle ait attrapé une sorte d'infection. Une température élevée peut provoquer des convulsions chez un bébé, et c'est ce qui se passait quand tu as vu son corps s'agiter.

Il enleva le gilet et les chaussons qu'Ellie portait par-dessus sa grenouillère extensible.

— J'aurais dû me rendre compte qu'elle couvait quelque chose. Elle a été grincheuse toute la journée.

Le bébé gémissait, maintenant, et cela était difficile à supporter.

— C'est ma faute, poursuivit Jamie, avant d'éclater en sanglots. Mais maman me manque trop !

Oh… il y avait tellement plus que la simple reconnaissance de l'absence d'un être cher, dans ce cri du cœur. Tellement de chagrin, de solitude, aussi. Hazel sentit tout ressentiment envers Jamie fondre comme neige au soleil et passa un bras autour des épaules de la jeune femme.

— Bien sûr que oui, Jamie, et je te comprends. Mais Finn est ici avec toi et c'est une bonne chose, tu sais.

— C'est juste un vétérinaire ! sanglota Jamie. Ellie n'est pas un animal.

— Finn est ton père, dit Hazel doucement, et le grand-père d'Ellie. Il va s'occuper de vous deux. Il sait ce qu'il fait.

Elle serra le bras de la jeune femme, puis ajouta d'un ton rassurant :

— Je lui ferais confiance plus qu'à n'importe qui sur Terre.

Ellie ne portait que sa couche, maintenant.

— J'ai besoin d'eau tiède, dit Finn. Et d'une éponge ou d'un gant de toilette. Tu peux aller chercher ça, s'il te plaît, Jamie ? Dans la cuisine ?

— Tiède ? répéta Jamie, sans comprendre.

— Oui. L'eau doit être à la température du corps.

Jamie hocha la tête et se précipita hors de la pièce. Ce n'est qu'à ce moment-là que Finn croisa le regard de Hazel, qui comprit qu'il avait peur.

— Ce n'est pas impossible qu'Ellie ait eu une convulsion fébrile, même si elle est un peu jeune pour ça.

— Qu'est-ce que ça pourrait être d'autre ?

— Si elle n'avait pas de fièvre, je penserais à une blessure, un abcès cérébral ou un traumatisme crânien.

— Et avec la fièvre ?

Il prit Ellie dans ses bras. Elle gémissait toujours, visiblement très souffrante.

— Le plus grand risque est qu'il s'agisse d'une méningite.

— Tu veux que j'appelle une ambulance ?

Il secoua la tête.

— Les tremblements ont cessé et il n'y a aucun signe d'éruption cutanée. Nous allons la refroidir, puis nous la conduirons nous-mêmes à l'hôpital le plus proche. Nous y serons avant même qu'une ambulance arrive.

Jamie revint avec un bol d'eau et une éponge.

— Merci, dit Finn en souriant à sa fille. Viens m'aider à allonger Ellie sur sa table à langer, et tu pourras la rafraîchir.

Il se tourna vers Hazel.

— Peux-tu voir s'il y a du paracétamol liquide dans la boîte à pharmacie ? Ça pourrait aider à faire baisser sa température.

— Où est la boîte ? demanda Hazel.

— Je pense que Sandra l'a rangée dans un tiroir près du garde-manger. Elle a été livrée le lendemain de l'arrivée d'Ellie à la maison, tu te souviens ?

Comme si Hazel avait pu oublier ce premier matin où elle s'était réveillée avec l'impression d'être dans un conte de fées. De vivre un fantasme qu'elle avait renoncé à poursuivre depuis…

— Appelle Sandra si tu ne la trouves pas, ajouta Finn en trempant l'éponge dans l'eau avant de la tendre à Jamie. Elle saura où elle est.

Hazel quitta la pièce, son téléphone à la main. Elle n'avait peut-être pas besoin d'appeler Sandra mais elle devait absolument joindre Maureen pour lui faire savoir qu'elle ne retournerait pas à l'Hôtel des Animaux de sitôt. Pas avant de savoir comment la situation évoluait pour Ellie.

Kiara pourrait peut-être revenir un peu plus tôt que prévu ?

La réceptionniste du service des urgences jeta un coup d'œil à Finn qui, flanqué de Jamie d'un côté et de Hazel de l'autre, portait le bébé dans ses bras. Elle le dirigea tout de suite vers une salle de réanimation, où Ellie serait examinée. On prenait toujours très au sérieux l'examen d'un bébé malade.

Mais, aussi habitué qu'il fût des procédures médicales, Finn était rongé d'anxiété. Il était tellement impliqué émotionnellement avec sa petite-fille qu'il avait l'impression d'avoir le cœur à vif, et il n'y avait rien qu'il puisse faire pour se protéger. De toute façon, il n'avait même pas le temps d'y penser, trop concentré sur les questions que les médecins posaient à Jamie.

— Avez-vous eu des problèmes pendant votre grossesse ? Durant l'accouchement ?

— Non… Je n'en ai pas parlé pendant longtemps, mais… je… n'avais personne.

Finn serra les poings. Cette grossesse avait été très dure pour Jamie ? Si seulement il avait su !

— Température à 39, annonça une infirmière. Rythme cardiaque à 180.

— La fréquence respiratoire ?

— Supérieure à 50. Difficile à mesurer.

— Le signe de Kernig ? demanda un médecin.

— Négatif.

Il plia les jambes du bébé, puis lui releva la tête.

— Le signe de Brudzinski est négatif, lui aussi, et il n'y a pas d'éruption cutanée.

— Bien. J'aimerais faire un prélèvement sanguin, et jeter un coup d'œil à ses oreilles. Est-elle à jour avec ses vaccins ?

— On m'a dit qu'elle n'en avait pas besoin avant l'âge de deux mois, répondit Jamie.

— A-t-elle été malade ces derniers temps ? A-t-elle eu des problèmes de sommeil ou d'alimentation ?

— Elle a été un peu grincheuse, répondit Finn.

Ils n'avaient pas besoin de savoir que Jamie évitait de s'occuper de son bébé, n'est-ce pas ? Il voulait protéger sa fille et son enfant. Sa famille.

Et… il avait eu tort de penser qu'il n'avait aucun moyen de protéger son cœur, parce qu'il n'avait qu'à jeter un coup d'œil de côté et croiser le regard de Hazel pour savoir qu'il avait déjà toute la protection dont il avait besoin tout près de lui.

— La température grimpe. 39,5. Le rythme cardiaque augmente aussi, il est à 190 maintenant.

Les médecins échangèrent des regards et l'un d'eux hocha la tête avant de s'adresser à Jamie.

— Nous pouvons sans doute exclure la méningite. Mais nous devons faire une ponction lombaire afin de pouvoir l'affirmer avec certitude. Pourriez-vous sortir quelques instants pendant que nous faisons cet examen ?

Jamie chercha le regard de Finn. Elle avait l'air terrifiée, même si elle n'avait probablement aucune idée de ce qu'impliquait la collecte de liquide céphalo-rachidien. Elle voulait être rassurée, ou peut-être juste qu'il lui dise ce qu'elle devait faire.

Contre toute attente, elle répondit, sans quitter Finn du regard.

— Je vais rester avec Ellie. Je suis sa mère.

— Je vais rester aussi, ajouta-t-il. Je suis son grand-père.

Il avait délibérément omis de dire qu'il était le père de Jamie pour la ménager, et parce qu'il pensait qu'elle n'avait pas envie qu'on le sache.

Il se trompait.

— Et c'est mon père, murmura-t-elle, les larmes coulant sur son visage alors qu'elle s'approchait. J'ai besoin de lui.

Il lui tendit la main, et elle la saisit sans hésitation.

L'équipe s'apprêtait à effectuer la ponction lombaire. Un médecin se lavait les mains tandis qu'une infirmière déposait des pansements stériles sur un chariot. Il y avait des aiguilles, des seringues, des petits récipients pour recueillir les fluides. Des flacons d'anesthésiant.

— Je vais aller attendre dehors, dit Hazel.

— Non…

Finn tourna la tête.

— S'il te plaît, ne pars pas, ajouta-t-il doucement. J'ai besoin de toi.

Jusqu'à ce que les résultats soient arrivés et que le diagnostic d'une infection potentiellement contagieuse soit exclu, Ellie resta dans une chambre isolée. Alors qu'elle venait d'appeler Sandra pour lui demander d'aller voir Ben, qu'elle avait laissé seul à la maison, Hazel trouva Finn debout dans le couloir, regardant Ellie à travers une baie vitrée.

L'expression de son visage la toucha au cœur, et il dut entendre son léger soupir car il tourna la tête pour la regarder s'avancer vers lui. Quand elle ne fut plus qu'à deux pas, il saisit sa main.

— Les résultats de la ponction lombaire et des premières analyses de sang sont arrivés, dit-il.

Hazel était accrochée à son regard comme si sa vie dépendait de ce qu'il allait dire.

— Ce n'est rien de grave, annonça-t-il, visiblement soulagé. Une simple otite. Viens ! Allons annoncer la bonne nouvelle à Jamie.

Il semblait plus détendu désormais, et elle se rappela soudain ce moment où, plus tôt dans la journée, ils s'étaient croisés au volant de leur voiture, alors que chacun s'était mis en quête de l'autre. Il n'y avait que quelques heures mais ça lui paraissait une éternité. Était-ce pour cela qu'elle sentait ses yeux se remplir de larmes et qu'elle ressentait le besoin subit d'enfouir son visage dans le cou de Finn – tout près de son cœur ?

En tout cas, c'est sans doute pour cela qu'il lâcha sa main pour l'entourer de ses bras et la serrer si fort qu'elle eut soudain du mal à respirer, mais elle s'en moquait. Le sentiment de sécurité qu'elle éprouvait décuplait sa force et sa confiance en elle. La chaleur de Finn, le battement de son cœur contre sa joue et le son de sa voix si proche de son oreille qu'il n'avait besoin que de chuchoter la mettaient en transe.

— Je pensais avoir trop de choses à te dire, mais je viens de comprendre que je n'en ai qu'une seule.

Hazel leva la tête pour voir son visage. Étaient-ce les mêmes mots que les siens ?

Je t'aime…

— Tu es tout pour moi, Hazel, murmura-t-il en penchant la tête pour déposer un léger baiser sur son front.

Un contact doux qui lui rappela aussitôt leur tout premier baiser.

— Je t'aime tant que j'ai l'impression de ne faire qu'un avec toi, et je veux que ça dure toujours…

Oh… C'était tellement mieux qu'un simple « je t'aime » !

Soudain, c'était comme si le monde s'était arrêté de tourner.

Le temps était suspendu, et le cœur de Hazel sur le point d'éclater, débordant de l'amour qu'elle avait pour Finn. Non seulement elle n'avait plus à cacher ce qu'elle ressentait, mais il n'y avait plus de barrières entre eux. Elle avait enfin foi en l'avenir, *leur* avenir, et savait qu'avec lui elle avait trouvé le bonheur.

— Je t'aime aussi, dit-elle. Je t'ai toujours aimé. Je t'aimerai toujours.

— Je crois que je le savais, au fond de moi, répondit Finn, ému aux larmes. Mais c'était trop dur d'y croire. C'était plus facile de prétendre ne rien voir. Ou de me répéter que je ne pourrais plus jamais aimer quelqu'un à ce point. Pourtant…

Il s'interrompit, car quelque chose près de la fenêtre attira son attention. Hazel suivit son regard et vit Jamie, assise à côté du berceau d'Ellie, qui pleurait à chaudes larmes. Finn lui prit la main et, ensemble, ils entrèrent dans la chambre.

— Ne t'inquiète pas, Jamie, dit-il. Ellie va s'en sortir.

La jeune femme leva vers lui un visage ravagé.

— Elle n'a pas l'air bien.

La petite Ellie était encore rouge et gémissait, mais elle ne présentait aucun signe de détresse.

— Les enfants ont souvent des symptômes impressionnants, expliqua Finn, et puis ils se remettent très vite. Mais nous savons maintenant qu'Ellie a une infection de l'oreille, ce qui est très bénin. Rassure-toi, les antibiotiques vont faire effet très bientôt. On va la garder un peu en observation, par précaution. Je pense que nous pourrons rentrer à la maison d'ici peu.

— Je n'ai pas de maison ! sanglota Jamie en tendant les mains pour prendre Ellie. Et mon bébé non plus.

— Bien sûr que si ! protesta Finn. Vous êtes ma famille et je vous aime. Toi et Ellie. Et… Hazel.

Le regard de Jamie se tourna vers Hazel, puis vers son père.

— Tu m'as dit que tu ne pourrais plus jamais aimer quelqu'un comme tu avais aimé ma mère, lança-t-elle d'un ton accusateur.

Finn hocha la tête.

— J'ai dit ça, en effet. Et c'est toujours vrai.

Le souffle de Hazel se bloqua dans sa gorge. Ne venait-il pas de lui faire une déclaration ?

— Ta mère a été mon premier amour, dit-il avec douceur. Elle a été la meilleure chose qui me soit arrivée dans ma jeunesse, et j'ai été complètement dévasté quand elle a disparu…

— C'est vrai, intervint Hazel. Quand Finn m'a parlé d'elle, je savais qu'il avait été tellement blessé qu'il lui était impossible de s'engager de nouveau dans une relation amoureuse. Je savais à quel point j'aimais ton père, mais je n'aurais jamais pensé qu'il serait capable de ressentir la même chose.

Pourtant, c'était le cas. Cela se lisait sur son visage alors qu'il la regardait parler. Hazel sentit son cœur se gonfler de joie, et fut soudain incapable d'ajouter un mot.

Jamie avait l'air perplexe.

— Mais…

— Ta mère et moi, nous n'étions encore que des enfants lorsque nous nous sommes connus, reprit Finn. Et notre amour nous a donné la force d'échapper à notre milieu familial, ce dont nous avions tous les deux besoin. Mais les sentiments que Hazel et moi partageons sont différents, et notre relation est une relation d'adultes, bien ancrée dans la réalité. Ensemble, nous nous sentons capables de surmonter tous les obstacles que la vie met sur notre chemin.

Comme Jamie était tout entière absorbée par son bébé qu'elle berçait pour l'endormir, ils ne pouvaient pas voir son visage, mais ils auraient parié qu'elle pleurait.

— Tu vas vivre heureux jusqu'à la fin des temps, alors, murmura-t-elle soudain. Comme dans tous les contes de fées. Tu as de la chance…

— La vraie vie n'est jamais un conte de fées, dit Hazel avec calme. Il n'y a pas vraiment de fin heureuse parce que la vie ne s'arrête pas. Elle continue et nous envoie des épreuves. Mais ton père a raison. L'amour est un roc auquel on peut s'accrocher. Un espoir, aussi.

Elle leva les yeux quand Finn serra sa main encore plus fort, comme pour lui signifier son approbation. Dans son regard, elle lut un amour immense, et une foi en l'avenir pareille à la sienne. Elle vit aussi qu'il avait très envie de l'embrasser, mais cela devrait attendre, malheureusement.

Puis il se tourna vers sa fille.

— Tu fais partie de nos vies, maintenant, Jamie. Toi et Ellie, vous comptez beaucoup pour nous, tu sais.

— Mais… comment peux-tu dire ça ? demanda-t-elle, étonnée. Je ne me suis pas très bien comportée, avec toi. Pourquoi voudrais-tu que nous restions en contact ?

— Tu fais partie de la famille, dit Finn. Je suis désolé de ne pas avoir pu te le dire plus tôt, quand tu en avais besoin.

— Je suis désolée aussi, murmura Jamie. Pour tout. Les choses vont changer, désormais, je vous le promets à tous les deux.

Soudain, Finn sourit d'un air mystérieux.

— Je viens d'avoir une idée géniale ! s'écria-t-il.

Son enthousiasme était contagieux, et Hazel sourit à son tour dans l'attente d'une explication. Jamie semblait avoir séché ses larmes, même si elle n'avait elle non plus aucune idée de ce que Finn avait en tête.

— Vous savez que Jude aimerait raconter la fin de l'histoire de Ben, celle que les fans d'*Allô Véto* voudraient voir ?

— Je me souviens, en effet…

— Et si on racontait son histoire du début à la fin ? Une histoire qui finit bien ? Nous pourrions ensuite faire la même chose pour d'autres animaux, dans le style « avant-après ». Des vies qui se transforment, pas seulement pour les chiens mais aussi pour les gens.

— Je connais une bonne source d'inspiration, dit Hazel : l'Hôtel des Animaux. Ce serait merveilleux parce que cela donnerait de l'espoir aux gens qui défendent la cause animale.

Elle voulait embrasser Finn maintenant, même s'ils n'étaient pas seuls. Juste un baiser léger, en guise de promesse.

— Tu es mon après, chuchota-t-elle à son oreille.

— Tu es à moi pour toujours, susurra-t-il en retour.

— Je suis là, vous savez ! lança Jamie avec humour. Et je vous entends !

Cette fois, elle leur offrit à tous les deux son plus beau sourire.

Ils furent soulagés d'apprendre, un peu plus tard, que les antibiotiques avaient déjà un effet positif sur Ellie et son infection. Sa température avait baissé, son rythme cardiaque et sa respiration étaient revenus à la normale. Et quand elle se réveilla, elle n'était pas du tout grincheuse et mangea de très bon appétit, ce qui rassura beaucoup Jamie.

— Nous sommes heureux que vous puissiez la ramener à la maison, dit le médecin.

Finn et Hazel se levèrent exactement au même moment. Ils se prirent la main, se regardèrent, puis se tournèrent vers Jamie qui tenait Ellie dans ses bras.

Dans la petite pièce, un silence s'installa, comme si chacun retenait son souffle. Il y avait de la magie dans l'air quand tous les trois lancèrent en chœur :

— Rentrons à la maison…

Épilogue

Dix-huit mois plus tard…

— Allez, Ellie… rentre, maintenant. Grand-père va passer à la télé.

— Non !

La petite fille aux cheveux bruns bouclés se tenait près de la clôture, et tendait des poignées d'herbe qu'Isabella l'ânesse prenait délicatement entre les lèvres, la faisant rire aux éclats.

— Et tu pourras voir, aussi.

— Ben ?

Ellie se retourna et tendit les bras à sa mère.

— Où est Ben ?

— Il est avec Hazel, répondit Jamie en prenant sa fille dans ses bras. Ils font une petite sieste.

Ellie hocha la tête d'un air grave.

— Hazel est fatiguée, dit-elle. Bébé.

— Oui, C'est ça, son bébé va arriver d'un jour à l'autre et ça la fatigue beaucoup.

Hazel était allongée sur l'immense canapé du salon, la tête sur les genoux de son mari, un sourire béat aux lèvres. Le vieux chien au museau blanc comme la neige somnolait à ses pieds. Finn pointa la télécommande vers la télévision et l'alluma pendant que Jamie s'asseyait sur le sol près de lui et câlinait Ellie.

Finn jeta un regard en coin à sa fille.

— Tout va bien ? As-tu réussi à faire ce devoir pour l'université ?

— Pas tout à fait. Je le finirai plus tard. Je ne veux pas rater le tout premier épisode de la nouvelle saison d'*Allô Véto* !

Finn avait l'air inhabituellement nerveux.

— Mmh. J'ai l'impression que ça va être un peu… comment dire… un peu niais ?

Le début de l'épisode montrait le Dr Finn montant les marches d'un beau et vieux cottage, un petit chien noir sur les talons. En arrière-plan, une pancarte indiquait : « Hôtel des Animaux. Sonnez et patientez. »

Le Dr Finn s'assit sur la dernière marche. Le sourire qu'il adressa à la caméra avait tout le charme et la sincérité qui avaient fait de lui une star. Le petit épagneul noir assis près de lui et qui le regardait avec adoration était clairement sur le point de devenir une célébrité, lui aussi.

En parlant, le Dr Finn caressait doucement les oreilles du chien.

— J'ai appris beaucoup de choses au cours de l'année dernière, dit-il. Et l'une d'elles est qu'il y a des moments charnières dans la vie, où tout peut changer. Des moments où une histoire prend son souffle… où un nouveau chapitre commence. Or chaque vie suit son propre cours, n'est-ce pas ? J'ai aussi appris autre chose : il est toujours possible de prendre un nouveau départ. De trouver le bonheur. Et l'amour…

Hazel essuya discrètement une larme.

— Je sais, gémit Finn. Je t'avais dit que ça allait être un peu mièvre.

— Chut ! ordonna Jamie. J'écoute…

— J'adore ! chuchota Hazel.

Elle se lova contre lui et Finn se pencha pour déposer un léger baiser dans ses cheveux.

— Les épisodes de cette saison concernent principalement

des chiens, poursuivait le Dr Finn. Mais ils ne peuvent entamer un nouveau chapitre de leur vie que grâce aux personnes qu'ils rencontrent, dont la vie change également. Ce sont ces parcours croisés qui nous intéressent, ces histoires qui finissent bien. Ou plutôt, qui se poursuivent, en prenant une nouvelle direction.

Il s'interrompit pour caresser le petit épagneul.

— Aujourd'hui, c'est au destin de Ben que nous allons nous intéresser. Voici son histoire…

Il se leva et descendit les marches, Ben sur les talons. Ils se dirigèrent vers des enclos où se trouvaient d'autres chiens. On apercevait une femme au loin, avec une fillette à côté d'elle, et un chien noir et blanc.

— Il y a Kiara, dit Jamie. Et Bunji !

Elle leva les yeux vers son père.

— Tu vas raconter l'histoire de Bunji, n'est-ce pas ?

— Oui, dans le prochain épisode.

Radieux, Finn sourit tendrement à Ellie, tandis que sur l'écran apparaissaient des images bien différentes…

Près d'une plage bordée par une route très fréquentée, une pancarte annonçait la clinique vétérinaire de Coogee Beach, dont les portes coulissantes s'ouvrirent, révélant une salle d'attente.

Une grande caisse de transport pour animaux était posée près d'une étagère remplie de jouets pour chiens et chats, mais personne n'y prêta attention car une femme venait de faire irruption dans l'établissement. Elle était visiblement en état de choc.

— S'il vous plaît… quelqu'un peut-il m'aider ? demanda-t-elle en sanglotant. Il s'est littéralement jeté sous mes roues. Je n'ai rien pu faire…

MARION LENNOX

Un complice pour Alice

Traduction française de
VIRGINIE CANTIN

BLANCHE

HARLEQUIN

Titre original :
A RESCUE DOG TO HEAL THEM

1.

— Mon frère est un tyran, doublé d'un égoïste ! Certes, c'est un chirurgien de talent, mais son sens du contact laisse cruellement à désirer. Il a accepté de s'occuper de sa nièce – notre nièce – mais il est la dernière personne apte à assumer cette tâche. Encore moins maintenant qu'il est à l'hôpital…

La femme qui avait émis ce jugement sans appel avait fait irruption deux jours auparavant à l'Hôtel des Animaux, qui abritait le refuge et la clinique vétérinaire du Dr Kiara Brail. Arrivée sans rendez-vous, elle s'était présentée sous le nom de Lady Beatrice Stonehouse et en effet, c'était une caricature d'aristocrate anglaise : trapue, bruyante, vêtue d'un costume en tweed et de solides chaussures peu adaptés au printemps australien. Son accent britannique tranchant était manifestement fait pour donner des ordres, non pour demander conseil.

— Je dois retourner en Angleterre au plus vite, avait-elle annoncé. Je ne suis venue que pour m'occuper de l'enfant jusqu'à ce que mon frère sorte de l'hôpital. J'ai confié à contrecœur mes chevaux et mes chiens à mon mari, mais je ne peux tout de même pas laisser ces deux-là tomber ! À mon avis, ils auraient bien besoin d'un chien ou d'un cheval, eux aussi – les animaux ne sont-ils pas la solution à tous les problèmes ? Mais dans la stupide maison design où mon frère insiste pour vivre, hors de question d'avoir des chevaux, alors il faut que je lui trouve un chien. Votre établissement est connu pour proposer des compagnons à des propriétaires difficiles, or mon frère fait sans aucun doute partie de cette catégorie. Et cette fillette aussi. Je ne peux pas lui arracher un mot. Mais si vous pouvez trouver le chien qui leur convient, je suis prête à me montrer plus que généreuse.

Et elle avait cité un chiffre qui avait coupé le souffle à Kiara.

Beaucoup trop de clients étaient intéressés par les chiens qu'elle avait recueillis au refuge, et elle n'avait pas de problème pour trouver un nouveau foyer à ses pensionnaires. Mais l'entrepreneur qu'elle avait fait venir la veille l'avait forcée à réfléchir, en lui annonçant une nouvelle terrifiante : sa maison était rongée par les termites, et il fallait engager de coûteux travaux pour la sauver.

Or elle n'avait pas d'argent.

C'est pour cette raison que Kiara se tenait maintenant devant ce qui ressemblait à un manoir. Elle était à Clovelly, l'une des plus belles banlieues côtières de Sydney, et aussi l'une des plus chic. Les demeures étaient à la fois discrètes et imposantes, cependant aucun lion de bronze massif ne gardait cette entrée, qu'un simple portail de fer forgé séparait de la route.

Au fond d'un magnifique jardin, on apercevait une bâtisse de pierre claire, jouxtée d'un parking pavé pouvant accueillir une demi-douzaine de voitures. Il devait y avoir aussi un garage, songea-t-elle, et elle apercevait derrière les arbres le scintillement d'une piscine. Quant au jardin…

Elle pensa à son propre jardin de Birralong, dans les Blue Mountains, un merveilleux fouillis, mélange de jardin anglais planté par sa grand-mère et de brousse qui ne cessait de s'étendre.

Elle ne se séparerait pour rien au monde de sa vieille maison et de son Hôtel des Animaux, mais pendant un moment, elle se laissa aller à la rêverie. Que pourrait-elle faire si elle possédait seulement un dixième de ce que valait cette demeure ?

Elle se débarrasserait des termites qui rongeaient sa maison ! songea-t-elle aussitôt avec un regain d'espoir. C'est pour cela qu'elle était ici. Tout ce qu'elle avait à faire était de trouver un foyer pour l'un des chiens qu'elle gardait en pension, et de délester Bryn Dalton – ou sa sœur – d'une partie de son argent durement gagné.

Ou plutôt, hérité. Lady Stonehouse s'était montrée très directe. « Mon demi-frère est richissime. Nous le sommes tous. Nos parents n'étaient pas de bons parents, c'est le moins qu'on puisse dire, mais ils ne nous ont pas laissés dans le besoin. »

Eh bien, cela ne l'intimidait pas du tout ! songea Kiara, avant de prendre une profonde inspiration et d'appuyer sur le bouton de l'interphone.

Elle attendit, mais le silence se prolongea. Une fois descendue du train, elle avait longuement marché le long de la falaise pour atteindre cette propriété. La rue était silencieuse, à l'exception du cri des loriquets dans les gommiers en fleur, et dans les frangipaniers de ce quartier très arboré.

Elle sonna de nouveau, et sursauta presque quand une voix bourrue lança :

— Vous êtes la vétérinaire ?

— Oui, je suis le Dr Kiara Brail, répondit-elle.

Il y eut un nouveau silence. Kiara leva les yeux, puis les baissa aussitôt. Au-dessus de sa tête, une caméra était braquée sur elle…

Petite, mince, Kiara avait une trentaine d'années. Elle portait un jean et un chemisier blanc, avait la peau mate – héritage de sa grand-mère aborigène – et était peu maquillée. Sa masse de boucles noires était attachée en queue-de-cheval. Son père avait beau la décrire à ses amis comme un « garçon manqué » plutôt téméraire, en ce moment, elle aurait bien voulu mesurer un mètre quatre-vingts et être plus imposante…

Elle fixa ses orteils, refusant de donner à celui qui se trouvait derrière cette caméra la satisfaction de voir son visage, et elle se rappela pourquoi elle était ici. Son refuge était rempli de chiens qui avaient besoin de soins, et sa maison avait grand besoin d'être entretenue.

Elle avait besoin d'argent.

Cet homme ne pouvait pas être insensible, se dit-elle, ni complètement stupide. Alors pourquoi diable ne la laissait-il pas entrer ? Elle s'était renseignée sur lui sur Internet avant de venir. Apparemment, Bryn Dalton était neurochirurgien. Les articles qu'elle avait lus le présentaient comme le meilleur dans son domaine, le chirurgien de référence pour des opérations cérébrales délicates que d'autres ne se risqueraient pas à faire. Son CV était impressionnant, c'était le moins qu'on puisse dire.

Sentant l'impatience la gagner, elle s'écria brusquement :

— Ça suffit, maintenant ! Si vous ne m'ouvrez pas, je vais faire payer ce déplacement à votre sœur. Cela fait presque dix minutes que j'attends et je facture à l'heure ! Vous voulez vraiment gaspiller son argent en me laissant à la porte ?

Il y eut une nouvelle pause puis, au moment où elle tournait les talons pour partir, elle entendit la porte s'ouvrir derrière elle.

Elle s'arrêta et, furieuse, prit une profonde inspiration. Croyait-il que parce qu'il était privilégié il détenait tout pouvoir sur elle ?

— Je suis désolé, dit la voix d'un ton qui semblait sincère. Entrez, je vous en prie.

Calme-toi, se dit-elle. Elle avait du tempérament, mais elle savait le refouler, et ce n'était pas le moment de se laisser aller. Là, elle ne devait songer qu'à une chose : l'avenir de ses animaux.

Il n'y avait personne derrière la porte et une fois le seuil franchi, elle se retrouva seule dans un endroit qui ressemblait à un paradis pour décorateurs.

Le hall d'entrée était de la taille de sa cuisine. Sols en marbre étincelants, plafonds voûtés, meubles exquis – dont une console antique et deux chaises parfaitement inutiles sur lesquelles personne n'aurait osé s'asseoir… La composition florale, qui, comme elle le supposait, avait été livrée par l'un des meilleurs fleuristes de Sydney, avait dû coûter une petite fortune.

— Ne restez pas là, voyons ! Entrez…

Elle sursauta en entendant la voix. La seule porte ouverte se trouvait à sa gauche, alors elle avança dans cette direction.

Était-ce un bureau ? Elle pensa à son propre cabinet de travail, exigu et sommairement meublé. Une bibliothèque, alors ? Les murs de la vaste pièce étaient tapissés de livres reliés, et un énorme bureau en acajou trônait près d'une baie vitrée. Le tout était très sombre.

Un homme en fauteuil roulant se retourna pour lui faire face. Bien que le bureau soit éclairé par une lampe, elle ne distinguait pas son visage. Était-il barbu ? Ou juste mal rasé ? Elle vit que sa jambe était posée sur un support, devant le fauteuil roulant.

Il n'esquissa pas le moindre geste dans sa direction. Durant un long moment de silence il sembla l'évaluer, la toisant des orteils jusqu'à la racine des cheveux.

— Je suis Kiara Brail et je suis ravie de vous rencontrer, docteur Dalton, dit-elle en s'efforçant de parler d'un ton vif et professionnel. Votre sœur m'a dit que vous aimeriez avoir un chien.

— C'est ma demi-sœur, et personnellement je ne veux rien du tout, dit-il. C'est bien une idée de Beatrice, ça ! Un chien !

Il prit une profonde inspiration, comme pour s'armer de patience, avant d'ajouter :

— Cependant… je pense que ma nièce a besoin d'un compagnon, et je suis prêt à essayer. Mais je ne veux rien avoir à faire avec cette bestiole ! Dès que je pourrai reprendre mon travail, je ne serai pas souvent à la maison. Beatrice m'a dit qu'elle payerait. Ainsi, elle se sentira autorisée à nous quitter, ce que nous voulons tous. Alors amenez le chien, restez ici pendant une semaine pour vous assurer qu'il est bien dressé et ne risque pas de perturber ma routine. Si à la fin de la semaine ma nièce veut qu'il reste, je n'y verrai aucune objection. Sinon, le chien s'en ira, mais vous serez payée quand même.

Elle le toisa avec mépris. De toute cette déclaration, elle avait surtout retenu un mot : bestiole. Or cela lui déplaisait au plus haut point.

L'Hôtel des Animaux n'était pas un refuge comme les autres. La vocation de Kiara était de répondre au mieux aux demandes de ceux qui s'adressaient à elle. Si une famille recherchait un chiot pour partager ses jeux, une vieille dame seule un compagnon à quatre pattes, ou un commerçant un chien de garde, alors il y avait une myriade d'éleveurs et d'associations susceptibles de les aider. Son rôle à elle était de trouver les bons chiens pour les bonnes personnes, et elle se donnait tout le mal du monde pour que cela fonctionne.

La spécialité de l'Hôtel des Animaux était d'accueillir des animaux âgés dont le propriétaire n'était plus en mesure de s'occuper, qui auraient été euthanasiés dans la plupart des refuges, car qui voulait adopter un animal dont l'espérance de vie était très limitée et dont le propriétaire n'était plus autonome ?

Les vétérinaires locaux connaissaient Kiara et son travail.

Ils lui envoyaient souvent des personnes ayant perdu leur animal de compagnie et qui se trouvaient trop âgées pour en avoir un autre. À l'inverse, si une personne âgée devait entrer en maison de retraite où elle ne pouvait pas emmener son chien adoré et demandait une euthanasie, Kiara était appelée pour évaluer l'animal. S'il répondait aux critères requis, elle le prenait en charge et le faisait travailler, en le rééduquant si nécessaire. Peu importe qu'il s'agisse d'un chien grisonnant et âgé, dont la durée de vie était peut-être très courte ; si c'était un bon chien, elle lui trouvait le bon propriétaire. Et cela fonctionnait parce que Kiara connaissait chaque animal et chaque propriétaire.

— Donc, vous ne voulez pas de chien, dit-elle, en essayant de garder pour elle l'antipathie instinctive que son interlocuteur lui inspirait.

— J'ai assez de choses à faire comme ça !

Il se tut, et elle sentit qu'il essayait de réprimer sa colère.

— Comme vous le voyez, j'ai été blessé, reprit-il. Je dois me concentrer sur ma rééducation. Cependant, j'ai accepté de m'occuper de ma nièce, et ma sœur prétend qu'elle a besoin d'un chien. Donc…

— Avez-vous officiellement la garde de votre nièce ?

De nouveau, il se tut. Elle s'attendait à ce qu'il la prie de se mêler de ses affaires, mais au lieu de cela, il la fixa longuement avant de répondre.

— J'ai eu deux sœurs. Ou plutôt, des demi-sœurs. Nous avons trois mères différentes. Comme notre père s'intéressait peu à nous, nous n'avons pas de liens très forts. Beatrice est l'aînée, elle vit au Royaume-Uni. Je suis le plus jeune et, comme vous pouvez le voir, ma maison est ici, en Australie. Skye… eh bien, jusqu'à il y a trois mois, elle vivait en Californie où, probablement encouragée par sa mère, elle semble avoir fait de très mauvais choix de vie. L'un d'eux était d'avoir une fille. Alice a dix ans et je ne l'avais jamais rencontrée. Puis, un beau jour, Skye a débarqué et insisté pour s'installer quelque temps chez moi avec sa fille. Je l'ai laissée faire. J'étais à peine rentré de mon travail à l'hôpital et je ne me suis pas méfié. J'aurais dû…

Tout à coup, son visage se tordit comme sous l'effet de la souffrance, puis il se força à continuer.

— Peu importe. Il n'y avait rien à faire. Il semble que Skye soit venue ici avec un plan bien précis : me confier Alice et…

En le voyant secouer la tête, elle eut l'impression qu'il tentait de chasser un mauvais rêve.

— Deux semaines après son arrivée, Skye a mis fin à ses jours…

Kiara sentit une boule lui serrer la gorge. Il y a deux minutes, son instinct lui dictait de sortir de cette maison au plus vite. Et maintenant, elle avait envie d'en savoir plus sur ce qui, visiblement, minait cet homme meurtri…

Dix ans… Une enfant de dix ans venait de perdre sa mère, et devait vivre avec un demi-oncle qu'elle ne connaissait pas et qui fuyait sa propre maison…

« Je ne peux pas laisser ces deux-là tomber. »

Les mots de Lady Beatrice résonnèrent dans sa tête comme elle fixait l'homme qui lui faisait face. Celui-ci soutint son regard, comme s'il lui lançait un défi.

— Qu'est-il arrivé à votre jambe ? demanda-t-elle.

Une fois de plus, son visage se ferma. Ses yeux commençaient à s'adapter à la pénombre, elle distinguait mieux son visage. Elle avait cru qu'il était barbu mais ce n'était pas le cas, seul un chaume de quelques jours ombrait ses joues. Avec ses cheveux noirs ébouriffés et ses yeux profonds, il avait l'air…

Hanté ? C'était un adjectif étrange, mais c'est celui qui lui venait à l'esprit.

Quand il reprit la parole, sa voix était étouffée, lointaine, et elle crut y percevoir de la douleur.

— Ma sœur a choisi de se jeter d'une falaise proche de la maison. Vous avez vu la hauteur des falaises, par ici ? Ça ne pardonne pas. Malheureusement, elle a laissé un mot, et Alice l'a trouvé trop tôt. Elle a suivi sa mère, l'a vue tomber et a essayé de descendre. Le temps que je les rejoigne, Skye avait succombé, mais Alice était coincée tout près des vagues. J'ai appelé les services d'urgence, puis je suis descendu. Je n'avais pas le choix, mais c'était stupide, car je suis tombé et me suis cassé la jambe. Au moins, j'avais réussi à atteindre la corniche où se trouvait Alice. L'hélicoptère de secours nous a récupérés une heure plus tard.

— Oh ! non !

— Comme vous dites ! lâcha-t-il, d'un ton plus neutre, cette fois. Maintenant, il n'y a personne pour s'occuper d'Alice. Beatrice dit qu'elle devrait aller en pension, mais la perspective l'effraie tellement qu'elle s'est murée dans le silence. Alors j'ai décidé de la laisser tranquille jusqu'à ce que je sois complètement rétabli. Et voilà que Beatrice exige qu'elle ait un chien !

Dire qu'elle était émue était un euphémisme. Une enfant de dix ans avait perdu sa mère dans des circonstances dramatiques…

— Et vous ? Vous ne voulez pas de chien ?

— Tout ce que je veux, c'est retrouver ma vie d'avant. Mon travail.

Il avait presque crié. Puis il parut se reprendre, se calmer. Il poursuivit d'un ton maîtrisé de professionnel :

— Je suis neurochirurgien, et très actif dans mon domaine. Je pratique la chirurgie au Sydney Central. Je suis aussi professeur à l'université et je fais partie du conseil d'administration de plusieurs grands établissements de santé. J'ai dû tout ralentir à cause de ce…

— À cause d'Alice ? l'interrompit-elle.

— Non, à cause de ma jambe, rectifia-t-il. Je me suis fracturé la rotule, le tibia et le péroné. J'ai dû subir une reconstruction complète. Il faudra encore un mois avant que je sois capable de rester debout pendant de longues heures, alors j'ai accepté de prendre Alice en charge pendant cette période. Ensuite, elle devra aller en pension.

Il dut voir l'expression de son visage car aussitôt, il se plaça sur la défensive.

— Vous savez, je comprends Alice. Elle a eu une enfance dorée mais solitaire. Skye a toujours pu payer des nounous diplômées et de bons précepteurs pour élever sa fille, qui est très autonome. Bien sûr, elle est maintenant suivie par un des meilleurs psychologues, grâce à mon intervention. Elle voyait très peu sa mère et n'a pas dû beaucoup s'y attacher, mais elle n'avait personne d'autre. Il faut lui laisser un peu de temps pour se remettre de ce traumatisme et je suis d'accord avec Beatrice : elle sera mieux dans une bonne école.

— Qu'est-ce qui arrivera au chien, à ce moment-là ? demanda Kiara, en essayant de garder son calme.

— Il pourra rester ici s'il est bien dressé, répondit-il avec désinvolture. Le personnel s'en occupera, et je suppose qu'Alice reviendra pendant les vacances scolaires. Elle n'a pas d'autre endroit où aller. Elle pourra garder ce chien si elle le souhaite, mais Beatrice m'a dit que vous étiez d'accord pour le reprendre si nous n'en avions plus besoin.

Il marqua une pause, puis la scruta comme pour lire dans ses pensées avant d'ajouter :

— Cependant, je m'incline devant votre jugement. Je n'ai jamais eu d'animal. Si vous pensez que c'est plus satisfaisant, je suis prêt à vous payer pour que vous le gardiez pendant qu'Alice sera à l'école. Vous pourriez peut-être nous le ramener à chaque période de vacances ?

Kiara était tellement choquée par ces paroles qu'elle faillit tourner les talons et quitter les lieux. Elle n'en fit rien.

— Ainsi, vous considérez ce chien comme un jouet, un objet au service de la guérison de votre nièce ? lança-t-elle, cinglante.

— Beatrice m'a raconté que votre refuge était à court

d'argent et cherchait des donateurs. Je croyais que vous seriez reconnaissante…

— Eh bien, c'était une erreur. Mes chiens ne sont pas de vulgaires objets !

Un long silence suivit cette déclaration.

Kiara détailla son interlocuteur, qu'elle voyait maintenant clairement. Svelte et musclé, il devait être en forme avant sa chute. Il portait un T-shirt chic mais délavé. Le bas de son jean avait été coupé au-dessus d'une attelle. Comme il la fixait, elle crut lire dans ses yeux une grande lassitude.

Pour une raison étrange, cela lui rappela les nombreuses bêtes blessées qu'elle avait traitées dans sa carrière de vétérinaire. Des chiens et des chats feulant et grognant pour exprimer leur terreur, et qu'il fallait apprivoiser pour les ramener dans l'entourage des humains…

Mais elle n'était pas là pour soigner cet homme blessé et sa nièce orpheline. Elle était venue ici dans l'espoir d'y trouver un foyer pour l'un de ses chiens. Certes, Beatrice avait mentionné un don substantiel, mais cette maison n'était pas un foyer adapté pour un animal qui avait déjà subi un traumatisme.

— Je crois qu'il vaut mieux que nous en restions là, dit-elle enfin.

Il posa sur elle un regard surpris.

— Vous n'allez pas nous aider ?

— Je ne vois pas comment le fait de vous confier un chien pourrait vous aider, répondit-elle du ton qu'elle prenait d'ordinaire pour décourager ses clients potentiels. Mais… vous dites que vous avez fait appel à un psychologue pour votre nièce. Peut-être pourriez-vous avoir une conversation avec lui, vous aussi ?

Un autre silence suivit, plus long cette fois, puis ses yeux noirs, semblables à ceux d'un faucon, rencontrèrent de nouveau les siens.

— Au revoir, madame, dit-il d'un ton sec.

— Au revoir, monsieur.
Et elle tourna les talons.

Ce n'était pas d'un chien dont cette fillette avait besoin, songea Bryn, mais de parents aimants, qui prennent bien soin d'elle et se soucient de son développement. Beatrice avait beau avoir l'intérêt d'Alice à cœur, elle s'était trompée sur la solution à apporter à son problème…

Il regagna son bureau en silence. Son travail l'attendait et il devait répondre à quelques questions posées par ses étudiants.

Au lieu de cela, il posa la tête sur ses mains et se fit une foule de reproches. Il avait perdu son sang-froid avec cette visiteuse, ce qui ne lui ressemblait pas. Le Dr Kiara Brail l'avait troublé, et, pendant quelques instants horribles, lui avait donné l'impression que le monde lui échappait.

Et en ce moment, il avait vraiment l'impression que c'était le cas.

Une demi-sœur qu'il connaissait à peine avait décidé qu'il ferait un bon parent – ou plutôt, un tuteur – pour sa fille. Or il ne connaissait rien à l'éducation des enfants, ni même aux familles. Sa vie, c'était son travail. Les émotions, l'engagement, exigeaient du temps et des efforts, et vous laissaient totalement vulnérable. N'avait-il pas appris cela presque avant de savoir marcher ? Ses parents s'étaient séparés alors qu'il n'était encore qu'un jeune enfant, et il avait été élevé par des nounous et des précepteurs, apprenant très tôt à conserver une certaine distance avec son entourage.

Aujourd'hui, sa vie de célibataire lui convenait parfaitement. Il avait travaillé d'arrache-pied pour devenir le meilleur neurochirurgien de sa génération, et il avait réussi. Il aidait les gens par son travail, mais n'entretenait aucune relation personnelle avec eux, et voilà qu'il devenait soudain le seul adulte dans la vie d'une enfant qu'il connaissait à peine ! Beatrice ne voulait pas la prendre en charge, et il n'y avait personne d'autre.

Alors, il avait accepté cette responsabilité mais hélas, ses longues semaines passées à l'hôpital avaient privé la fillette de sa présence. Alice s'était peu à peu renfermée sur elle-même. Beatrice avait peut-être raison : un chien pourrait l'aider à surmonter cette période difficile, mais de par sa propre expérience, il savait que pour affronter la pension, et plus tard la vie, il fallait s'endurcir, renforcer ses barrières.

Il avait son travail, sa vie. Il soutiendrait Alice autant qu'il le pourrait, mais c'est elle seule qui ferait l'essentiel du chemin.

Il repensa à ce jour atroce où Skye avait mis fin à ses jours. Il se rappelait avoir regardé en bas, du sommet de la falaise : sa nièce était recroquevillée sur une petite corniche, juste au-dessus des flots rugissants. L'espace d'un instant, il l'avait crue morte.

Après avoir appelé les secours, il avait tenté l'impossible : descendre lui-même pour la rejoindre. Et il était tombé… Heureusement, il avait été sauvé, soigné, et aujourd'hui sa jambe était en voie de guérison. Il allait retrouver sa vie.

Alors pourquoi cette lueur de pitié, dans le regard de la vétérinaire ? Et pourquoi lui avait-elle suggéré de se faire aider par un psychologue, alors qu'elle ne savait rien de lui ?

Quelle idée stupide ! Il avait presque repris le contrôle de sa vie. Tout ce dont il avait besoin, c'était que sa jambe aille mieux, que sa nièce soit entourée et… le souvenir de cette jeune femme oublié !

Dire qu'elle avait fait tout ce chemin jusqu'à Sydney pour ça ! Quelle erreur ! songea Kiara en traversant le grand hall d'entrée. Non seulement elle avait perdu une matinée, mais en face de cet homme, elle s'était sentie prise au piège, presque coupable.

Ce qui était absurde, se dit-elle. Il y avait des psychologues qui s'occupaient très bien des enfants. Son travail, à elle, était de s'occuper des animaux dont elle avait la charge, pas de se laisser émouvoir par l'histoire de cette enfant orpheline et de son oncle. Bryn Dalton aurait pu passer pour quelqu'un d'autoritaire, mais Kiara, habituée à côtoyer des gens qui abandonnaient leurs animaux de compagnie ou cherchaient désespérément quelque chose à aimer, savait reconnaître les signes de la détresse émotionnelle, et les avait clairement identifiés chez lui.

Hélas, elle n'avait aucun moyen de l'aider. Elle était responsable de l'Hôtel des Animaux, et si elle voulait le sauver, elle devait sortir d'ici au plus vite.

Alors qu'elle s'engageait dans l'allée où elle avait garé sa voiture, une fillette surgit devant elle, lui bloquant le passage.

— Mon oncle m'a dit que vous alliez me donner un chien ! lança-t-elle d'un ton provocateur, mais vous pouvez le garder ! Je n'en veux pas !

Elle était petite pour ses dix ans, et un peu trop mince. Ses fins cheveux blonds tombaient sur ses épaules et elle était vêtue d'un short et d'un T-shirt qui avaient connu des jours meilleurs. Elle avait les yeux bleu clair, et sa chevelure aurait eu grand besoin d'un coup de brosse.

Des traces sombres sur ses joues indiquaient qu'elle avait pleuré.

— Tu n'es pas obligée d'avoir un chien, répondit Kiara simplement, avant de faire mine de poursuivre son chemin.

Mais l'enfant ne bougea pas, visiblement résolue à poursuivre cette discussion. Soudain, Kiara eut l'impression de ressentir une douleur pareille à la sienne, et repensa à sa propre enfance, à ses dix ans. À son père, qui avait vendu la portée de sa chienne adorée à des inconnus qui emportaient les chiots. Elle l'avait imploré de la laisser garder le plus petit, mais il avait refusé. « Ne sois pas stupide ! avait-il lancé. Ces chiens sont des chiens de race, faits pour garder le bétail, pas pour tenir compagnie à des enfants ! Ils se vendent très cher, tu sais… »

Pourquoi repensait-elle à ça maintenant ? Pourquoi son cœur s'emballait-il ? *Arrête tout de suite ! Pense à l'Hôtel des Animaux !* s'ordonna-t-elle.

Mais, aussitôt après, elle songea qu'avoir une discussion avec cette enfant ne pouvait pas lui nuire. C'était le moins qu'elle puisse faire pour l'aider.

— Tu es Alice, n'est-ce pas ?

La fillette acquiesça, et leva vers elle un regard de défi.

— Pourquoi ne veux-tu pas de chien ?

Un peu décontenancée, Alice recula d'un pas.

— Je n'habite pas ici. Ma mère me l'a demandé, mais je ne veux pas rester.

— Tu vas aller à l'école, bientôt, non ?

— Non.

— Alors, que vas-tu faire ?

— Je ne sais pas.

Ces mots résonnèrent comme un cri de détresse aux oreilles de Kiara.

— Tu vas rester ici !

Surprise par le ton autoritaire de Bryn, qui s'était approché d'elles en silence, Kiara tressaillit.

— Tu resteras ici, aussi longtemps que nécessaire, répéta Bryn, ignorant Kiara pour se concentrer uniquement sur sa nièce. Je te l'ai promis, Alice.

— Mais tu ne veux pas de moi ! Tu n'as jamais voulu que je vienne habiter ici.

— Nous sommes de la même famille. Je suis ton oncle, ne l'oublie pas…

Mauvaise réponse, songea Kiara. Mais qu'aurait-elle fait, à la place de Bryn ? Elle n'avait pas de famille, pas de liens forts, sauf avec les animaux qu'elle aimait, les créatures en détresse qui se retrouvaient sous sa responsabilité.

Elle pensa soudain à l'un des rares chats qu'elle avait relogés. L'Hôtel des Animaux était spécialisé dans les chiens, mais Mops avait été une exception. Elle l'avait recueilli dans la brousse, près du refuge, alors qu'il essayait de se débrouiller seul et luttait pour sa survie. Il était maigre, et son pelage gris et blanc en bataille était lardé de cicatrices probablement dues à des rencontres avec des opossums.

Kiara lui avait tendu un piège et l'avait attrapé. Terrifié, il crachait sa douleur et sa peur. Elle l'avait nourri, lui avait parlé, l'encourageant peu à peu à lui faire confiance.

La dernière fois qu'elle l'avait vu, Mops ronronnait sur les genoux de son nouveau propriétaire, un vieil homme devenu veuf récemment. Tous deux étaient très satisfaits.

C'était ce dont cette enfant avait besoin, pensa-t-elle. Quelqu'un qui la serre contre lui, et lui dise qu'il l'aime…

En l'assurant qu'elle pouvait rester « aussi longtemps que nécessaire », on lui signifiait implicitement que l'on espérait son départ…

— Je ne veux pas de chien, répéta Alice avec force, en plantant les yeux dans ceux de son oncle.

— Tu n'es pas obligée d'avoir un chien. Ta tante pensait…

— Ma tante s'en fiche complètement.

— Elle a pensé qu'un chien pourrait t'aider. Ça pourrait te plaire, si Kiara…

— Docteur Brail, corrigea Kiara d'un ton sec.

Elle était ici en visite professionnelle, se rappela-t-elle, et cela ne ferait pas de mal à cet homme arrogant de l'entendre à nouveau.

— Je suis docteur en sciences vétérinaires, précisa-t-elle. Je suis spécialisée dans le placement des animaux sans propriétaire, mais il semble que l'on n'ait pas besoin de moi ici.

— L'offre reste valable, répondit Bryn sans quitter

Alice des yeux. Si vous pensez que cela peut aider, alors amenez-nous un chien. Beatrice vous a proposé de rester une semaine et de voir ce qui se passe. Vous savez qu'Alice a besoin de… quelque chose.

— Je veux rentrer chez moi, dit la fillette.

— Je suis désolé, mais c'est impossible, assena Bryn.

Une fois de plus, Kiara songea que c'était une mauvaise réponse. Il aurait dû dire : « Chez toi, c'est ici, maintenant. »

Faisant taire les émotions qui l'agitaient, elle prit congé.

— Bonne chance à vous deux, dit-elle avec douceur. Je suis vraiment désolée de ne pas pouvoir vous aider.

Et, avant que son cœur puisse être tiraillé un instant de plus, elle partit sans se retourner, laissant Bryn et Alice seuls avec leur détresse.

2.

Je n'ai pas le bon animal de compagnie, de toute façon, et puis, ils n'ont pas besoin d'un chien !

C'est ce que Kiara ne cessait de se répéter, dans le train qui la ramenait chez elle. Oui, Bryn et Alice avaient besoin d'aide, mais ce n'est pas elle qui pouvait la leur apporter. Elle avait pris son ordinateur portable mais au lieu de travailler, elle regardait par la fenêtre. Elle n'admirait pas le paysage, de plus en plus époustouflant à mesure qu'elle se rapprochait de sa maison des Blue Mountains. Au lieu de cela, elle pensait à cette fillette qui lui rappelait douloureusement l'enfant solitaire qu'elle avait été.

Alice est bien plus malheureuse que moi, se dit-elle, et cela la rendit encore plus triste.

Tout comme la pensée de Bryn Dalton et de son regard désespéré.

Une fois rentrée chez elle, elle ne put s'empêcher de feuilleter les dossiers des chiens dont elle s'occupait, puis elle alla vérifier les enclos, saluer ses pensionnaires, en se demandant lequel pourrait être utile à Bryn.

Malheureusement, elle n'en trouva pas.

L'Hôtel des Animaux n'était pas n'importe quel refuge. C'était l'endroit dont Kiara rêvait depuis toujours, et où elle vivait et travaillait.

Dans la ferme de son père, les animaux n'étaient qu'une

source de revenus comme une autre aux yeux de ce dernier. Il n'avait jamais maltraité son bétail, mais il n'avait jamais regardé un animal autrement qu'en fonction de son utilité.

La mère de Kiara était partie quand elle avait six ans, et Kiara ne pouvait pas vraiment lui en vouloir d'avoir cherché à s'éloigner de l'homme froid et dur qu'elle avait épousé. La seule chose qu'elle lui reprochait était de ne pas l'avoir emmenée avec elle, et l'annonce de sa mort, quelques années plus tard, n'avait fait que renforcer son cruel sentiment d'abandon.

Kiara était donc restée avec son père, qui l'avait considérée comme une bouche à nourrir quand elle était petite et comme une main-d'œuvre gratuite quand elle avait grandi. Il ignorait qu'elle avait donné un nom à chacun des animaux de la ferme, et pleurait à chaudes larmes tous les jours de marché.

L'Hôtel des Animaux avait été sa revanche. Très tôt, elle avait voulu devenir vétérinaire, mais pour elle, le but de la science vétérinaire était de donner au plus grand nombre d'animaux possible une vie aussi bonne que possible. Elle avait une clinique à diriger, mais elle passait son temps libre à confier des animaux abandonnés à ceux qui en avaient le plus besoin. Or Bryn Dalton n'appartenait pas à cette catégorie…

— Kiara ?

La voix en provenance du jardin la tira de ses pensées, et elle leva la tête, ravie de cette diversion.

C'était Hazel.

Hazel Davidson était la meilleure amie de Kiara. Elle travaillait dans une clinique vétérinaire de Coogee Beach. Elles s'étaient rencontrées à l'université, s'étaient liées grâce à leur amour commun pour les bêtes, et c'est Hazel qui avait aidé Kiara à créer l'Hôtel des Animaux.

Le refuge avait été construit sur la propriété que la grand-mère de Kiara lui avait laissée. Aborigène, elle avait épousé un Irlandais mort peu après la naissance de leur unique enfant – la mère de Kiara – et elle avait vécu à Birralong depuis lors. Ses deux passions étaient le bush et son jardin, et elle gagnait sa vie en cultivant et en vendant des plantes. Quand elle était morte, le jardin avait été envahi par la végétation, mais il était encore magnifique.

La construction du refuge coûtait de l'argent que Kiara ne possédait pas. Elle s'était donc fait embaucher dans une clinique vétérinaire jusqu'à ce qu'elle ait économisé suffisamment pour pouvoir emprunter et créer le refuge et la petite clinique. Kiara travaillait ici à plein temps, et Hazel venait l'aider quand elle le pouvait.

Kiara ne fut pas surprise de l'arrivée de son amie. Ce qui l'étonna, en revanche, c'est l'urgence qu'elle perçut dans sa voix.

— Kiara ? appelait-elle, anxieuse. Kiara ? Où es-tu ? J'amène une chienne blessée…

— Dans les box ! Tiens bon, j'arrive…

Kiara vit Hazel penchée sur une silhouette, à l'ombre d'un frangipanier dont les grosses fleurs embaumaient. Elle se hâta vers son amie et s'arrêta net.

L'animal blessé était une chienne au pelage noir et blanc. Un border collie ? Difficile à dire.

— Je l'ai trouvée sur le bord de la route, près de l'arrêt de bus de Birralong, expliqua Hazel à son amie dès qu'elle apparut. Elle est… oh, Kiara, c'est horrible !

Kiara sentit sa gorge se serrer. L'arrêt de bus était à l'angle, juste à côté du panneau indiquant sa clinique. Les gens se sentaient autorisés à abandonner leurs animaux à proximité, comme pour s'assurer qu'on leur porterait secours et se donner ainsi bonne conscience…

Elle s'accroupit près de son amie et vit que c'était bien une femelle border collie. Elle était petite pour sa race et n'avait pas l'air en bonne santé. Kiara avait déjà vu des animaux négligés par le passé, mais celui-ci était particulièrement mal soigné…

Hazel s'assit, les larmes aux yeux, tandis que Kiara se penchait pour examiner l'animal couché sur le côté. Il avait les flancs saillants, les pattes écorchées, et le peu de fourrure qu'il lui restait était sale et emmêlé. Mais il y avait pire : des plaies profondes autour de son cou, où l'on distinguait nettement l'empreinte d'une corde. Son arrière-train était hypertrophié, et on aurait dit qu'il avait passé sa vie attaché, sans autre choix que de s'asseoir ou de s'allonger.

Ses plaies étaient gonflées, suintantes. Souffrait-il d'une infection généralisée ?

Kiara posa la main sur la tête de la chienne. Elle ne s'attendait à aucune réaction, car l'animal avait l'air trop mal en point pour réagir. Mais contre toute attente, il leva vers elle ses grands yeux marron, où se lisait… la confiance ?

Incrédule, elle le caressait doucement pour pouvoir examiner ses blessures quand il bougea sa patte crasseuse et la posa sur son bras. S'agissait-il d'un appel à l'aide ?

Elle eut un pincement au cœur en songeant que cette bête, bien que maltraitée, la regardait encore comme un humain digne de confiance. Comme si elle n'éprouvait pas la moindre rancune, la moindre colère…

— Est-ce qu'on peut faire quelque chose pour elle, à ton avis ? demanda Hazel. Avec tout ce qui s'est passé aujourd'hui… je ne pense pas pouvoir supporter ça.

Kiara lui lança un regard interrogateur, mais Hazel se contenta de hocher la tête. Elle lui raconterait plus tard. Pour l'instant, elles avaient bien plus urgent à régler.

— Elle est encore jeune, dit Kiara. Peut-être…

— Oh ! Kiara, regarde-la ! Elle a été tellement maltraitée que, même si nous réussissons à lui sauver la vie, elle sera marquée à tout jamais, physiquement et émotionnellement. Et puis il y a le coût des soins. Qui va payer ? Nous savons toutes les deux que parfois la meilleure chose à faire est… de les laisser partir. Nous pouvons nous assurer qu'elle ne souffre pas.

Sans quitter des yeux l'animal, dont la patte était toujours posée sur son bras, Kiara prit une longue inspiration.

— Nous allons faire mieux que ça, répondit-elle. Amenons-la au bloc !

Elle leva les yeux, croisant le regard de Hazel.

— Je sais qu'on ne peut pas vraiment se le permettre, mais c'est pour des cas comme celui-ci que l'Hôtel des Animaux a été créé. Si je dois faire faillite, au moins ce sera pour la bonne cause !

Elles portèrent la chienne jusqu'à la clinique, qui jouxtait la maison. Heureusement, la radio ne révéla aucune fracture. Aucun signe d'hémorragie due à des lésions organiques, comme une rupture de la rate ou du foie.

Elles installèrent une perfusion pour la réhydrater, puis préparèrent l'anesthésie – ce qui n'était pas une mince affaire pour un animal si proche de la mort – avant de raser minutieusement la fourrure emmêlée afin de pouvoir nettoyer et suturer ses multiples plaies.

La cuisse était le problème majeur. L'infection semblait profonde. L'aspect de la blessure et son odeur rappelaient à Kiara un cheval qu'elle avait vu il y a des années. Il souffrait d'une blessure similaire et avait été laissé sans surveillance pendant trop longtemps. Le propriétaire avait choisi de l'euthanasier.

Sur son bras, la patte de la chienne n'avait pas bougé.

— Je soupçonne une myosite à *Clostridium*, dit-elle d'un ton sinistre, et Hazel la regarda avec étonnement.

Elle s'était calmée maintenant, l'émotion passant au second plan pour permettre aux compétences vétérinaires de s'exprimer. Elles étaient deux professionnelles, deux amies, qui faisaient tout leur possible pour sauver un animal malade.

— Comment le sais-tu ?

— Il faut faire des analyses de sang pour le confirmer, mais ce n'est pas la première fois que je vois ce genre de blessures.

— Oh ! Kiara…

Elle savait ce que Hazel pensait. Kiara se concentrait sur son rôle, sur la gestion de l'ulcération de la cuisse, mais elle savait que son amie pensait à ses finances – qui étaient au plus mal. On lui avait présenté un devis astronomique pour réparer les dégâts causés par les termites – des travaux qu'elle ne pouvait plus reporter.

Tandis qu'elles travaillaient, le silence entre elles se fit de plus en plus pesant.

Ce fut Kiara qui le rompit.

— On peut arranger ça.

— Oui, mais ça va coûter cher.

— Pas grave…

S'ensuivirent des heures de travail méticuleux, pour nettoyer et débrider les multiples lésions dont souffrait la petite chienne. Mais comme Kiara et Hazel avaient l'habitude de travailler ensemble et qu'elles savaient exactement ce qu'elles faisaient, elles pouvaient accomplir ces tâches ingrates en parlant d'autre chose.

— As-tu une idée de la manière dont tu pourrais couvrir les coûts ? demanda Hazel.

Kiara secoua la tête.

— Non, mais cela n'a plus d'importance. Qu'est-ce qu'une dette de plus parmi tant d'autres ? L'Hôtel des Animaux est voué à la fermeture, de toute façon.

— Mais… pourquoi ?

— J'ai reçu un devis pour réparer les dégâts causés

par les termites et c'est… eh bien, c'est impossible. Même si j'hypothéquais la propriété pour trouver l'argent, je ne pourrais pas faire face aux remboursements.

— Tu ne peux pas fermer, Kiara ! As-tu songé à faire payer plus cher tes clients ?

— Comment ? En hébergeant plus de chiens et en les vendant au plus offrant ? Ce n'est pas comme ça qu'on fait les choses, tu le sais bien.

— Fais de la publicité, alors ? suggéra Hazel.

Elle y avait pensé. Le patron de Hazel, Finn, était un célèbre vétérinaire, vedette d'une émission de téléréalité appelée *Allô Véto*. Il savait très bien se vendre, mais Hazel, elle, était plus timide, et n'aimait pas beaucoup être filmée.

— J'ai participé à un épisode d'*Allô Véto* aujourd'hui, et j'ai parlé du refuge à la productrice. Elle est intéressée pour venir ici tourner un épisode, et avec un peu de chance, cela pourrait déboucher sur des dons, poursuivit Hazel.

— Attends… Je croyais que tu avais juré de ne plus jamais apparaître dans cette émission ?

— En effet, acquiesça Hazel. Mais il y a eu un imprévu. Un magnifique épagneul noir errant s'est fait renverser à quelques mètres de la clinique par un chauffard qui a pris la fuite, et il avait besoin d'une opération du tibia. Finn pense qu'il doit avoir quatorze ou quinze ans. Il lui fallait aussi un nom, alors je l'ai appelé Ben.

Kiara la regarda.

— Ben ? Ce n'était pas ton premier chien ?

— Si.

— Ni toi ni moi ne pouvons résister aux chiens, conclut Kiara.

— Ça, c'est bien vrai !

Elles travaillèrent en silence pendant quelques instants. Kiara savait que Ben avait été le seul ami de Hazel dans son enfance, et que c'était à lui qu'elle devait sa vocation de vétérinaire. Sa mort l'avait dévastée, même s'il avait vécu jusqu'à un âge très avancé.

Kiara avait également deviné depuis longtemps que son amie éprouvait pour Finn des sentiments qui allaient au-delà de la simple amitié professionnelle.

— Pourquoi as-tu passé une mauvaise journée, aujourd'hui ? Ben ne s'en est pas sorti ?

Hazel secoua la tête.

— Ben va bien, pour autant que je sache, et j'irai le voir quand je rentrerai. C'est Finn qui a des problèmes. Figure-toi qu'un bébé a été déposé dans la salle d'attente avec un mot affirmant que c'était le sien…

— Non ! Raconte…

Hazel raconta comment elle avait trouvé la petite Ellie, et à quel point elle avait été déçue par la réaction de Finn, qui avait juré tout ignorer de son existence.

Alors qu'elles évoquaient la situation difficile dans laquelle se trouvait Finn, Kiara commença à affiner son diagnostic. Comme la respiration de la chienne était régulière, elle se laissa gagner par l'optimisme. Elles parviendraient peut-être à sauver cet animal, en fin de compte…

Elle décida à son tour de raconter sa journée.

— J'ai eu ma part de drame, aujourd'hui, moi aussi. Avec un homme dont la sœur vient de se suicider et qui s'est vu confier la garde de sa jeune nièce, traumatisée par ce deuil soudain. Son autre sœur vit en Angleterre. Il se trouve que cette femme, avant de repartir, m'avait demandé de leur trouver un chien, et m'a offert pour cela une somme qui me suffirait à régler le problème des termites…

— Vraiment ? dit Hazel. Ça paraît trop beau pour être vrai.

— Le montant proposé était incroyable, reprit Kiara, mais je n'ai même pas un chien convenable pour un enfant.

— Et pourquoi pas celui-ci ? suggéra Hazel.

Kiara la fixa, stupéfaite.

— Tu as perdu la tête ?

— Peut-être, mais deux âmes blessées ont besoin d'aide. Pourquoi ne pas tenter de leur apporter un peu de réconfort ?

— Hazel, c'est ridicule…

— Je ne crois pas. Tu devras trouver une maison à cette chienne, même si tu es en faillite, remarqua Hazel. Surtout si tu es en faillite, d'ailleurs. Pourquoi ne pas la confier à quelqu'un qui a les moyens de payer ?

— Peut-être que je pourrais l'appeler Bunji, murmura Kiara d'un air pensif. Cela veut dire « compagnon », « ami », en langue aborigène.

Hazel hocha la tête. La grand-mère de Kiara, aborigène, lui avait appris les rudiments de sa langue.

— Mais non, c'est impossible, reprit Kiara. On ne peut pas donner une chienne aussi fragile à une fillette de dix ans !

— Donne-la à son oncle, alors. On dirait qu'il a bien besoin d'un ami, peut-être plus que sa nièce. Et s'il tombe amoureux de Bunji, il pourrait même rembourser son traitement. C'est une bonne idée, non ?

Kiara s'autorisa à y réfléchir sérieusement.

Elle pensa à Bryn et à Alice, à leur désespoir et, pour une raison étrange, les paroles de Hazel lui parurent pleines de sagesse, soudain. Mais elle avait assez de problèmes à gérer comme ça ! songea-t-elle en secouant la tête pour chasser ces pensées incongrues.

— Je ne suis pas sûre de vouloir leur confier un chien, expliqua-t-elle d'un ton qu'elle espérait ferme. Et puis, même si je changeais d'avis, il faudrait que je passe quelques jours chez eux, pour le dresser. Qui va s'occuper de ma clinique, pendant ce temps ? Je ne peux pas te demander de prendre plus de congés et je n'ai pas les moyens de payer qui que ce soit d'autre. C'est impossible, je le crains.

De nouveau, elle baissa les yeux vers… Bunji, surprise de constater qu'elle avait déjà adopté ce nom. Celle-ci était presque squelettique, et ressemblait aux dessins des planches d'anatomie que Kiara étudiait à l'école vétérinaire.

Et pourtant, elle ne parvenait pas à oublier le regard que la petite chienne avait posé sur elle quand elle l'avait portée à l'intérieur avant de préparer l'anesthésie. Il y avait une telle confiance dans ses grands yeux bruns qu'elle s'était sentie fondre…

Tout à coup, le téléphone de Hazel bipa, annonçant un texto.

— Je ferais mieux de voir de quoi il s'agit, dit-elle en enlevant ses gants. Je suis inquiète pour Ben.

Une fois de plus, c'était Finn qui lui écrivait. Elle lut son SMS en retenant son souffle.

> Je suis désolé. Tu as raison à propos de tout. Cette enfant est bien réelle et je ne peux pas gérer la situation tout seul. J'ai vraiment besoin de toi, Hazel.

Bouleversée, Hazel se tourna vers son amie.

— Je dois y aller, Kiara.

— C'est Ben ?

— Je… suis sûre qu'il va bien mais j'aimerais le vérifier par moi-même. Et puis, tu veux sans doute connaître les résultats de la prise de sang le plus vite possible. Je vais faire les analyses dès que j'arrive.

Kiara hocha la tête.

— Ne t'inquiète pas. Nous avons fait tout ce que nous pouvions pour l'instant. Je vais rester auprès de ma patiente. Merci beaucoup pour ton aide.

— Pense à mon idée de confier Bunji à cet homme. C'est peut-être vrai que les gens – et les chiens – n'entrent pas dans nos vies par hasard.

— Peut-être, dit Kiara, alors que la porte se refermait derrière son amie. Ou peut-être pas…

Elle laissa échapper un long soupir, avant de murmurer :

— Oh ! Bunji, mon amie ! Qu'est-ce qu'on va faire de toi ?

3.

S’ensuivirent trois semaines difficiles, que Kiara passa à s’occuper des chiens, à tenter de sauver Bunji, tout en assurant ses consultations vétérinaires à la clinique.

Elle se rendit également à un rendez-vous avec son banquier qui lui parla sans ambages.

— Je vous conseille de mettre la propriété sur le marché dès maintenant. Elle ne se vendra jamais en tant que refuge pour animaux, aussi je vous suggère de la présenter comme une résidence de campagne à rénover. Je connais bon nombre de personnes fortunées qui seraient ravies d’investir dans un tel lieu. Ce que vous obtiendrez devrait vous laisser de quoi vivre – assez pour louer un logement en ville et prendre du temps pour chercher du travail.

Cette idée lui brisait le cœur, mais elle commençait à l’accepter, et s’interrogeait déjà sur la meilleure manière de reloger ses animaux. Le plus compliqué serait sans doute de faire adopter Bunji. La petite chienne se portait de mieux en mieux, même si, pour un observateur non averti, elle n’avait pas l’air très en forme. Le diagnostic de myosite clostridienne avait été confirmé et la blessure sur sa cuisse commençait enfin à guérir. Sa fourrure repoussait, mais la convalescence s’annonçait longue.

Elle dormait dans un panier, près du lit de Kiara. Non parce qu’elle recherchait la chaleur de la maison, mais parce qu’elle avait besoin de sentir une présence humaine.

Elle ne gémissait pas, ne réclamait jamais rien, à part un regard et une caresse de réconfort.

L’avenir occupait tant les pensées de Kiara qu’elle manqua un appel de Hazel, qui laissa un message vocal.

« Je pars pour chez toi. J’ai besoin de me mettre au vert, et cela fera aussi du bien à Ben. Je ne sais pas si la proposition d’aller passer une semaine chez l’oncle de cette fillette tient toujours – mais si c’est le cas, c’est peut-être le moment idéal pour en profiter. Je serais ravie de m’occuper du refuge pendant ton absence. »

Kiara rappela aussitôt. Son amie était déjà en train de conduire et s’arrêta pour prendre l’appel. Elle semblait un peu agitée.

— Tu peux toujours accepter ce boulot chez… comment s’appelle-t-il, déjà ? Le type qui voulait adopter Bunji pour sa nièce ?

— Bryn. Il ne veut pas adopter Bunji.

— Mais il a besoin d’un animal, et il te paiera bien. Kiara, j’ai une semaine de congé. Je peux m’occuper du refuge, si tu veux partir.

— Que se passe-t-il, Hazel ? Tu as été licenciée ?

Il y eut un silence embarrassé.

— Non, dit enfin Hazel. Mais… c’est compliqué. Si cet homme te propose cette somme d’argent…

— C’est sa sœur qui me l’a proposée.

— Mais c’est une somme importante, non ? Peut-être assez pour faire vivre le refuge encore un peu ?

— Il ne veut pas de chien.

Combien de fois s’était-elle répété cette phrase, au cours des dernières semaines ?

— Prends tout de même le temps de t’en assurer. As-tu vraiment le choix ?

— Hazel…

— Appelle, Kiara…

4.

Trois semaines après leur première rencontre, Bryn avait accepté la visite de la vétérinaire, et il le regrettait déjà.

Alice avait besoin de quelqu'un de compétent, capable de traiter les enfants négligés et traumatisés. Elle avait été vue par les meilleurs psychologues du pays. Hélas, même si Bryn disposait d'un bon carnet d'adresses, les professionnels qu'il avait sollicités avaient échoué l'un après l'autre.

La fillette était toujours très distante, fuyante, même, ce qui était préoccupant. En apparence, c'était une enfant docile qui dormait, s'habillait, mangeait – pas assez, cependant. Elle répondait poliment aux questions des psychologues, comme si elle les avait anticipées, devinées. Mais aucun progrès n'était au rendez-vous.

Quelle sorte de vie avait-elle menée jusqu'à présent ? Après de nombreuses recherches, Bryn avait réussi à retrouver la dernière des nombreuses nounous et gouvernantes temporaires que Skye avait engagées aux États-Unis. Celle-ci s'était montrée très franche.

« Je n'ai travaillé que pendant un mois avec Alice, mais je n'ai rien pu faire pour l'aider. Sa mère elle-même aurait eu bien besoin d'une nounou. Pour elle, cette enfant était un fil à la patte, et il lui arrivait même de la faire travailler à la place des domestiques quand ils démissionnaient, ce qui était fréquent. Elle nous chassait souvent de la maison. »

Maintenant que la vétérinaire avait finalement accepté l'offre de sa sœur, elle allait rester une semaine environ chez lui, et tenterait d'entrer en contact avec Alice par l'intermédiaire d'un chien, dont la fillette apprendrait à s'occuper. Puisque rien d'autre ne fonctionnait, pourquoi ne pas tenter cette approche ?

Il avait fait quelques recherches sur l'Hôtel des Animaux, et avait découvert que sa fondatrice, le Dr Kiara Brail, connaissait des difficultés financières. Malgré tout le mépris qu'elle lui avait montré lors de leur première rencontre, il savait qu'elle avait accepté ce travail pour l'argent. Elle se débarrasserait d'un de ses chiens, obtiendrait les fonds dont elle avait tant besoin et s'en irait. Peu importe l'animal, d'ailleurs. Il était presque sûr qu'Alice, comme tous les enfants de son âge, adorerait le premier toutou venu…

Du moins l'espérait-il car depuis son arrivée, elle se montrait très froide à son égard, et toutes ses tentatives pour établir un dialogue avec elle se heurtaient à un mur d'indifférence.

Pourtant, Alice était profondément malheureuse, il le sentait. Sa froideur était une carapace impossible à percer, et plus cela durait, plus il perdait espoir. Le Dr Brail arrivait au bon moment, car il ne savait plus où donner de la tête. Cependant, il n'avait pas oublié sa première impression : la jeune femme avait semblé le juger sévèrement, ou – pire – avoir pitié de lui. Mais pour Alice, il aurait toléré n'importe quoi.

Il avait donc accepté qu'elle vienne, mais quand elle sonna à la porte, il alla l'accueillir en pensant que ce serait une autre semaine de perdue. Heureusement, sa maison était assez grande pour qu'il puisse se tenir à l'écart…

Quand il la vit, le premier adjectif qui lui vint à l'esprit fut « fougueuse ». Lors de leur première rencontre, il l'avait trouvée très professionnelle, déterminée – jusqu'à ce qu'elle s'enflamme et lui fasse comprendre qu'elle ne considérait pas ses animaux comme des objets. Il avait bien compris le message, et n'avait pu s'empêcher d'admirer la passion avec laquelle elle parlait de son métier.

Il la regarda. Elle se tenait sur le pas de sa porte, vêtue d'un jean et d'un chemisier tout simples, à peu près comme la dernière fois qu'il l'avait vue. Ses boucles brunes étaient attachées très serré. Elle portait un sac à dos, et à ses côtés se trouvait le chien probablement le plus épouvantable qu'il ait jamais vu.

C'était un border collie noir et blanc dont une des pattes arrière était rasée et entourée d'un épais bandage. Une de ses oreilles semblait déchirée et pendait vers le bas, tandis que l'autre était dressée. Ses yeux paraissaient trop grands pour sa tête décharnée. Il portait un harnais et une laisse, mais il se tenait appuyé contre la jambe de sa maîtresse, comme s'il avait besoin de son soutien.

— Qu'est-ce que c'est que ça ?

Il avait parlé si fort que la jeune femme et le chien sursautèrent. Kiara se baissa pour prendre l'animal et le serrer contre elle.

— Je vous présente Bunji, répondit-elle en le défiant du regard. Elle a eu une vie presque aussi difficile qu'Alice, alors j'ai pensé qu'elles pourraient s'entraider.

Soudain, il se sentit honteux. Il avait lu des commentaires élogieux sur le travail de cette femme, qui avait fondé son refuge pour venir en aide aux animaux… Certes, elle était ici parce qu'elle avait besoin d'argent, mais c'était aussi et avant tout pour la bonne cause.

— Bunji ? C'est un drôle de nom, ça ! lança une voix derrière lui.

Tel un fantôme, Alice avait fait son apparition, et les observait. Il fut étonné de cette sortie, car l'entendre prononcer ne serait-ce que deux mots était exceptionnel.

Il se retourna.

— Oui, répondit Kiara avec empressement, cela signifie « ami » ou « compagnon » en langue aborigène, et j'ai trouvé que ça lui allait bien. Bunji serait ravie de faire votre connaissance. Si vous êtes d'accord tous les deux, bien sûr…

Elle reposa doucement la chienne à ses pieds.

Il y eut un long silence. Alice fixait Bunji, et Bryn ressentit un élan d'affection qui menaça de le submerger. Cette enfant avait traversé tant d'épreuves !

Quand il s'était réveillé à l'hôpital et avait repensé à ce que Skye avait fait, il s'était senti accablé. Blessé, meurtri, il ne rêvait que d'une chose : retrouver son ancienne vie. Mais ces dernières semaines, alors que sa douleur avait diminué, il avait fait des recherches sur les antécédents de sa nièce et s'était rendu compte que même s'il avait envie qu'Alice s'en aille il ne la laisserait pas partir aussi facilement. Et si un parent se manifestait comme par magie, prêt à offrir à sa nièce une vraie vie de famille, il s'assurerait – plutôt deux fois qu'une – que l'enfant était en sécurité. Il voulait rester impliqué.

Hélas, Alice n'avait pas de parent éloigné, et en la voyant regarder la chienne avec intérêt, il songea que peut-être…

— Elle est blessée ? demanda Alice.

— Oui, Bunji est gravement blessée, répondit Kiara d'une voix douce. Elle est jeune, mais elle a mal démarré dans la vie. Ses précédents propriétaires ne se sont pas occupés d'elle. Ils l'ont achetée quand elle n'était encore qu'un joli petit chiot et l'ont délaissée quand elle a commencé à grandir. Ils la nourrissaient à peine, ne la laissaient jamais jouer, et le jour où ils en ont eu assez, ils l'ont abandonnée ! Quand mon amie Hazel l'a trouvée sur le bord de la route, elle était affamée et terrorisée. Elle me l'a amenée parce que j'ai l'habitude de m'occuper des chiens errants. J'ai soigné ses plaies, je l'ai nourrie et j'ai pris soin d'elle, mais ce dont elle a le plus besoin maintenant, c'est de quelqu'un qui veuille bien être son ami, quelqu'un qui prenne soin d'elle. J'ai pensé que ça pourrait être toi. Si tu en as envie, bien sûr. Et si ton oncle est d'accord.

— Docteur Brail, intervint Bryn, cette chienne a sûrement besoin de soins vétérinaires adaptés, que nous ne pouvons pas lui prodiguer ici. Même si Alice voulait la garder…

— C'est pourquoi j'ai accepté de rester quelques jours, répondit calmement Kiara, sans quitter Alice des yeux. Pour vous apprendre à prendre soin d'elle. Alice, tu te souviens de moi ? Je suis venue ici il y a trois semaines. Je m'appelle Kiara. Ta tante Beatrice m'a demandé de rester avec toi pendant une semaine, pour que tu apprennes à connaître Bunji et voies si tu aimerais devenir son amie.

Comme la fillette fixait toujours la chienne, Bryn croisa le regard de Kiara qui semblait signifier que l'issue de cette conversation dépendait de lui.

De nouveau, il observa l'animal, tandis qu'un silence embarrassant s'installait.

Elle ne serait là que pour une semaine ?

Bon sang, pourquoi n'aurait-elle pas pu leur présenter un joli petit toutou ? Un chien qu'une enfant aurait vraiment envie d'aimer ?

Ce fut Alice qui réagit la première, en s'avançant vers Kiara, qui tenait la tête de Bunji. Faisait-elle cela pour l'empêcher de grogner ? Et si elle était méchante ?

— Elle a un peu peur, tu sais, expliqua Kiara à Alice. Elle n'a pas rencontré beaucoup de gens qui étaient gentils avec elle.

— Des gens lui ont fait du mal ?

La fillette avait presque chuchoté.

— Oui. Ils ne l'aimaient pas et l'ont abandonnée quand ils se sont lassés d'elle.

Elle n'en dit pas plus et Bryn choisit de rester silencieux, lui aussi. Debout dans le vestibule, il regarda la fillette et la chienne se jauger mutuellement.

— Le Dr Brail et Bunji resteront là aussi longtemps que tu le souhaiteras, dit-il d'un ton qui lui parut un peu brusque.

La fillette le regarda sans comprendre.

— Mais tu as dit… Tante Beatrice a dit que je devais partir.

— Si tu t'occupes bien de cette chienne et que tu veux la garder, elle pourra rester avec toi.

Pourquoi avait-il dit ça ? N'avait-il pas prévu d'envoyer cette enfant en pension ? Mais c'était trop tard, maintenant. Il ne pouvait pas revenir sur sa promesse. Et il se tourna vers Kiara qui acquiesça du regard.

Et quel regard !

Jusqu'à présent, elle s'était montrée tranchante avec lui, presque agressive, mais à l'instant, elle paraissait chaleureuse, en empathie avec lui. Et alors ? Il avait assez à faire sans se soucier de ce que cette petite vétérinaire pensait de lui ! Elle était ici à la demande de Beatrice. Elle n'avait rien à voir avec lui, et ce qu'elle pensait de lui n'avait aucune importance. Pourtant, il aurait bien aimé comprendre ce regard qui, quand il se tourna de nouveau vers sa nièce, ne le quitta pas…

— Je ne sais pas comment m'occuper d'elle, chuchota Alice.

À son grand étonnement, elle s'était agenouillée pour se mettre à la hauteur de l'animal. La main toujours posée sur la tête de la chienne, Kiara rassura la fillette.

— C'est pour t'apprendre à le faire que je suis là, dit-elle d'un ton vif, en s'accroupissant à son tour. Ta tante Beatrice et ton oncle Bryn m'ont laissé un peu de temps pour te montrer comment faire, mais je vais avoir besoin de toi, tu sais. Il lui faudra encore beaucoup de temps pour guérir et, en plus, elle devra apprendre à te connaître et à te faire confiance…

— Mais… tu vas partir bientôt, non ?

En voyant Alice et Kiara entamer une conversation,

Bryn se sentit presque de trop. D'autant qu'à cause de ce maudit genou, il ne pouvait pas s'accroupir comme elles… Certes, son opération avait été un succès et il se remettait lentement, mais son corps devait s'habituer à ce nouvel équilibre. S'il n'était plus en fauteuil roulant, il avait encore besoin de béquilles pour se déplacer.

— Oui, c'est vrai, répondit Kiara. Je suis vétérinaire, tu sais. Je dirige un refuge appelé l'Hôtel des Animaux, et mon travail consiste à aider les chiens comme Bunji.

— Mon oncle et ma tante vous paient pour rester ici ? lança l'enfant.

— Mon refuge est en difficulté, avoua Kiara. Nos bâtiments commencent à s'écrouler. Ton oncle et ta tante ont proposé de m'aider à les réparer, et c'est comme ça que j'ai fait ta connaissance. Alors oui, je vais partir dans une semaine, mais si tu décides de garder Bunji, je reviendrai souvent pour voir comment ça se passe, entre vous. Et si tu as des questions, tu pourras m'appeler directement.

Perplexe, Alice fixa Kiara pendant un long moment, comme si elle cherchait à savoir si elle disait la vérité.

La jeune femme soutint son regard, et Bryn eut soudain l'impression que le monde retenait son souffle.

Ce fut Bunji qui rompit le silence. Alors qu'elle était restée sagement immobile entre la jeune femme et l'enfant, elle décida soudain d'agir.

Elle fit un pas en avant, un seul, et se retrouva presque nez à nez avec Alice. Puis, prudemment, comme si elle s'attendait à une rebuffade, elle leva une patte.

Presque aussi timidement, Alice tendit sa propre main, et la chienne y posa la patte.

— Elle a très mal ? chuchota la fillette.

— Oui. Mais elle est en train de guérir, et elle a grand besoin d'un ami.

— Et tu me diras quoi faire, c'est promis ?

— Oui, c'est facile, tu verras, affirma Kiara. Ce dont

Bunji a besoin, c'est de comprendre qu'on ne la laissera pas tomber.

— Je ne la laisserai pas tomber.

— Tu seras son amie ?

— Je vais… Je vais essayer.

— C'est un très bon début, dit Kiara en souriant. Qu'en dites-vous, docteur Dalton ?

— Bryn, murmura celui-ci d'une voix blanche.

— D'accord… Bryn, pouvez-vous me montrer ma chambre ? Alice, il est temps de se mettre au travail ! Bunji et toi avez beaucoup à apprendre l'une de l'autre.

5.

Bryn vit à peine la vétérinaire et sa nièce pendant le reste de la journée.

Sa gouvernante se chargea d'accompagner Kiara jusqu'à sa chambre, à l'autre bout de la maison, suivie par Alice, qui l'observait de loin.

Ils déjeunèrent ensemble. Kiara fit la conversation, admirant sa magnifique maison, sa piscine… Était-elle chauffée ? Alice savait-elle nager ? Pensait-elle qu'elles pourraient éventuellement apprendre à Bunji à nager ?

Alice, comme à son habitude, ne répondait que par monosyllabes, tandis que Bunji demeurait sagement allongée sous la chaise de Kiara, qui tendait de temps en temps la main pour la rassurer d'une caresse.

— Où Bunji va-t-elle dormir ? demanda tout bas Alice, en repoussant l'assiette à laquelle elle avait à peine touché.

Bryn, qui s'attendait à l'habituel « Puis-je sortir de table ? », fut agréablement surpris par ce qu'il fallait bien considérer comme un progrès.

— Elle peut dormir dans ma chambre, dans un panier, expliqua Kiara. Peut-être que bientôt, elle aura envie de dormir dans la tienne. Enfin, si tu es d'accord. Cela te plairait ?

— Les chiens dorment dehors ! grommela la gouvernante, qui débarrassait les assiettes.

Depuis que Bunji était entrée dans la maison, elle attendait d'exprimer sa désapprobation.

— Alors, je vais dormir dehors aussi ! répliqua Kiara d'un ton délibérément enjoué. Vous avez une tente ?

— Une tente ? répéta la fillette, visiblement décontenancée.

— Tu sais, un abri en toile sous lequel on peut passer la nuit. Ça s'appelle faire du camping. On dirait qu'il va faire chaud ce soir. On pourrait l'installer sur la pelouse. Ce serait amusant !

— La chienne peut dormir dans la maison, s'empressa de dire Bryn.

— Je suis allergique.

La gouvernante croisa les bras dans une attitude qu'on ne pouvait que qualifier de belliqueuse.

— J'ai déjà les yeux qui coulent, reprit-elle. Je suis désolée, mais soit le chien reste dehors, soit je vais devoir vous quitter.

S'il y avait une chose que le Dr Bryn Dalton appréciait par-dessus tout, c'était l'ordre. Du moins l'appréciait-il avant que Skye et sa fille mettent son existence sens dessus dessous.

Mme Hollingwood travaillait pour lui depuis maintenant plus d'un an, et il l'appréciait. Ses repas étaient servis à l'heure et délicieux. Sa maison était impeccable, sa routine quotidienne bien rodée. Elle s'occupait aussi d'Alice, s'assurant qu'elle était bien nourrie et habillée, sortant les jeux inutiles qu'il avait achetés sur les recommandations des psychologues, et les écartant lorsque Alice s'en désintéressait.

C'était probablement la meilleure des gouvernantes qu'il ait jamais eues, et voici qu'elle lui lançait un ultimatum : le chien ou elle !

— Elle ne fera pas de bêtises, c'est promis, dit Alice d'une petite voix.

— Elle perd ses poils, rétorqua la femme en carrant les épaules. Et regardez ces plaies ! Vous n'allez pas me dire que c'est hygiénique !

— Les tentes ne coûtent pas cher, insista Kiara à l'autre bout de la table. J'en ai une au refuge. Si c'est juste pour la semaine, je peux aller la chercher, si vous voulez.

— Je pourrai dormir sous la tente, moi aussi ? demanda Alice.

Jugeant que c'était le moment d'intervenir, Bryn dit d'un ton ferme :

— Je suis désolé, madame Hollingwood, j'ai bien peur que le chien soit autorisé à rester, et à dormir à l'intérieur.

Contrariée, la gouvernante fronça les sourcils et rétorqua :

— Bonne chance pour me trouver une remplaçante, alors !

Un long silence s'ensuivit. Quelqu'un devait céder, mais d'après l'expression de Mme Hollingwood, ce ne serait pas elle.

Ce fut Kiara qui s'exprima la première.

— Pourquoi avez-vous besoin d'une gouvernante ? dit-elle soudain.

— Eh bien, c'est simple : je ne sais ni cuisiner ni faire le ménage.

Elle étudia Bryn un long moment, jeta un coup d'œil à ses béquilles appuyées contre sa chaise, et hocha la tête.

— D'accord. Alice et moi pouvons nous en charger le temps que vous trouviez quelqu'un d'autre.

— Ma nièce n'est pas une domestique.

— Et moi non plus ! rétorqua la gouvernante, piquée au vif.

Bryn baissa les yeux, consterné.

— Ce n'est pas ce que je voulais dire. Je suis désolé…

— Moi aussi, mais je ne veux pas travailler avec ce chien dans la maison. S'il ne perdait pas ses poils, ça pourrait aller, mais il est dégoûtant !

Alice se leva et s'approcha de Kiara.

— Je peux apprendre à cuisiner, dit-elle, le menton légèrement tremblant.

— Et moi, je sais faire cuire des œufs. D'au moins trois façons différentes ! Et mes toasts sont délicieux !

— Les miens aussi ! dit Alice, d'un ton un peu plus assuré.

Stupéfait, Bryn vit Kiara lever la main vers la fillette, qui, plus étonnant encore, la frappa en retour avec sa paume, un grand sourire aux lèvres.

C'était la première fois qu'elle se déridait depuis son arrivée. Le premier signe encourageant ?

Peu importe, il avait envie que cela continue. Il voulait donner de bonnes nouvelles à Beatrice. Pour cela, il avait besoin que Kiara reste. Ce qui voulait dire que…

— Je suis désolé, madame Hollingwood, mais si vous ne pouvez pas rester avec Kiara et son chien, nous devrons mettre fin à votre contrat, dit-il avec politesse. Je vais appeler l'agence.

— Vous ne trouverez personne d'autre dans un délai aussi court !

— Alors, nous mangerons des pâtes ! conclut-il, sans quitter des yeux Kiara qui éclatait de rire, fière de la prouesse qu'elle venait d'accomplir.

Si cette femme qui avait l'habitude de soigner les créatures blessées pouvait apporter un peu de joie à sa nièce, ce serait merveilleux.

Comme il la regardait avec plus d'attention, une idée germa dans son esprit. Peut-être pourrait-elle apporter un peu de joie dans sa vie aussi ?

Quelle idée stupide ! songea-t-il aussitôt. Certes, il avait été blessé, mais seulement physiquement. Sa jambe était en train de guérir et il reprendrait bientôt sa vie d'avant.

Il retrouverait une bonne gouvernante qui tiendrait bien sa maison, et pourrait retourner travailler parmi ses confrères qui partageaient sa passion pour la technologie médicale de pointe.

Il pourrait recommencer à sortir avec les femmes qui

comprenaient ses priorités et ne le poussaient pas dans ses retranchements.

Kiara était là pour sa nièce. Il les tolérerait quelque temps, elle et sa chienne, mai il ne devait pas perdre de vue qu'elle était une simple employée, engagée ici pour accomplir une mission temporaire.

Rien de plus.

Sitôt le déjeuner terminé, Bryn s'excusa et retourna à son bureau, tandis que Mme Hollingwood rangeait bruyamment la cuisine pour bien manifester sa colère d'avoir été congédiée.

Elle avait ses raisons, car il s'était montré très maladroit, reconnut Bryn. Lorsqu'il avait appelé l'agence pour essayer de trouver un remplaçant, il avait découvert qu'elle l'avait devancé.

« Vous avez manqué de respect à l'une de nos meilleures employées, lui avait-on dit. La garde d'enfants n'était pas prévue à son contrat. Avec ce qui s'est passé, j'ai bien peur que vous ne soyez pas prioritaire. Nous vous ferons savoir quand nous aurons quelqu'un de disponible. »

Il avait contacté deux autres agences, sans succès.

Jetant un coup d'œil par la fenêtre, il vit Kiara et Alice installées sur la pelouse, à l'ombre d'un magnifique jacaranda fleuri. La chienne était allongée devant elles. Tout à coup, Alice leva la main, la posa sur le flanc de la chienne, et la retira presque immédiatement.

Kiara fit mine de n'avoir rien remarqué, mais il distingua un sourire, sur son visage. Elle s'allongea, les mains sous la tête, et regarda le ciel à travers le feuillage de l'arbre. Soudain, une fleur violette se détacha d'une branche et vint se poser sur sa joue.

Elle la prit pour en humer le parfum, puis sourit et posa la fleur sur l'herbe, à quelques centimètres du nez de Bunji.

Fasciné, Bryn retint son souffle. Pendant de longues minutes personne ne bougea, puis Bunji s'étira… juste au moment où Alice se penchait pour sentir la fleur.

Leurs nez se touchèrent, sous le regard tranquille de Kiara, qui ne dit pas un mot, et cette fois, Bryn eut l'impression qu'elle aussi retenait son souffle.

Alice finit par redresser la tête, puis elle caressa l'oreille indemne de la chienne, tourna le visage vers Kiara et…

Elle *éclata de rire*.

Bryn, lui, sentit les larmes lui monter aux yeux.

Le soir, au dîner, ils commandèrent des pizzas, qui n'avaient bien sûr rien à voir avec la nourriture saine et équilibrée de Mme Hollingwood. Mais Bryn oublia vite sa mauvaise conscience en regardant Alice manger de bon appétit, ce qui ne lui était encore jamais arrivé depuis qu'elle vivait sous son toit.

Allongée dans son panier, Bunji était installée sur une chaise, près d'Alice. Kiara avait dit qu'elle pouvait se coucher par terre, mais Alice avait insisté pour aller chercher une couverture dans son propre lit, qu'elle avait étalée dans le panier de la petite chienne.

— Est-ce que vous fournissez toujours à vos clients le matériel nécessaire aux animaux ? demanda Bryn, en observant discrètement Alice, qui entamait sa troisième part de pizza.

— Bunji a droit à un traitement de faveur, répondit joyeusement Kiara.

Elle en était à sa troisième part, elle aussi. Il avait commandé deux grandes pizzas, en pensant qu'ils pourraient les réchauffer pour le déjeuner du lendemain, mais il n'en resterait sûrement pas une miette.

— Si vous décidez de garder Bunji, son panier restera ici.

Il hocha la tête. Décidément, cette jeune femme avait tout prévu.

— J'ai lu des choses sur vous sur Internet, dit-elle sans préambule. Vous êtes médecin, n'est-ce pas ?

— En effet, répondit-il avec prudence.

— C'est parfait, parce que je vais bientôt avoir besoin d'un assistant. Je suppose que vous avez les qualifications nécessaires pour le job…

Il cligna des yeux.

— Euh… de quel « job » parlez-vous, au juste ?

— Vous voyez le pansement sur la cuisse de Bunji ? demanda-t-elle en désignant la chienne.

— Oui, et je me suis demandé pourquoi elle ne portait pas de cône autour du cou, pour éviter qu'elle déchire ses bandages.

— En fait, nous n'avions pas le choix, dit Kiara. Son cou était tellement ulcéré qu'on ne pouvait rien y mettre. Nous l'avons placée sous sédatif les premiers jours, mais ensuite… c'est devenu plus compliqué.

— Elle avait mal au cou ? demanda Alice, en examinant la petite chienne avec inquiétude.

— Ses propriétaires ne lui retiraient jamais son collier, dit Kiara. Alors quand elle a grandi, il l'a serrée de plus en plus.

Songeuse, Alice ne répondit pas.

Bryn s'interrogea : lui aurait-il dit les choses ainsi ? Probablement pas. Cette enfant avait traversé tant d'épreuves qu'elle n'avait guère besoin d'un traumatisme supplémentaire. Tout à coup, il la vit repousser son assiette, puis caresser tendrement la chienne.

— Je suis contente de m'occuper de toi, dit-elle avec douceur. Je ne te laisserai plus jamais souffrir.

Bryn se racla la gorge pour chasser l'émotion qui s'emparait de lui. Alice venait d'accepter la responsabilité de ce petit animal ! Et elle paraissait déjà attachée à lui.

Une nouvelle fois, il cligna des yeux, et ce n'était pas par étonnement. *Les vrais hommes ne pleurent pas !* songea-t-il en fermant un instant les paupières pour se donner le temps de se ressaisir.

Quand il les rouvrit, Kiara le regardait d'un air pensif.

— Je vais vous facturer le panier du chien, alors ? lança-t-elle d'un ton léger.

Décidément, cette femme ne ressemblait à aucune autre. Simple, directe, et tout entière dévouée à ses animaux, elle était ici pour obtenir ce qu'elle voulait : des fonds pour son refuge, un foyer pour l'un de ses protégés.

Qu'y avait-il donc dans son rire qui lui donnait envie d'en savoir plus sur elle ?

Il perçut nettement qu'il se trouvait sur un terrain glissant. Dangereux. Il n'était pas habitué aux émotions. Il n'était pas habitué à ressentir ce que cette femme lui faisait ressentir. Il devait à tout prix se ressaisir, et vite !

— N'allez pas trop vite en besogne, répliqua-t-il.

— Oui, c'est vrai. Il vous reste une semaine entière pour changer d'avis. Vous, ou Alice…

Mais le regard tranquille qu'elle lança à la fillette – qui était retournée à sa pizza – indiquait qu'elle était sûre de son fait.

— En attendant, puis-je considérer que vous acceptez le poste d'assistant médical ? En supposant, bien sûr, que vous ne vous évanouissez pas à la vue d'une plaie ouverte.

— Je suis chirurgien !

— Oui, mais mes recherches indiquent que vous êtes professeur en neurochirurgie. Or je crois savoir que la neurochirurgie repose en grande partie sur la technologie de pointe. Des caméras minuscules. Des robots. Et il y a les infirmières de bloc pour vous seconder pendant les opérations. Depuis quand vous ne vous êtes pas sali les mains, docteur Dalton ?

— Je travaille avec des patients souffrant de traumatismes, répondit-il avec raideur, bien qu'il doive admettre qu'au moment où on l'appelait les problèmes étaient généralement déjà pris en charge.

— Eh bien, cela nous sera utile.

— Alors, que voulez-vous que je fasse ?

— M'aider à changer le pansement de Bunji. La plaie sur la patte doit être nettoyée tous les jours, et Bunji s'agite. J'ai besoin de vous pour la maintenir immobile. Je change son pansement matin et soir.

— Très bien, docteur Brail, vous pouvez compter sur moi, répondit-il. Et si à la fin de la semaine Alice veut garder la chienne, c'est elle qui prendra le relais. Vous pourrez alors lui apprendre tout ce qu'elle doit savoir.

Elle sourit.

— Appelez-moi Kiara, je vous en prie.

Une semaine... Dans une semaine, une fois sa mission accomplie, elle serait partie !

Mais pourquoi pensait-il à ça ? Ça n'avait pas d'importance. Bien sûr qu'elle partirait !

Et il se retrouverait seul avec Alice.

C'était cela, qui le préoccupait, et personne ne pouvait l'aider. Il devait forger une relation avec une enfant qui avait besoin... d'une famille ?

— Alors, c'est d'accord ? demanda-t-elle, coupant court à ses pensées. Vous m'aiderez ?

— Oui, marmonna-t-il, amusé malgré lui.

— Je pourrais le faire moi-même, à la rigueur, lui dit-elle, mais c'est tellement mieux de travailler en équipe ! J'imagine que vous partagez mon opinion, docteur Dalton ? Vous avez dû constater la même chose lors de votre parcours professionnel ?

Son parcours professionnel... Service de neurochirurgie de pointe. Une équipe de brillants cliniciens, médecins, infirmières, techniciens...

— Je pense qu'avec une vétérinaire, un neurochirurgien

et une petite fille qui l'aime à son service, Bunji peut se rétablir complètement, déclara-t-elle avec un sourire. Es-tu partante, Alice ?

Perplexe, la fillette la regarda.

— Tu veux qu'on forme une équipe ?

— Oui, une équipe qui aime Bunji, dit Kiara. Qu'est-ce que tu en dis ?

— Je pense que c'est une super idée ! acquiesça Alice avec un regard implorant en direction de Bryn. Pas toi ?

Que répondre à ça ?

6.

Tous les soirs depuis qu'il était rentré de l'hôpital, Bryn s'asseyait sur le lit d'Alice et lui lisait une histoire. C'est ce que les psychologues avaient recommandé pour tenter de faire cesser les cauchemars que le traumatisme avait provoqués.

Il ignorait si ça fonctionnait, car tous les soirs, la fillette restait immobile, attendant poliment qu'il finisse, et quand la dernière page était terminée, elle tournait le visage contre le mur et tirait les couvertures vers le haut, les épaules voûtées, pour bien lui signifier qu'elle refusait les câlins.

Mais ce soir, Kiara avait installé le panier de Bunji à côté du lit d'Alice.

— Ton oncle et moi allons changer ses pansements, lui expliqua Kiara. Ensuite, je me lèverai dans la nuit pour la conduire dehors. Même si un petit accident se produit – ce qui est possible puisque c'est sa première nuit dans sa nouvelle maison –, je m'en occuperai.

— Tu nettoieras son pipi ? demanda Alice, impressionnée.

— Je suis vétérinaire, alors je suis habituée, tu sais…

Puis Kiara se mit à lui raconter comment, avec Hazel, elle avait sauvé de la noyade tout un troupeau de veaux prisonnier d'une inondation…

La fillette était captivée, tout comme Bryn, et lorsque l'histoire se termina et que Kiara remonta les couvertures et lui donna un baiser pour lui souhaiter bonne nuit, Alice ne protesta pas.

— Bien ! dit Kiara d'un ton vif à Bryn, une fois la porte de la chambre refermée. J'ai du travail et je dois appeler le refuge pour savoir comment ça se passe. On se retrouve dans la buanderie dans une heure ?

— On ne peut pas faire le pansement maintenant ?

— La blessure est toujours en mauvais état. Elle guérit peu à peu, mais Bunji est toujours sous antibiotiques et j'ai pensé que ce serait mieux qu'Alice ne voie pas cette plaie.

— Pourquoi est-elle dans cet état ?

— Myosite clostridienne, répondit-elle. Je soupçonne que c'est la raison pour laquelle elle a finalement été abandonnée. Cette maladie rare touche les chevaux, les cochons, les chiens, les ours aussi. Cela ressemble à la myonécrose clostridienne humaine, que l'on appelle aussi gangrène gazeuse. C'était délicat les premiers jours, mais je pense que j'ai trouvé la solution. J'aurais aimé rester au refuge une semaine de plus pour la nettoyer et la panser, mais j'ai dû partir prématurément. Alors... on se voit tout à l'heure ?

Et sans attendre de réponse, elle tourna les talons pour aller vaquer à ses occupations. C'était ce qu'il devait faire aussi, songea-t-il avant de se diriger à son tour vers son bureau.

Hélas, il ne parvint pas à se concentrer sur la thèse qu'un de ses étudiants lui avait remise et qui portait sur les « Troubles cognitifs dans le lupus érythémateux systémique ». Au lieu de cela, il se retrouva à lire tout ce qu'il ignorait sur la myosite clostridienne, une maladie animale infectieuse qui, si elle n'était pas traitée, entraînait une mort certaine. Le traitement impliquait d'abord des compétences en matière de diagnostic, notamment des analyses de sang et des scanners spécifiques et coûteux. Puis, la chirurgie et des antibiotiques à large spectre.

Pas étonnant que Kiara soit fauchée, pensa-t-il, si elle engageait tous ces frais pour un animal errant…

Une fois l'heure du rendez-vous arrivée, il alla rejoindre Kiara qui tenait une pile de serviettes à la main.

— D'où viennent-elles ? demanda-t-il.

— De chez moi, répondit-elle. Je les avais dans la voiture. Je sais que les magnifiques serviettes roses monogrammées mises à ma disposition dans ma salle de bains privée seraient un peu plus confortables pour que Bunji s'y allonge, mais elle n'est pas si délicate.

Il la suivit dans la buanderie. De toute évidence, elle avait déjà aménagé sa salle d'opération – elle avait dégagé le banc et y posa les serviettes, avant d'y étaler un petit drap et de disposer une foule d'instruments stériles en métal enveloppés dans du plastique, comme un chirurgien se préparant à opérer.

— Je ne vous aurais pas amené Bunji si je pensais qu'elle ne pouvait pas guérir avant mon départ, expliqua-t-elle en vérifiant son installation. Et je savais que vous étiez médecin. Il est possible que les bords aient besoin d'être débridés, c'est pourquoi j'ai prévu l'équipement nécessaire. Votre travail consiste à tenir et à rassurer l'animal. Il n'y a pas beaucoup de compétences neurologiques en jeu, docteur Dalton, mais vous pourrez peut-être montrer vos talents une autre fois. Attendez-moi un instant pendant que je vais la chercher…

— Non, j'y vais…

Son regard passa de son visage aux béquilles qu'il était encore obligé d'utiliser, et elle haussa les sourcils.

— Laissez-moi faire, dit-elle gentiment. Vous et Bunji irez bientôt mieux. Je reviens tout de suite.

Bizarrement, il ne protesta pas.

Elle ne parlait que de sa jambe, songea-t-il, alors qu'il sentait le découragement le gagner. Elle ne se doutait pas que, depuis la mort de Skye, il se sentait presque aussi vulnérable que la fillette qui lui avait été confiée.

Il avait toujours pris soin de tout contrôler, pour refouler ses propres besoins. Son enfance solitaire lui avait laissé une aversion permanente pour toute forme d'attachement. Maintenant, il avait des amis influents, une carrière impressionnante, une magnifique maison…

Mais l'arrivée dans sa vie d'une enfant l'avait fait basculer dans un torrent d'émotions inconnues.

Alice devait apprendre l'autonomie, songea-t-il. Comme il l'avait fait jadis. Ensuite, ils pourraient tous les deux aller de l'avant.

Très vite, Kiara revint avec Bunji dans les bras, et la déposa doucement sur les serviettes. La chienne agitait la queue, mais regardait Kiara avec une confiance totale.

— Voilà, ma belle. Le Dr Dalton va tenir fermement ta patte et discuter avec toi pendant que j'examine ta blessure.

Tandis qu'elle travaillait, elle observait Bryn à la dérobée. Il semblait mal à l'aise et pourtant, il faisait ce qu'elle lui demandait, caressant Bunji derrière les oreilles et lui parlant avec douceur.

— Connaissez-vous ses antécédents médicaux ? demanda-t-il.

— Pas vraiment, hélas ! Tout ce que je sais, c'est que nous avons affaire à un traumatisme massif assez ancien. Elle a environ un an et a toujours souffert de malnutrition et de mauvais traitements. Il ne lui reste plus maintenant qu'à chasser ces mauvais souvenirs…

Elle prit la pommade antiseptique.

— Je suppose que c'est aussi ce que vous espérez pour Alice, dit-elle sans lever les yeux. Elle doit oublier les blessures du passé.

— En effet.

— Et vous aussi, d'une certaine manière, ajouta-t-elle.

Il y a des blessures pires que la douleur physique. Vous avez perdu votre sœur. Je suis désolée.

— Je la connaissais à peine.

— Mais c'était quand même votre sœur. Je suppose que Beatrice ne vous connaît pas bien non plus, mais elle se soucie suffisamment de vous pour laisser ses chevaux et ses chiens et venir vous aider. Elle doit beaucoup vous aimer.

— Personne dans ma famille n'aime personne.

Il y eut un moment de silence, puis il détourna la conversation.

— Et vous ? Comment ça se passe, dans votre famille ? demanda-t-il.

— Ma grand-mère m'aimait, murmura-t-elle.

— Pas vos parents ?

Elle lui jeta un rapide regard, puis risqua une réponse. Elle parlait avec détachement, comme s'il s'agissait de l'histoire de quelqu'un d'autre.

— Mon père est un égoïste et un tyran, dit-elle sans ambages. Il dirige une grande propriété d'élevage dans les terres et traite ses bêtes comme des objets, pas comme des créatures qui ont besoin de compassion. Il traitait ma mère de la même façon, alors elle est partie quand j'avais six ans. Nous ne savons pas où elle est allée, mais quelques années plus tard, la police nous a dit qu'elle était morte. Quand mon père s'est remarié, la maison de ma grand-mère est devenue mon refuge et maintenant j'y héberge mes animaux. J'adore cet endroit…

Une fois la chienne soignée et installée dans la chambre, d'Alice, située près de la sienne, Bryn alla se coucher.

Mais il ne parvint pas à trouver le sommeil. Sa jambe lui faisait mal. Cela faisait des mois que cela durait. Il aurait pu prendre des médicaments qui l'aident à dormir et soulagent la douleur, mais comme Alice faisait des cauchemars, il voulait pouvoir se réveiller rapidement pour la rassurer.

Il devait être là pour elle. Elle faisait partie de sa famille.

Quand Skye avait amené sa fille ici, exigeant qu'il s'occupe d'elle, il n'avait pas l'intention de s'impliquer avec l'enfant, et encore moins d'être pour elle une figure paternelle. Il n'était pas du tout sûr d'avoir la maturité émotionnelle nécessaire pour accepter que quelqu'un dépende de lui.

Mais ce n'était pas le cas de Kiara, qui semblait savoir comment parler à Alice, et faire sortir de sa coquille cette enfant solitaire et blessée. Elle était chaleureuse, généreuse, aimante…

C'était d'elle dont Alice avait besoin, pas de quelqu'un qui n'avait jamais compris ce qu'était l'amour.

Et s'il apprenait ?

Cependant, il était assez intelligent pour comprendre que la faculté d'aimer – la capacité de donner et de recevoir de l'affection – se développait dès l'enfance, au sein d'une famille harmonieuse.

La détresse de la fillette l'avait touché au cœur, et il se sentait prêt à faire tout ce qui était en son pouvoir pour la rendre heureuse – même à prendre un chien. Peut-être même à renoncer à envoyer Alice en pension pour la garder ici, dans cette maison. Peut-être qu'il pourrait l'envoyer à l'école du quartier, créer des liens avec d'autres parents pour qu'elle participe à des activités extrascolaires, payer une nounou ?

L'un des psys à qui il avait fait appel lui avait suggéré de réduire provisoirement son temps de travail, pour se consacrer à son rôle d'éducateur.

En quoi cela consistait-il, au juste ? À être présent à la sortie de l'école, tous les soirs ?

Son travail était sa vie, or il n'avait pas la moindre idée de ce que l'avenir lui réservait. La seule chose sur laquelle il devait se concentrer était de guérir, de retourner dans son service pour opérer de nouveau et de retrouver une certaine normalité, songea-t-il en fermant les yeux, enfin gagné par une douce somnolence.

À l'autre bout de la maison – dans ce que la gouvernante avait appelé « l'aile des invités » – Kiara ne dormait pas, elle non plus.

Elle pensait à cette enfant blessée. À cet animal blessé.

À cet homme blessé ?

Était-ce cela qui l'avait touchée, chez lui ?

Leur première rencontre avait été explosive. Il s'était montré arrogant, désagréable, mais ce soir, en levant les yeux vers lui, elle avait vu… un espoir immense, une soif de vivre, enfin ! Comme s'il était aussi désespéré qu'Alice de trouver un monde à lui, dans lequel s'échapper.

Mais elle n'était là que pour une semaine, se dit Kiara. Ensuite, il devrait trouver lui-même des histoires à raconter à sa nièce.

Étrangement, cette idée l'attrista.

Arrête de penser à lui, et essaye de dormir !

Mais le sommeil se dérobait. Finalement, elle alluma sa lampe de chevet et s'adossa à ses oreillers. Rien de tel que de regarder quelques vidéos idiotes sur son téléphone pour détourner ses pensées de l'homme qui dormait à l'autre bout de la maison.

Presque inconsciemment, elle tapa son nom dans un moteur de recherche, en quête d'informations sur la mort de Skye.

Un médecin héroïque sauve une enfant piégée par les flots !

À 9 heures ce matin, le corps d'une femme a été retrouvé au pied des célèbres falaises de Clovelly. On pense que la femme s'est jetée du sommet. Sa fille de dix ans, qui descendait pour lui porter secours, est tombée à son tour. Il semble qu'elle ait été piégée sur une corniche alors qu'une tempête faisait rage…

C'est ainsi que s'est déroulé ce que la police appelle un sauvetage extraordinaire.

Un habitant de Clovelly, le Dr Bryn Dalton, éminent neurochirurgien de l'hôpital central de Sydney, a été le premier à arriver sur les lieux. L'enfant risquant d'être emportée par les vagues, il est descendu le long de la falaise pour la rejoindre.

Selon la police, il a réussi à atteindre l'enfant et à la protéger en attendant les secours. Le sauvetage, rendu périlleux par la puissance des vagues, a duré plus d'une heure.

L'enfant, apparemment indemne, a été conduite au Sydney Central pour observation. Le Dr Bryn Dalton y a été admis pour de graves blessures à la jambe, mais il devrait se rétablir complètement.

Selon les premières informations, le corps de la femme a été retrouvé entre des rochers.

On ne sait pas pour l'instant quelle est la relation entre le Dr Dalton et les personnes qu'il a tenté de sauver, mais la police a proposé qu'il reçoive la Croix de la Vaillance, la plus haute distinction australienne récompensant des actes remarquables.

Ce journal ne peut qu'approuver cette proposition.

Elle cliqua ensuite sur une vidéo, visiblement filmée par une caméra qui suivait l'hélicoptère de sauvetage.

Kiara n'aimait pas ce genre d'images, dont le voyeurisme lui semblait peu respectueux du traumatisme que subissaient les personnes impliquées, mais cette fois, elle ne pouvait pas détourner le regard.

La scène était impressionnante. On voyait l'hélicoptère secoué par le vent violent, la mer déchaînée en contrebas des falaises. Puis, alors que l'hélico déviait de sa trajectoire, elle aperçut deux silhouettes sur une corniche, juste au-dessus des vagues déferlantes. Un homme, le dos tourné à l'océan, serrait une enfant contre lui, utilisant son corps pour la protéger contre la force de la mer…

Elle regarda l'hélicoptère se stabiliser, les sauveteurs prendre en charge l'enfant, puis l'homme. Elle perçut le moment où le brancardier réalisait la gravité de la blessure de Bryn.

Avec la marée montante, il n'y avait pas une seconde à perdre. Il fut hissé presque brutalement sur la civière, et c'était un miracle s'il ne s'était pas évanoui à cause de la douleur, pensa-t-elle, mais au moins il était sain et sauf, et sa nièce en sécurité.

Il doit l'aimer. Oui, sans le savoir. Ou alors, il le sait, mais il ne l'admet pas…

Elle éteignit la lumière, mais les images des journaux télévisés étaient trop vivantes, trop horribles. La vue de cette petite fille dont la mère était perdue lui fendait le cœur.

Incapable de rester en place, elle se glissa hors du lit. Elle allait juste voir si Bunji se remettait bien, se dit-elle avant de se diriger vers la chambre d'Alice.

Elle s'arrêta devant la porte ouverte.

Alice était dans son lit, pelotonnée sous les couvertures, profondément endormie. Ses fins cheveux blonds étaient étalés sur l'oreiller, autour de son visage trop pâle.

Un de ses bras pendait hors du lit, et sa main était posée sur le pelage de Bunji, confortablement installée dans son panier.

À côté du panier, Bryn était assis, les yeux fermés, sa jambe blessée allongée devant lui. Lui aussi avait la main sur le dos de Bunji.

Comme Kiara se tenait dans l'embrasure de la porte, un souvenir lointain lui revint…

Elle avait dix ans. C'était l'été, et elle jouait, seule,

dans un champ de blé, quand elle avait été mordue par un serpent tigre, l'un des plus venimeux d'Australie. Il lui avait fallu un quart d'heure pour rentrer à la maison, et le temps qu'elle y arrive, le venin avait commencé à agir.

Trois jours plus tard, sa grand-mère était venue la chercher à l'hôpital et l'avait ramenée à la maison. Cette nuit-là, elle s'était réveillée et l'avait trouvée assise à côté de son lit, son tricot à la main.

« Je suis là, ma chérie. Tu peux te rendormir, je veille sur toi », lui avait simplement dit la vieille dame, avant de poser doucement la main sur son front et de se pencher pour l'embrasser.

Des années plus tard, Kiara se souvenait de sa peur et de la douleur de la morsure, de la solitude qu'elle avait ressentie à l'hôpital, mais elle se souvenait surtout de la main de sa grand-mère et de son baiser.

Soudain, elle sentit ses yeux se remplir de larmes. Elle eut un léger mouvement de recul, et dut faire un peu de bruit car Bryn ouvrit les yeux.

Elle lui fit signe de ne pas bouger mais déjà, il se levait, et marmonnait :

— J'étais juste venu vérifier que tout allait bien.

Il attrapa ses béquilles et la rejoignit.

— Je n'aime pas l'idée que le chien soit avec elle. Cet animal est étrange…

Menteur, pensa-t-elle. *Alice est parfaitement en sécurité avec Bunji, et tu le sais bien !*

— Il n'y a aucun risque, vous savez, affirma-t-elle pour le rassurer.

Il était très proche d'elle et, tout à coup, elle eut envie de combler la distance qui les séparait. Elle se sentait vulnérable, avec sa fine chemise de nuit, et regretta de ne pas avoir enfilé une robe de chambre…

Il fallait rester professionnelle, se rappela-t-elle. Elle

était chargée d'une mission, et devait se comporter de manière irréprochable.

— Je m'occupe de Bunji depuis trois semaines maintenant, ajouta-t-elle d'une voix légèrement tremblante, et je l'ai vue stressée, blessée, malade. J'ai dû lui faire plusieurs injections, la mettre sous perfusion, et réduire la sédation au minimum parce qu'elle était trop faible. Pendant tout ce temps, elle n'a jamais grogné, ne s'est jamais plainte. Elle est très courageuse, docteur Dalton. Vous pensez vraiment que je ferais courir des risques à Alice ?

— Et pourtant, vous êtes venue vérifier, vous aussi.

— C'est normal que je surveille ma patiente, vous savez. C'est pour cela que je suis ici, et ces contrôles nocturnes font partie de mon travail.

Comme il ne répondait pas, elle conclut :

— Puisque tout va bien ici, je retourne me coucher.

— Kiara ?

Elle leva la tête.

— Oui ?

— Merci, dit-il simplement.

— Je vous en prie. Je ne fais que le travail pour lequel vous me payez.

— Bunji n'est pas comme les autres chiens pour vous, n'est-ce pas ?

— Non, reconnut-elle, pas tout à fait.

— Beatrice dit que vous vous êtes spécialisée dans la recherche de foyers pour les chiens qui sont parfois… moins convoités. Des chiens âgés qui coûtent cher en fin de vie. Des chiens à problèmes. Mais grâce à vous, Bunji se rétablit et n'a plus de problèmes du tout. Elle est jeune, ce qui veut dire que, dans quelques semaines, vous pourriez la vendre…

— Pour un prix inférieur à celui que vous payez.

— Est-ce votre seul critère pour nous la confier ?

— Non, avoua-t-elle. J'ai pensé qu'Alice avait besoin d'elle.

— Et moi ?

— Je ne sais pas…

Elle hésita avant de poursuivre.

— Mais pour être tout à fait honnête, oui, Bunji m'a émue plus que les autres chiens. J'ai vu des chiens maltraités, je les ai soignés, j'ai réussi à les reloger. Mais il y a quelque chose chez Bunji qui…

Elle prit une profonde inspiration.

—… qui me va droit au cœur, acheva-t-elle, un peu gênée par cet aveu. Et d'une certaine manière, Alice m'a émue, elle aussi. Alors j'ai pensé… j'ai espéré que vous pourriez tous guérir ensemble. Oui, grâce à l'argent de Beatrice, le refuge aura quelques mois de sursis, mais il devra peut-être finir par fermer. Si Bunji n'a pas sa place ici, si elle ne reçoit pas l'amour qu'elle mérite et ne donne pas l'amour dont elle est capable en retour, alors je la reprendrai.

— Et pourquoi avez-vous traversé la maison au milieu de la nuit ? demanda-t-il, d'une voix chargée d'émotion.

— Parce que j'aime les fins heureuses, rétorqua-t-elle. Parce que je soupçonne qu'Alice et Bunji en ont besoin et que j'ai hâte que ça arrive.

— Parce qu'elles ont de l'importance à vos yeux.

— Cela est-il un problème ?

— Non, dit-il, en posant sur elle ses yeux noirs, qui ne laissaient rien paraître de ce qu'il ressentait.

Soudain, elle eut honte de sa chemise de nuit révélant ses jambes nues. C'était le milieu de la nuit, elle se trouvait dans la maison de cet homme qu'elle connaissait à peine. Et…

— Je vais retourner me coucher, dit-elle un peu trop brusquement.

Il dut sentir son malaise, car il s'écarta à la hâte.

Alors qu'elle tournait les talons, il murmura :

— Kiara ?

— Oui ?

Il y eut un silence et elle se retourna pour lui faire face. Tout à coup c'était comme si le temps était suspendu. Elle attendait, sans même savoir quoi.

Comme au ralenti, elle le vit poser une de ses béquilles contre le mur et lever timidement le bras. Si elle l'avait voulu, elle aurait pu s'écarter, mais elle ne bougea pas, pétrifiée.

Elle sentit ses doigts sur sa joue. Sa caresse était légère comme une plume, et ses yeux pleins de tendresse.

Comme s'il s'était brûlé, il retira brusquement sa main et dit :

— Bonne nuit, Kiara.

— Bonne nuit, docteur Dalton, répondit-elle d'une voix blanche.

Et elle s'éloigna sans ajouter un mot.

Au lieu d'aller se coucher lui aussi, Bryn resta immobile dans ce couloir sombre, ébahi. Que venait-il de se passer ?

Pas grand-chose, décida-t-il, si ce n'est qu'il avait eu un geste tendre envers Kiara.

Pourquoi ? Elle était son employée, et il la payait pour faire un travail. On était au beau milieu de la nuit, et… elle aurait pu lui reprocher ce comportement déplacé, non ?

Il ne l'avait pas retenue. Il ne l'avait pas embrassée.

Même s'il en avait eu très envie.

Que lui était-il donc passé par la tête ?

C'était peut-être juste la situation, se dit-il pour se rassurer. Il était un homme, elle une femme, et il y avait une alchimie, une attirance entre eux. Rien que de très courant, au fond.

Elle était belle, mais très différente de la plupart des femmes qu'il connaissait.

Les recherches qu'il avait effectuées sur l'Hôtel des Animaux l'avaient conduit sur son site web, où elle se présentait brièvement. Elle avait été élevée dans une ferme, quelque part dans la campagne de la Nouvelle-Galles du

Sud, et elle avait souvent passé ses vacances chez sa grand-mère. Elle avait aussi vécu dans le centre de Sydney pendant sa formation, mais elle n'aimait pas beaucoup la ville.

Et en effet, elle ressemblait à une femme qui passait le plus clair de son temps à l'extérieur. Et elle était assez dure à la tâche.

Alors, pourquoi avait-il l'impression d'avoir affaire à un être rare, précieux, fragile ?

Il avait besoin de se ressaisir, songea-t-il, de se recentrer. De s'occuper d'Alice et de Bunji, au lieu de fantasmer sur la jolie vétérinaire.

Pour la fillette, la pension apparaissait comme la meilleure solution, pourtant il répugnait à l'y envoyer, réalisa-t-il. Sur cette question, il rejoignait complètement Kiara.

Il secoua la tête, agacé. Bon sang, il pensait encore à Kiara ! Qu'est-ce qui le perturbait autant, chez cette femme ?

Était-ce parce qu'il avait été trop seul pendant trop longtemps ? Il aimait sa solitude, mais depuis son accident, il ne voyait personne d'autre qu'Alice et les soignants qui s'occupaient de lui. Et voici qu'une étrangère débarquait chez lui, se liait à sa nièce et s'intéressait à leur sort !

Oui, c'était cela : il lui était reconnaissant de se soucier de lui et d'Alice, rien de plus.

Il retourna dans sa chambre, en se promettant de profiter de la semaine pour rattraper son travail en retard – et par la même occasion, de se tenir aussi loin que possible du Dr Kiara Brail.

7.

Kiara et Alice passèrent presque toute la journée suivante ensemble. Alice était toujours méfiante, mais elle voulait absolument apprendre tout ce qu'elle pouvait sur son nouvel animal et communiquer avec Kiara était indispensable pour y parvenir. Bunji, elle, ne quittait pas Kiara, et comme Alice suivait Bunji, elles formèrent vite un trio inséparable.

Un trio dont Bryn ne faisait pas partie, constata Kiara. Il faisait une apparition pour le déjeuner, puis retournait travailler dans son bureau sitôt son repas terminé.

Au fil des jours, elle se rendit compte qu'Alice commençait à se détendre avec elle, à se livrer, à la considérer comme une amie. Kiara savait par expérience combien un enfant solitaire pouvait être vulnérable, et elle savait qu'Alice avait besoin de quelqu'un à aimer. Mais elle ne pouvait pas être ce quelqu'un, hélas.

Elle commençait à se demander s'il était raisonnable de laisser Alice se rapprocher d'elle. Elle n'était ici que pour peu de temps. Elle était vétérinaire, pas nounou, et elle ne voulait pas décevoir la fillette. De plus, il ne fallait pas être un grand psychologue pour comprendre qu'une personne essentielle manquait au bonheur d'Alice : Bryn. Kiara s'était d'ailleurs promis d'évoquer ce sujet avec lui à la première occasion.

— Tu me raconteras encore l'histoire du sauvetage des veaux, ce soir ? demanda timidement Alice à Kiara, sitôt le dîner terminé.

Kiara prit une profonde inspiration et secoua la tête.

— Tu sais, j'ai mal à la gorge, aujourd'hui, dit-elle. Je vais m'asseoir près du feu dans le salon et reposer ma voix pour être en forme demain. C'est au tour de ton oncle de te raconter une histoire.

Bryn fronça imperceptiblement les sourcils.

— Eh bien, je…

Il s'interrompit devant son regard courroucé, puis se ravisa.

— Oui, c'est d'accord, dit-il. Tu peux choisir un livre, Alice.

— Je préfère les histoires vraies, répondit la fillette.

Il y eut un moment de silence. Alice voulait des histoires vraies, des histoires qui révélaient quelque chose au sujet de celui qui les racontait. Or Kiara savait que Bryn s'était entouré d'une épaisse carapace pour se protéger, et ne serait sans doute pas à l'aise avec cette proposition.

Elle s'aperçut qu'elle retenait son souffle, s'attendant à un refus de sa part. Tout son instinct la poussait à se précipiter pour tenter d'arranger les choses, mais elle serra les lèvres et se retint d'intervenir.

Et finalement, il céda.

— Je pourrais te parler des têtards, dit-il.

— Des têtards ?

Alice le regarda sans comprendre.

— Oui, expliqua-t-il, des bébés grenouilles, si tu préfères. Quand j'étais petit, mon père avait un pavillon près d'un étang où j'allais parfois avec ma nounou. C'est elle qui m'a appris à attraper des têtards. Je les mettais dans des bacs et je les regardais grandir, avant de les rejeter dans l'étang une fois qu'ils s'étaient transformés en grenouilles. Mais au début, j'avais beaucoup de mal à les attraper, et cela faisait beaucoup rire ma nounou car ils me glissaient entre les mains…

Il réfléchit un moment, avant d'ajouter :

— Tu sais, ta mère était plus âgée que moi, et elle est partie en Amérique quand je suis né, mais elle a passé du temps dans ce pavillon, elle aussi. Je parie qu'elle savait attraper les têtards.

— Comment… comment tu faisais pour les attraper ? voulut savoir Alice.

— Je te le dirai quand tu seras couchée, d'accord ? suggéra Bryn avec un sourire malicieux. Il faut laisser au Dr Brail une chance de récupérer sa voix, n'est-ce pas ? Je l'ai entendue crier très fort sur toi et sur Bunji. Tu dois vraiment avoir peur d'elle…

Dans un éclat de rire, Alice se leva de table et s'éloigna en direction de sa chambre.

Une fois seule, Kiara s'assit près du feu, dans le salon, ravie de profiter un peu de cet endroit magnifique. La cheminée de marbre était immense, les grands canapés moelleux et le tapis aux couleurs chatoyantes invitaient à la détente.

Elle ajouta une bûche dans l'âtre et regarda crépiter les flammes. Comme une douce torpeur la gagnait peu à peu, elle eut une envie soudaine d'aller chercher Bunji pour partager ce moment avec elle, mais elle se ravisa. Bunji était la chienne d'Alice, maintenant, et elle ne devait pas risquer de briser le lien fragile qui s'établissait entre la fillette et l'animal.

Elle laissa dériver ses pensées, et prit conscience que le vide qui s'était creusé en elle, ces derniers temps, n'avait rien à voir avec son métier, ni avec les animaux…

Elle avait besoin… d'une famille.

Elle avait trente-deux ans, mais elle avait toujours été bien trop occupée pour songer à bâtir une relation sérieuse. D'ailleurs, elle n'avait aucune idée de la manière dont il fallait s'y prendre pour que cela fonctionne. Donner son cœur à un homme… céder le contrôle, comme l'avait fait sa mère, était une idée qui l'avait de tout temps terrifiée. Elle s'était dit qu'elle serait toujours heureuse et en sécurité avec sa maison et ses chiens, quoi qu'il arrive. Ce n'est que depuis peu que des aspirations nouvelles se faisaient jour en elle.

Soudain, la porte du salon s'ouvrit sur Bryn, qui entra en boitant. Elle aurait dû se lever, lui dire bonne nuit et se retirer dans sa chambre, mais il traversa la pièce et se laissa tomber sur le canapé le plus proche, comme s'il voulait parler.

Il aurait été impoli de fuir, songea-t-elle. Mais raisonnable. Elle ne bougea pas.

— Comment ça s'est passé ? demanda-t-elle.

— L'histoire des têtards lui a bien plu.

— J'imagine que oui. Elle est très friande d'anecdotes familiales. Cela l'aide à s'ancrer dans sa propre histoire.

Il lui lança un regard étrange.

— J'imagine, oui…

Elle décida d'opter pour un sujet de conversation sûr, et demanda :

— Moi aussi, j'aimerais en savoir plus sur ces fameux têtards.

— J'avais une véritable ménagerie, dit-il. Comme les canards mangeaient les têtards, j'ai tenté de les sauver en apportant les œufs dans les écuries. Après l'éclosion, je gardais les têtards en sécurité jusqu'à ce qu'ils grandissent. Mais je n'ai pas réalisé tout de suite que je ne faisais qu'engraisser les canards, qui mangeaient des grenouilles adultes au lieu de simples têtards…

Elle sourit.

— J'espère que vous n'avez pas raconté ça à Alice.

— Non. Je me suis contenté d'anecdotes amusantes, comme le jour où ma nounou, qui savait à peine nager, a dû plonger dans l'étang pour aller récupérer une bassine pleine de têtards qui m'avait échappé.

— Quelle aventure !

Il lui sourit, et ce sourire s'insinua en elle, faisant courir une onde de chaleur dans tout son corps.

Il est temps de prendre congé.

Elle s'apprêta à se lever.

— Je vais aller me coucher, dit-elle, un peu hésitante. Je voulais savoir comment cela s'était passé.

— Et vérifier que je m'en étais bien sorti ? lança-t-il, un sourire ironique aux lèvres.

Elle se sentit rougir.

— Je suis désolée. Cela ne me regarde pas.

— C'est pourtant vous qui m'avez incité à lui raconter une histoire.

Elle hocha la tête et se leva. Il l'imita.

— En effet, car je suis de passage, et vous allez rester. C'est avec vous qu'Alice a besoin de construire une relation solide, pas avec moi.

— Je ne sais pas très bien comment faire, vous savez…

— Vous pouvez apprendre. Ce soir, c'était un bon début.

— Vous jouez les psychologues ?

— Non, répondit-elle avec douceur. Je suis une simple spectatrice, mais le sort d'Alice et le vôtre ne me sont pas indifférents, c'est pourquoi j'espère que vous pourrez tisser un lien fort et durable, tous les deux.

Il y avait quelque chose dans sa façon de la regarder, dans son expression, qui ressemblait à de la peur. À moins qu'il ne s'agisse d'envie ? De perplexité ?

Avant qu'elle puisse s'en empêcher et qu'elle réalise ce qu'elle faisait, elle fit un pas en avant, se hissa sur la pointe des pieds et déposa un léger baiser sur sa joue.

— Ça va aller.

Ce n'était qu'un frôlement, un baiser amical, mais elle recula brusquement, comme si sa peau l'avait brûlée. Qu'est-ce qui lui avait pris ?

Et il avait l'air aussi troublé qu'elle. Il porta la main à sa joue et la regarda.

Ils étaient tous les deux en territoire inconnu, et chacun retenait son souffle.

Ce fut elle qui rompit le silence.

— Je… je suis désolée, bredouilla-t-elle. C'était totalement déplacé. Bonne nuit, Bryn.

Elle réussit miraculeusement à s'éloigner.

Il ne la suivit pas, ne la rappela pas auprès de lui, et elle était prête à parier qu'il resta longtemps immobile, à regarder danser les flammes.

Kiara avait accompli un miracle. Grâce à cette petite chienne.

Bryn était assis à son bureau, mais il avait du mal à se concentrer, les yeux fixés sur le jardin, où Alice et Bunji jouaient autour de la piscine. Depuis une heure, Kiara essayait de leur apprendre à rouler sur elles-mêmes en toute sécurité. Elle avait fini par y parvenir, et maintenant l'enfant et la chienne dévalaient la petite pente engazonnée.

Alice riait de plaisir, et Kiara, assise au sommet, semblait ravie de son exploit. On aurait dit qu'elle était retombée en enfance.

Demain, Kiara partirait.

Cette pensée fut comme une douche froide, un nuage d'orage se dirigeant vers lui à une vitesse folle. Mais c'était mieux ainsi, se dit-il, comme il se le répétait depuis des jours. Sachant ce qu'Alice ressentait pour Kiara – et de plus en plus, ce qu'il commençait à ressentir lui-même – il n'aurait pas été raisonnable de prolonger ce séjour. Une fois la jeune femme partie, Alice et lui allaient mettre en place une routine quotidienne, calme et rassurante. Kiara avait été employée pour une durée déterminée et cette période s'achevait. Alice devrait apprendre l'indépendance et passer à autre chose…

Ils se débrouilleraient.

Soudain, son téléphone sonna. L'écran indiquait que l'appel provenait d'Archie Cragg, l'administrateur de l'hôpital. « Je reviendrai dès qu'Alice commencera l'école », lui avait dit Bryn, et Archie avait accepté, lui assurant qu'il pouvait prendre tout le temps nécessaire.

Mais quand il décrocha, Archie lui parut tendu, et il comprit aussitôt que quelque chose n'allait pas.

— Il y a un problème ?

— On peut dire ça, répondit Archie d'un ton sinistre. Nous avons perdu Rod et Caroline.

— Comment ça, perdu ?

Rod Breehaut était le chef adjoint du service de neurologie, dont il avait pris la direction durant l'absence de Bryn. Rod était marié à Caroline, elle aussi neurologue.

— C'est un peu compliqué, expliqua Archie. Il semble que Rod ait eu une liaison avec une de nos étudiantes en médecine. Une étudiante, tu te rends compte ! Il connaît les règles, pourtant. Il a cinquante ans et elle en a vingt-deux, et il est son référent – tu imagines la situation dans laquelle ils se retrouvent, tous les deux ? Quoi qu'il en soit, Caroline les a surpris, dans la salle des profs, et elle a tout cassé. Littéralement. J'ai dû la congédier sur-le-champ, alors elle a décidé de rentrer chez sa mère, qui vit à Birmingham ! Elle part demain. Je sais que je t'ai dit de prendre tout le temps dont tu as besoin, mais tu es à peu près guéri, non ? Nous avons des patients qui sont dans des situations délicates, et nous avons besoin de toi…

En voyant Bryn traverser la pelouse pour les rejoindre, Kiara sentit son cœur bondir dans sa poitrine. Cet homme était décidément beaucoup trop séduisant, beaucoup trop sexy !

C'était plus que ça. Certes, elle avait toujours été attirée par lui, mais depuis la nuit où elle l'avait trouvé veillant sur sa petite nièce, ce qu'elle ressentait pour lui avait changé. Et après leur baiser, elle avait vu avec émerveillement sa relation avec Alice changer du tout au tout. Chacun s'était ouvert à l'autre, grâce à Bunji, et elle en était ravie pour eux.

Elle vit qu'il avait un air sombre lorsqu'il la rejoignit. Il prit une grande inspiration et se tourna vers elle.

— Kiara, j'ai un problème… et je vais avoir besoin de vous.

Il relata brièvement sa conversation avec Archie.

— Je sais que vous devez trouver ça incroyable, dit-il, mais le Sydney Central est privé de ses trois neurologues principaux. Il n'y a personne pour nous remplacer dans des délais aussi brefs. Kiara, si je n'y retourne pas, des gens vont mourir.

Elle le fixa, bouche bée.

— Vous plaisantez ? dit-elle enfin.

— Non, hélas, répondit-il d'un ton sinistre. Archie a envisagé toutes les possibilités. Il est désespéré. Mais je ne peux pas laisser Alice seule. Kiara, j'ai essayé de trouver des solutions, mais je n'y arrive pas. Il n'y a personne d'autre que vous pour s'occuper d'elle.

— Et Beatrice ?

— Pensez-vous que Beatrice viendrait ? demanda-t-il.

Elle réfléchit quelques instants, puis finit par répondre :

— Non.

— Moi non plus.

Puis ils se turent car Alice et Bunji approchaient. Ils regardèrent l'enfant et la chienne répéter leur roulade, folles de joie

— Il y a un service de garde d'enfants à l'hôpital, dit enfin Bryn d'un air accablé, comme si le poids du monde pesait sur ses épaules. C'est réservé aux jeunes enfants, mais comme c'est une urgence, ils prendront Alice jusqu'à ce que j'aie trouvé quelqu'un. Mais je ne peux pas supporter l'idée de la laisser dans cet endroit inconnu, sans Bunji.

Elle non plus ne supportait pas cette idée.

— Non, dit-elle, tandis que Bryn passait nerveusement la main dans ses cheveux en bataille.

— Kiara, y a-t-il quelqu'un d'autre que vous pour s'occuper du refuge ? Je suis prêt à payer autant que Beatrice pour rémunérer cette personne, jusqu'à ce qu'Archie ait trouvé des remplaçants, ou jusqu'à la rentrée scolaire. Vous avez besoin d'argent et j'ai vraiment besoin d'aide. Ça pourrait marcher, non ?

Parlait-il sérieusement ?

— Il y en aurait pour trois semaines, environ.

— Jusqu'à ce qu'Alice entre en pension ?

— Ce choix n'est plus à l'ordre du jour. Même moi, je vois à quel point elle a besoin de Bunji. Je me suis renseigné. Il y a une école à quatre rues d'ici, qui semble avoir une bonne réputation. J'ai parlé à la directrice. Il ne reste qu'une semaine avant la fin du trimestre, alors nous nous sommes mis d'accord pour qu'Alice commence dans trois semaines. Mais j'ai déjà perdu assez de temps.

Perdu assez de temps ?

Indignée, elle ouvrit la bouche pour répliquer, mais elle se ravisa.

Il avait fermé les yeux, et quand il les rouvrit, elle y vit une immense lassitude. La longue épreuve qu'il avait subie avait laissé des traces indélébiles.

— Désolé, je me suis mal exprimé, reprit-il enfin. Croyez-le ou non, le rôle d'éducateur m'intéresse et je fais de mon mieux, mais cet incident survient sans crier gare et j'ai désespérément besoin d'aide. J'ai besoin de vous, Kiara…

— Mais je ne peux pas ! dit-elle, impuissante. Mon amie Hazel, qui s'occupe du refuge en ce moment, doit bientôt partir. J'ai des chiens en pension et une clinique vétérinaire à gérer. Comme dans votre hôpital, personne d'autre n'a les compétences ni la disponibilité nécessaires. Si Hazel accepte de rester au refuge, elle perdra son emploi. Vous devez trouver un plan B…

— Il n'y a pas de plan B.

— Et pas de plan A non plus. Je suis désolée, Bryn.

Il se mit à réfléchir à toute vitesse. Si Kiara ne pouvait pas s'occuper d'Alice ici, peut-être que…

— Kiara, appela-t-il, alors que la jeune femme s'apprêtait déjà à rejoindre Alice et Bunji, j'ai une idée.

Elle fit un signe de tête encourageant.

— Je vous écoute…

— Si vous emmeniez Alice et Bunji chez vous ?

Elle le regarda d'un air ébahi.

— Comment ?

— Je pourrais vous payer pour vous occuper d'elles, mais à l'Hôtel des Animaux, expliqua-t-il. Pendant trois semaines, jusqu'à ce qu'Alice commence l'école.

— Vraiment ? dit-elle. Et ensuite ?

— D'ici là, j'aurai réglé le problème au travail. Le Sydney Central est un hôpital réputé, nous recruterons de nouveaux médecins. La pression diminuera, et Alice pourra revenir à la maison.

— Quelle maison ?

Il fronça les sourcils.

— Ma maison, bien sûr. Ici…

— Donc, vous êtes d'accord pour dire qu'elle vit ici ?

— Oui, mais… ça ne l'empêche pas de passer quelques jours ailleurs. Elle ne peut pas dépendre de moi pour tout.

Il vit un éclair de colère briller dans ses yeux.

— Alors, sur qui peut-elle compter ?

— Je voulais dire que…

— Je sais exactement ce que vous vouliez dire, répondit-elle. Alice peut compter sur vous en cas d'urgence, mais pour ce qui est d'être là pour elle…

— Je ne peux pas mettre ma vie en suspens.

— Et pourquoi pas ? Existe-t-il une meilleure cause que le bonheur de cette enfant ? Je vous l'ai dit : ce dont Alice a besoin, c'est de quelqu'un qui l'aime, et ce quelqu'un ne peut pas être moi.

Elle s'arrêta et prit quelques respirations profondes, puis elle réfléchit, tournée vers le bas de la pente, où Alice jouait toujours avec Bunji. Quand elle reprit la parole, son ton était calme et résolu.

— D'accord, dit-elle. Si c'est vraiment une question de vie ou de mort pour les patients de l'hôpital, alors, pour le bien d'Alice, je la prendrai chez moi. Mais à une condition.

— Laquelle ?

— Que vous veniez aussi.

— Mais…

— Il n'y a pas de mais. C'est à prendre ou à laisser. Quoi que vous pensiez, Alice a besoin d'un foyer au sens propre du terme, et son avenir est de vivre avec vous. Donc, c'est à vous de décider : vous pourrez aller sauver vos patients tous les matins, mais chaque soir vous devrez rentrer auprès d'Alice. Je m'occuperai d'elle et de Bunji pendant votre absence, et pendant ces trois semaines, vous ferez votre part à votre manière. Alors… marché conclu ?

Trois semaines… loin de chez lui !

— C'est assez grand, chez vous ? demanda-t-il pour combler le silence qui s'était installé.

— J'ai quatre chambres. Deux d'entre elles sont habitables et j'ai un grenier qui pourrait plaire à Alice.

Elle jeta un coup d'œil à sa piscine, ses pelouses impeccablement entretenues, sa superbe maison.

— Ce n'est pas tout à fait le même style qu'ici, avoua-t-elle. Mais si vous êtes prêt à changer d'ambiance… Alors, qu'en pensez-vous, docteur Dalton ? Dernière offre ?

Il la fixa et elle lui rendit son regard, direct et provocateur.

Pourquoi pas ? pensa-t-il. Se rendre au travail depuis chez elle lui prendrait à peine plus de temps. Et ce séjour pourrait être bénéfique à Alice.

Mais passer trois semaines de plus avec cette femme qui l'attirait comme un aimant ?

De toute façon, il n'avait pas le choix.

— Merci, dit-il d'une voix blanche.

— De rien, répondit-elle avec un sourire amusé, avant de s'allonger sur le sol et de dévaler la pente en roulant sur elle-même.

8.

À quoi s'attendait-il donc ?

Vu l'état des finances de Kiara, il s'était imaginé débarquer dans une maison un peu délabrée, flanquée d'une vieille grange aménagée en refuge pour animaux.

Certes, l'endroit n'était pas en très bon état, mais c'était magnifique.

La maison avait été construite à l'entrée d'une vallée, et la route qui lui faisait face serpentait jusqu'à la ville de Birralong. À partir de là, la région était classée parc national, avec sa brousse épaisse et intacte, ses gorges fantastiques, ses paysages aussi sauvages que magnifiques.

La demeure elle-même était un cottage un peu défraîchi mais d'un charme fou, entouré d'un jardin sauvage envahissant. Des bougainvilliers cramoisis couraient sur le toit et sur les parois de la grande véranda. D'immenses eucalyptus formaient un écrin de verdure rempli d'oiseaux, avec en toile de fond les sommets des Blue Mountains.

Une pancarte sur la porte d'entrée indiquait : « Hôtel des Animaux. Sonnez et patientez », et une autre, orientée vers un sentier sinueux sur la gauche : « Clinique ».

Quand Alice et Bunji descendirent de la camionnette de Kiara, la fillette semblait aussi impressionnée que son oncle.

— C'est ici, chez toi ? demanda-t-elle à Kiara.

— Oui, c'est ma maison, répondit la jeune femme avec chaleur.

C'était pour sauver cette demeure qu'elle aimait tant qu'elle avait accepté de s'occuper d'Alice, se rappela-t-il.

La porte s'ouvrit sur une femme âgée à l'abondante chevelure blanche.

— Oh ! Kiara ! s'écria-t-elle. Dieu merci, tu es de retour ! Hazel a dû partir précipitamment, alors je suis restée, mais mon Jim a un rendez-vous chez le médecin. Voici donc Alice ? Et vous devez être le Dr Dalton. Enchantée de vous rencontrer. Kiara, je suis désolée, chérie, mais je dois partir.

Elle attrapa son sac à main dans le hall et fila.

— C'est Maureen, dit Kiara à Alice. Elle exagère un peu, mais elle est géniale. C'était la meilleure amie de ma grand-mère. Elle me traite comme une enfant, et elle te traitera de la même façon. Elle a préparé une chambre que tu vas adorer. C'est dans le grenier et ce sera ton espace personnel. L'escalier est un peu bancal, mais il y a une grande fenêtre qui donne sur les montagnes. J'ai demandé à Maureen d'y mettre quelques-uns de mes livres préférés, plus une pile de draps pour Bunji. Tu veux aller voir ?

Alice lui lança un regard émerveillé et courut vers l'escalier.

Elle était redevenue une enfant, pensa Bryn, ravi. Que lui était-il arrivé, en une semaine ?

Il connaissait la réponse, bien sûr.

Curieux, il observa le salon. Comment une seule pièce pouvait-elle contenir autant de photos ? Des piles de bric-à-brac remplissaient chaque table d'appoint, et l'espace était encombré de meubles divers, de lampes étranges.

— C'est vous qui avez collectionné tout ça ? demanda-t-il.

Elle eut un petit rire.

— Non, c'est ma grand-mère et sa sœur. Elles aimaient l'histoire, et comme elles avaient perdu la plupart des membres de leur famille, elles compensaient en amassant des objets qui rappelaient leurs coutumes.

Il effleura un morceau de bois magnifiquement sculpté représentant une femme et son enfant.

— Cela devrait être exposé.

— J'adore cette statuette.

— Oui, je comprends, mais aimez-vous tout ça ? demanda-t-il en désignant le salon d'un geste circulaire.

— Vous n'avez encore rien vu ! répondit-elle. Chaque pièce est pleine à craquer. Et, non, je n'aime pas la plupart de ces bibelots – les dépoussiérer est un cauchemar – mais je ne sais pas quoi en faire. Quand je partirai d'ici, il faudra les vendre. Ou les donner. Les brocanteurs du coin seront contents !

— Ne faites surtout pas ça.

Elle lui lança un regard surpris.

— Et pourquoi pas ?

— Parce que ça vaut… un certain prix, je pense.

L'une de ses anciennes conquêtes, une radiologue de renom, collectionnait les porcelaines anciennes. Pendant les quelques mois où ils avaient été ensemble, il lui avait fait plaisir en passant ses week-ends à courir les brocantes et les vide-greniers, et il connaissait les prix fous que les gens étaient prêts à payer pour acquérir certaines raretés.

— Si vous voulez vraiment vous débarrasser de tous ces objets, il faut au moins que ça vous rapporte ! J'ai des amis qui pourraient les estimer et vous aider à les céder au meilleur prix.

— Vraiment ?

— Oui. Autant que cet argent profite au refuge plutôt qu'aux antiquaires locaux, n'est-ce pas ?

Elle sourit, puis hocha la tête.

— En effet, concéda-t-elle. Suivez-moi, je vais vous montrer votre chambre.

— Faites-moi d'abord voir où vous gardez vos chiens.

Elle lui jeta un regard satisfait, puis le guida vers l'arrière de la maison, où une rangée d'enclos était aménagée. Les box, vides pour la plupart, s'ouvraient sur ces enclos, de sorte que chaque chien pouvait sortir librement et disposait d'un vaste espace pour courir.

— Nous réduisons le nombre de nos pensionnaires, expliqua Kiara, comme il l'interrogeait. Bunji est le dernier chien que nous avons pris en charge. Nous avons trouvé des foyers provisoires pour la plupart d'entre eux, mais ils suivent une formation avant de partir. Il ne s'agit pas juste de reloger, mais aussi de rééduquer ces bêtes. Vous voyez Mickey, le corgi ? Il a huit ans, et il est doux comme un agneau, mais son maître est mort il y a deux mois. Il est en train d'être rééduqué pour Shirley, qui a plus de soixante-dix ans et souffre d'arthrite rhumatoïde. Comme elle vit dans un appartement au deuxième étage, nous entraînons Mickey à utiliser une porte pour chiens qui mène à l'escalier de secours, lequel donne sur un petit jardin. Il a eu deux séances jusqu'à présent. Hazel dit que la dernière fois il a été brillant. J'ai pensé qu'Alice aimerait venir avec moi cette semaine pendant que je l'emmène sur place pour un dernier exercice. Ensuite, il sera prêt à quitter le refuge.

Elle se dirigea vers Mickey et se baissa pour lui gratter les oreilles.

— Bunji est plutôt intelligente, vous savez, dit-elle pensivement. Elle pourrait nous aider.

— Vous êtes vétérinaire de formation, dit-il, et vous passez votre temps à apprendre aux chiens à utiliser les escaliers de secours ?

— Je fais aussi beaucoup de vrai travail médical, rétorqua-t-elle. Je suis à la clinique pendant deux heures tous les après-midi pour consulter et opérer. Mais ce que j'aime par-dessus tout, c'est trouver un nouveau foyer à mes animaux.

— Et quand vous partirez d'ici ?

Soudain, son expression s'assombrit.

— Eh bien, si je dois partir, je redeviendrai une vétérinaire comme les autres. Je ferai des consultations et des opérations au sein d'un cabinet.

Ce n'était peut-être pas un si mauvais sort, décida-t-il, tandis qu'elle lui montrait ses installations. Ce n'était pas très différent de ce qu'il faisait, après tout…

À la différence que même s'il travaillait avec des êtres humains, il avait pour règle de ne pas s'investir émotionnellement, de ne pas s'attacher à ses patients, afin de pouvoir les soigner avec davantage d'efficacité.

— Allons vous installer, maintenant ! dit-elle d'un ton vif, et ensuite vous pourrez aller et venir à votre guise. Tant que vous rentrez à une heure raisonnable pour voir Alice, tout ira bien. Je m'occuperai d'elle dans la journée. Tous mes pensionnaires sont plutôt bien élevés, et elle pourra jouer avec chacun d'eux. Il n'y a aucun danger, ici, et beaucoup de choses à découvrir. J'ai le sentiment que cela lui plaira. Les préadolescents ont besoin d'espace et de liberté.

— Oui, en effet, répondit-il en songeant que Kiara l'aidait autant, sinon plus, que tous les psys qu'il avait consultés pour sa nièce.

— J'ai des consultations à 15 heures, l'informa-t-elle, mais je serai derrière cette porte, si Alice a besoin de moi. J'ai passé une annonce dans le journal local pour avertir de la fermeture prochaine de la clinique, et nous avons déjà remarqué une baisse de fréquentation.

— Cet endroit va vous manquer, non ?

— Vous n'avez pas idée, admit-elle, la gorge serrée. Mais hélas, je n'ai pas d'autre choix que d'aller de l'avant.

Bryn était de retour dans son bureau du Sydney Central ! Son assistante, Rebecca, affectée à d'autres tâches pendant son absence, avait repris son poste. Dès son arrivée, elle l'avait pris à part pour lui demander si elle devait espacer ses rendez-vous afin de lui donner le temps de se réadapter, mais à part cela, elle agissait comme s'il était simplement parti à l'étranger pour une conférence.

Il répondit à quelques questions de ses collègues au sujet de sa jambe. Il y eut de brèves plaisanteries sur les imbéciles qui ne laissaient pas travailler les professionnels du sauvetage, mais dans l'ensemble, tout le monde lui réserva un accueil discret et chaleureux. Les ragots sur Rod et Caroline avaient pris le dessus sur presque tout, et l'absence des deux spécialistes faisait peser une lourde pression sur tout le département.

Était-ce pour cela que personne ne lui parlait d'Alice ? Bizarrement, on ne lui demanda pas de nouvelles de la fillette. Était-ce parce que l'arrivée d'un enfant dans sa vie n'était pas censée l'affecter du tout ?

Il passa sa première heure à ouvrir son courrier et à terminer ses travaux en cours. C'était samedi et avec un peu de chance, il n'y aurait pas de chirurgie aujourd'hui, mais Archie et Rebecca avaient déplacé certaines des consultations urgentes de Rod à cet après-midi. Il devait donc être concentré, et il se plongea rapidement dans l'historique des patients, les comptes rendus des radiologues et les résultats des IRM, l'examen des médications, les alternatives à la chirurgie. Il évalua aussi les rapports bénéfice-risque, et les résultats possibles des opérations envisagées.

Il devait être au sommet de son art, et une partie de lui s'en réjouissait – c'était ce dont il avait rêvé ces derniers mois.

Mais une autre partie de lui ne pouvait s'empêcher de penser à ce qui se passait à la maison, avec Alice. À la maison, ou plutôt, chez Kiara…

Sa maison à lui n'était-elle pas à Clovelly ?

Peut-être que sa vraie maison était ici, dans ce grand hôpital universitaire. Ici, où il s'était senti plus maître de son destin que partout ailleurs.

Mais maintenant, les choses avaient changé. Il se sentait… poussé par une force nouvelle, qui l'incitait à évoluer, à passer à autre chose.

Son premier patient était un adolescent épileptique. Il avait étudié en détail son histoire, les traitements qui lui avaient été proposés et son pronostic. Il était prévu d'effectuer l'intervention recommandée par Rod, et maintenant il devait en parler avec son patient et ses parents.

— Avec cette opération, il y a plus de cinquante pour cent de chances que ton épilepsie s'atténue au point de pouvoir être contrôlée par des médicaments, expliqua-t-il à son patient.

Felix avait quinze ans et ses parents, assis derrière lui, avaient l'intelligence de laisser leur fils parler et prendre ses propres décisions. Malgré cela, ils se tenaient la main comme s'ils se noyaient.

— Je veux juste aller mieux, marmonna Felix.

Sa mère fut incapable de se retenir plus longtemps, et prit la parole.

— Mais pas au point de mettre ta vie en danger…

Cette intervention comportait des risques – il les avait décrits : cinquante pour cent de chances d'amélioration, environ trente pour cent de chances d'une amélioration notable, mais il y avait aussi l'éventualité d'un échec..

Il vit les parents pâlir, mais l'adolescent garda son sang-froid.

— Je veux pouvoir taper dans un ballon de foot sans que tout le monde en fasse toute une histoire, murmura-t-il. Mais si je reste comme je suis, on ne me laissera pas entrer dans l'équipe. Dès que j'aurai dix-huit ans, je veux conduire une voiture. Je veux être normal !

La mère regarda Bryn droit dans les yeux et demanda :

— Que feriez-vous si c'était votre fils ?

Son mari intervint pour la soutenir.

— Oui, docteur. Si c'était votre famille, votre enfant,

et si c'était votre femme qu'il fallait soutenir si les choses tournaient mal…

Une fois encore, il pensa à Kiara, à Alice… Kiara et son éternel sourire, Kiara et son esprit facétieux, qu'il revit les bras croisés, dévalant la pente pour rejoindre Bunji et Alice.

Il pensa à elle, la tête penchée sur la blessure de Bunji qu'elle débridait habilement tout en parlant à la chienne sur un ton si apaisant qu'elle n'avait guère besoin d'anesthésie.

Il la revit, décrivant la chambre mansardée à Alice, affirmant qu'elle aurait un espace bien à elle…

— Ce serait difficile, avoua-t-il, mais quoi qu'il arrive, nous nous soutiendrions mutuellement. Parce que c'est ce que font les familles.

C'était ce que Kiara ferait, en tout cas, il en était certain.

Assez ! Il devait cesser de penser à elle. Il se tourna vers Felix.

— Mais si tu es prêt à passer quelques semaines difficiles après l'opération, tout ira bien pour toi.

Comme tout irait bien pour lui-même ?

— Quelle que soit la décision de Felix, nous le soutiendrons, conclut son père.

Après cet entretien, Bryn confia le jeune patient et ses parents à Rebecca pour fixer les dates du rendez-vous préopératoire et de l'intervention, et remplir les formulaires de pré-admission, puis il passa à autre chose. Mais il se sentait toujours un peu anxieux, déstabilisé.

Encore deux patients et il pourrait rentrer chez lui !

Alors qu'il s'apprêtait à partir, il reçut un appel des urgences.

— Nous avons besoin de vous pour une opération délicate, annonça le chef des urgences. Nous savons que vous venez juste de rentrer, mais nous avons affaire à un traumatisme majeur causé par un carambolage. La victime est un jeune homme avec une fracture du crâne et une importante hémorragie cérébrale. Pouvez-vous vous en occuper ?

Il n'avait pas le choix. Pour la première fois, cependant, il y aurait des conséquences pour lui. Il se rappela les mots de Kiara, qui lui demandait de rentrer à une heure raisonnable pour pouvoir voir Alice. Il prit son téléphone pour l'informer de ce qui se passait.

— Le patient a dix-sept ans, dit-il, il faut que je l'opère en urgence…

— Je comprends, répondit-elle aussitôt. Ne vous en faites pas pour nous, tout va très bien ici. Nous avons prévu des pizzas pour le dîner. On vous en garde une part ?

Soulagé, il raccrocha. Il se dirigeait vers le bloc opératoire quand il se rendit compte qu'il aurait tout donné, en cet instant, pour partager une simple pizza avec Kiara et Alice.

Avec… sa famille ?

9.

Il était plus de 21 heures quand Bryn rentra au refuge. L'opération avait été un succès. Il aurait dû être content de lui, mais au lieu de cela, il se sentait plus épuisé que jamais.

Quatre heures au bloc avaient mis sa jambe fragile à rude épreuve. Et, pour une raison quelconque, les émotions qu'il avait ressenties en parlant à Felix lui revinrent en mémoire.

La porte d'entrée n'était pas verrouillée. Il frappa, mais comme il ne recevait pas de réponse, il entra.

Kiara, Alice et Bunji étaient dans le salon, devant la grande cheminée dont le feu diffusait une douce lueur. Assise sur un tapis, Kiara lisait, la tête d'Alice sur ses genoux. La fillette était emmitouflée dans une couverture moelleuse. Dormait-elle ?

Quant à Bunji, allongée de tout son long, elle semblait la plus heureuse des chiennes. Elle ouvrit un œil en l'entendant entrer, puis remua faiblement la queue avant de replonger dans le sommeil.

Il s'arrêta net, ému par ce merveilleux tableau.

Kiara posa son livre et mit un doigt sur ses lèvres.

— Comment ça s'est passé ? chuchota-t-elle quand il l'eut rejointe.

— Un jeune de dix-sept ans qui faisait l'imbécile au volant avec ses copains vivra et pourra recommencer ses bêtises, grâce à moi.

— Mais vous avez réussi à le sauver !

— Impossible d'en être sûr tant qu'il ne s'est pas réveillé, mais j'ai bon espoir. Nous avons rapidement fait baisser la pression intracrânienne.

— Bravo, docteur ! dit-elle en souriant. Pouvez-vous accompagner Alice pendant que je fais réchauffer votre pizza ? Elle a lutté pour rester éveillée car elle voulait vous voir, mais la journée a été trop longue. Ce serait bien que vous la bordiez, ce soir…

— Kiara…

— Mmm ?

Elle le regarda d'un air innocent, mais il avait déjà perdu la bataille. Pourquoi avait-il soudain l'impression qu'il devait résister, s'éloigner ?

Il se pencha pour soulever Alice – elle était si légère que même avec sa jambe faible il y parvint sans difficulté –, et quand il la borda et déposa un baiser sur son front, elle ne repoussa pas son geste affectueux comme elle l'avait fait jusqu'alors.

— Je suis contente que tu sois rentré à la maison, murmura-t-elle d'une voix ensommeillée. Bunji est là ?

Bunji les avait suivis dans l'escalier et s'était allongée dans son panier, à côté du lit.

— Oui, dit-il avant de prendre la main d'Alice et de la poser sur la tête douce de Bunji.

Alors qu'il redescendait les marches, il fut soudain pris d'une envie stupide d'éclater en sanglots.

Pour l'amour du ciel ! Il devait être plus fatigué qu'il ne le pensait. Il s'accorda un moment pour se ressaisir avant de regagner le salon.

Kiara avait débarrassé la table basse pour y déposer une part de pizza et un verre de vin. Avec son vieux jean, son pull trop grand, et ses boucles noires ébouriffées, elle était ravissante, et il eut l'impression de n'avoir jamais vu une aussi jolie femme.

Il regarda l'assiette, devant lui. Elle contenait une pizza qui ne ressemblait à aucune autre : une croûte fine et dorée, de minuscules tomates, des légumes grillés à la perfection, des herbes fraîches…

— C'est ça que vous appelez un reste de pizza ? demanda-t-il, abasourdi.

— La pizza est l'une de mes spécialités, dit-elle fièrement. Presque tout vient de mon potager !

— Et moi qui croyais que vous ne saviez pas cuisiner ! Alice a dû se régaler.

Il pensa à la fillette, au peu qu'elle avait mangé ces dernières semaines. C'était merveilleux, pour elle.

— En effet, répliqua-t-elle d'un air faussement suffisant. Maintenant, si vous voulez bien m'excuser, je suis au début d'un chapitre passionnant…

Elle remonta la couverture sur ses genoux et replongea dans son histoire, le laissant savourer son dîner.

Ce qui était extraordinaire, songea-t-il en se remémorant les femmes avec lesquelles il était sorti au fil des ans. Pas une seule d'entre elles n'aurait abandonné la conversation pour lire un livre !

Comme elle fronçait les sourcils, concentrée, il remarqua une mèche de cheveux qui pendait sur son front. Sans pouvoir s'en empêcher, il se pencha et glissa un doigt dans la boucle folle qu'il fit passer derrière son oreille.

Elle leva les yeux, surprise. C'était un geste très intime, mais il ne la troubla guère.

— Merci, dit-elle en lui souriant, avant de reprendre sa lecture.

C'est ainsi que leurs journées se déroulaient, sereines et belles.

Quand Bryn partait tous les matins pour le Sydney Central, Alice et Kiara le saluaient de la main, comme si cela faisait partie d'une routine établie de longue date.

Il n'en revenait pas de la rapidité avec laquelle Alice

s'était habituée au refuge. Elle avait l'air très épanouie. Quant à Bunji, elle ne boitait presque plus maintenant, et son pelage avait repoussé. Elle suivait Alice comme son ombre.

Kiara, elle, était très occupée. Maureen arrivait généralement avant que Bryn parte travailler et vaquait aux tâches ménagères, ce qui permettait à la jeune femme de consacrer du temps à ses chiens.

Chaque matin, Bryn ressentait un léger pincement au cœur, et regrettait de ne pas passer la journée avec Alice et Kiara, ce qui était stupide. Sa vie, c'était la médecine, et sa carrière de chirurgien. À la fin des vacances, Alice commencerait à fréquenter sa nouvelle école, à Clovelly.

Avec l'aide de Rebecca, il avait engagé une gouvernante. Mme Connor semblait agréable, heureuse à l'idée de s'occuper d'Alice et de Bunji. « J'ai moi-même des chiens et je suis grand-mère, avait-elle déclaré lors de son entretien d'embauche. Mon mari est à la retraite et ma sœur vit avec nous, donc je n'aurai pas besoin de me précipiter si vous êtes coincé au travail. »

Son avenir commençait donc à être de nouveau sous contrôle, mais… il n'y avait pas de place pour Kiara dans la vie qui l'attendait. Avec un peu de chance, elle accepterait de rester en contact avec Alice, pensait-il, et c'était déjà beaucoup. Mais plus les jours passaient, plus il pensait que ce n'était pas suffisant. La relation entre cette femme et sa nièce n'avait pas de prix, et puis il y avait… ce qu'il ressentait pour elle. De plus en plus, l'idée qu'il se faisait d'une vraie famille – à laquelle il n'avait jamais songé jusqu'à présent – était associée à Kiara.

Ce soir-là, après avoir couché Alice, il se servit un verre de vin et s'installa sur le canapé. Sa jambe avait miraculeusement cessé de le faire souffrir et il se sentait… bien.

Assise sur le tapis, comme à son habitude, Kiara avait abandonné son livre. Elle semblait songeuse.

— À quoi penses-tu ? demanda-t-il.

Ils avaient adopté depuis peu le tutoiement, et tous deux se sentaient très à l'aise avec cela.

— À ma grand-mère… Elle ne m'a jamais traitée comme une enfant – ou alors, seulement quand elle se comportait comme une enfant elle-même. Tout ce que je sais sur le bonheur, je l'ai appris d'elle.

Il la regarda. Cette boucle folle était encore tombée sur son front, mais il n'osa pas la remettre en place.

— Et toi ? demanda-t-elle alors qu'il luttait contre l'envie de se rapprocher d'elle. Tu as eu deux sœurs, mais vous ne vous voyiez pas beaucoup, n'est-ce pas ?

— En effet, soupira-t-il.

— Comment ça se fait ?

— Mon père s'est marié plusieurs fois. Il aurait probablement continué s'il n'était pas mort d'une crise cardiaque quand j'avais dix-huit ans. En plus d'être un don Juan notoire, il était l'héritier d'une fortune considérable. Beatrice est née de son premier mariage. Thea, sa première femme, était liée à la royauté et ne plaisantait pas avec la fidélité conjugale. Elle a surpris papa avec une actrice américaine quand Béatrice avait deux ans, et elle a ramené sa fille en Angleterre. Papa a ensuite épousé son actrice et ensemble, ils sont devenus les parents de Skye. Je crois que tous deux ont eu des liaisons, mais ce mariage a pris fin pour de bon quand Skye avait cinq ans, et que papa s'est installé définitivement avec ma mère. Elle avait de l'argent et une vie mondaine assez riche, et leur relation a été très médiatisée. Comme les autres, ce mariage fut un désastre. Maman… adorait être sous les feux de la rampe. La vie domestique n'était pas son truc, et aujourd'hui encore je ne peux pas dire que je la connaisse vraiment. Elle s'est remariée quand j'avais trois ans, mais elle ne m'a pas emmené avec elle…

— Cela a dû être très difficile…

— Pas vraiment. J'étais bien traité, j'avais des domestiques, des nounous pour répondre à tous mes caprices…

Il avait essayé de parler avec légèreté, sans succès.

— Mais pas de grand-mère à qui se confier…

— J'ai une grand-mère quelque part. Du côté de ma mère. Elle ne m'a jamais montré le moindre intérêt, et vice versa. Je n'ai pas besoin de famille.

— Tout le monde a besoin d'une famille.

— Mais toi… tu t'en es bien sortie, non ?

— Grâce à grand-mère, oui, mais elle est partie il y a quatre ans. Aujourd'hui, je peux toujours compter sur ma meilleure amie, Hazel – c'est elle qui a sauvé Bunji –, et sur Maureen… Elle n'est là qu'à mi-temps, mais c'était la meilleure amie de ma grand-mère et elle ferait n'importe quoi pour moi. Et puis il y a les voisins, les gens du coin…

— Une communauté qui te manquerait si tu vendais.

Son visage s'assombrit.

— Oui, dit-elle brièvement. Mais l'Hôtel des Animaux était un rêve, et peut-être qu'il est temps d'arrêter de rêver. Peut-être que je créerai un autre refuge de ce genre à l'avenir, quand j'aurai économisé à nouveau. Dans un endroit un peu…

— Moins cher ?

— Je suppose qu'on peut trouver mieux qu'une vieille baraque rongée par les termites.

Elle jeta un coup d'œil à la pièce, soudain pensive.

— Mais je ne veux pas devancer l'appel. Ce que tu vas me verser me permettra de me maintenir à flot pendant un moment, et ce samedi… eh bien, Maureen et moi avons organisé un vide-maison.

— Un vide-maison ?

— Oui. C'est ton idée, rappelle-toi… J'ai relogé un chien il y a quelque temps chez une vieille dame charmante dont le fils dirige une chaîne de magasins d'antiquités. Je lui ai demandé de venir voir mes objets. Il a fait un premier tri et collé des pastilles sur tout ce qui, selon lui, se vendrait bien aux enchères ou dans l'un de ses magasins. Le reste sera proposé au vide-maison. Donna, la marchande de journaux locale, qui a adopté un de mes lévriers, s'est occupée des affiches, ainsi que de faire connaître l'événement sur les réseaux sociaux. Certains de mes clients viendront donner un coup de main. Ils tiendront des stands de gâteaux et de jeux. Maureen, Alice et moi sommes très enthousiastes !

Elle lui sourit.

— Grand-mère aurait aimé que ses bibelots permettent au refuge de vivre un peu plus longtemps.

— Kiara, laisse-moi t'aider, proposa-t-il soudain. Financièrement. Tu sais que l'argent n'est pas un problème pour moi. Je n'aime pas l'idée que tu vendes tes biens pour continuer à vivre. Je pourrais peut-être même devenir ton associé…

Un long silence s'ensuivit. Visiblement, elle considérait sa proposition sous tous les angles.

— C'est une offre intéressante et très généreuse, dit-elle enfin, et une part de moi a envie de l'accepter, mais… je ne pense pas pouvoir le faire.

— Je peux te demander pourquoi ?

Elle fronça les sourcils.

— Je suppose… Cela peut paraître absurde, et je devrais peut-être prendre le temps d'y réfléchir, mais j'aurais l'impression d'être achetée.

— Je ne t'achète pas !

— Non, mais il s'agit de ma vie. C'est difficile à expliquer. L'Hôtel des Animaux a été mon rêve, et celui de Hazel, et nous l'avons conçu à notre image.

— Je ne veux pas me mêler de ça.

— Non, dit-elle, dubitative. Mais… Laisse-moi te donner un exemple : Bunji. Elle est arrivée chez moi dans un sale état, elle m'a coûté une fortune, et la probabilité était forte qu'elle meure ou ne puisse pas être relogée. J'ai choisi de prendre ce risque en connaissance de cause et…

— Je n'interviendrais jamais dans tes affaires, sois-en assurée.

— Tu n'aurais pas à le faire. Tu serais juste… là. Je crois que mes réserves ont un rapport avec mon père. Quoi que j'aie voulu faire dans la vie, il avait le contrôle. Quand je me suis enfin libérée, j'ai éprouvé un sentiment merveilleux, et je ne veux plus jamais revenir en arrière.

— Je ne chercherai jamais à régenter ta vie. Tu ne me fais vraiment pas confiance ?

— Ce n'est pas une question de confiance, rétorqua-t-elle tristement. Je sais que ça n'a pas de sens, mais je dois faire les choses à ma façon. J'ai accepté avec gratitude ton salaire et la contribution de Beatrice, et cela m'a aidée. J'ai suivi ton idée de vendre certaines des possessions de ma grand-mère et cela me sera également très utile, mais sache que je place mon indépendance au-dessus de tout.

— Même de la survie du refuge ? répliqua-t-il, de la colère dans la voix.

Pourquoi était-il furieux ? se demanda-t-il. Parce qu'elle ne voulait pas qu'il l'aide ? Ou parce qu'elle lui laissait entendre qu'elle ne lui ferait pas de place dans sa vie à l'avenir ?

— Je te remercie mille fois pour ton offre, dit-elle, et je sais qu'il n'est pas raisonnable de la refuser. Pourtant, c'est ainsi…

Elle se leva, et il l'imita. Pendant un long moment, ils se jaugèrent, et il eut l'étrange impression qu'elle voyait en lui quelque chose qu'il ne comprenait peut-être pas lui-même. Soudain, elle fit un pas en avant, se hissa sur la pointe des pieds et l'embrassa.

— Merci encore, Bryn, et bonne nuit.

Elle venait de rejeter la proposition de Bryn de renflouer l'Hôtel des Animaux, songea-t-elle en s'éloignant, abasourdie. Pourquoi ?

À cause… de ce qu'elle ressentait pour lui ?

C'était fou et elle ne pouvait pas s'expliquer cette réaction. Mais alors qu'elle était allongée dans l'obscurité, cherchant vainement le sommeil, elle comprit que l'explication qu'elle avait donnée à Bryn n'était pas la bonne.

La vérité, c'était qu'elle était terrifiée à l'idée de perdre le contrôle, non seulement de son refuge, mais d'elle-même…

Il y avait sûrement un moyen d'arranger les choses, de conclure un partenariat financier où elle conserverait son entière liberté. Elle connaissait assez bien Bryn pour savoir qu'il ne lui imposerait rien, mais un problème demeurait : elle avait précisément envie de mieux le connaître. Lorsqu'il rentrait à la maison le soir et qu'il lui souriait, elle se sentait… comblée. L'affection dont il faisait preuve envers Alice la touchait, et elle se prenait parfois à espérer faire partie de sa vie, de leur vie, pour toujours…

C'était absurde, et cela devait cesser. Elle avait l'impression que son univers vacillait et ne savait pas à quoi se raccrocher.

Elle devait reprendre le contrôle de son existence. Continuer à voir Bryn, le savoir partie prenante dans la vie du refuge, même si ce n'était que financièrement, l'effrayait plus quelle n'aurait su le dire.

Oui, il fallait agir, car pour une raison obscure, laisser Bryn Dalton entrer dans sa vie était une perspective trop terrifiante pour qu'elle puisse l'envisager.

10.

Le samedi, jour prévu pour le vide-maison, était arrivé.

Il y avait eu une urgence au Sydney Central, la nuit précédente. Un anévrisme dont avait été victime une jeune maman. Bryn était rentré au refuge à l'aube, mentalement et physiquement épuisé. Il s'attendait à ce que la maison soit plongée dans l'obscurité, mais Kiara avait dû entendre sa voiture car elle était venue l'accueillir dans le hall.

— Comment ça va ? avait-elle simplement demandé.

Il avait esquissé un sourire las.

Il avait mal à la jambe, il était épuisé, mais au fond de lui, brillait une lueur d'espoir.

— On pense qu'elle va s'en sortir. Elle sera plongée dans un coma artificiel pendant quelques jours pour faire diminuer la pression intracrânienne, mais le pire est passé.

— Bravo.

Le temps d'un éclair, il avait cru qu'elle allait s'avancer et l'embrasser. Et il en avait très envie.

Mais aucun d'eux n'avait bougé.

— Si tu veux, il y a une portion de pâtes à réchauffer au micro-ondes. Ou des toasts et du thé, si tu préfères.

— Merci. Je vois que les tables sont installées dehors pour le vide-maison. Vous avez besoin d'aide ?

— Va dormir, nous nous occuperons du reste, avait-elle dit. Pendant qu'Alice et moi gagnons de l'argent, tu dois récupérer pour pouvoir continuer à sauver le monde. Bonne nuit…

Il l'avait prise au mot. Il n'avait pas réglé son réveil, et il était presque 9 heures quand il se réveilla. Il alla ouvrir ses rideaux, et vit la cour bondée. Une file de voitures s'étendait jusque sur la route…

Dix minutes plus tard, il était dehors, et Alice courait pour l'accueillir, Bunji à ses côtés.

— Bryn, viens voir, viens voir ! Kiara m'a donné mon propre stand et tout est vendu ! Sa grand-mère collectionnait depuis toujours des coquillages. J'ai vendu les gros pour deux dollars et les petits pour un dollar, et j'ai gagné cent trente-sept dollars ! Et Maureen a fait des cupcakes roses, mais elle était fatiguée, alors je l'ai aidée à les vendre aussi. Et Howard va vendre d'autres choses aux enchères. Il y a beaucoup de gens qui ont des chiens et qui connaissent Bunji, et il y a même un stand de biscuits pour chiens. Viens voir !

Il n'arrivait pas à y croire. Sa nièce s'était littéralement métamorphosée, et sa bonne humeur était contagieuse.

C'était un miracle. Le miracle de Kiara.

Kiara, en train de marchander avec un gentleman la vente d'une mangeoire ancienne, avait ouvert le hangar à l'arrière de la propriété pour exposer le matériel agricole de sa grand-mère. Chaque article était étiqueté.

— C'est une antiquité, disait-elle.

— Mais non ! répondit l'homme. Ce n'est qu'un bout de ferraille.

— Howard m'a dit qu'il s'agissait d'une pièce de collection et que vous étiez brocanteur, répliqua-t-elle. Il m'a donné un prix plancher. C'est à prendre ou à laisser.

Il prit, et Kiara empocha sa liasse de billets de banque avant de tourner vers Bryn et Alice un visage radieux.

— J'ai menti ! s'exclama-t-elle. Howard ne m'a pas donné de prix, il m'a juste dit de me méfier de ce type. Hourrah pour grand-mère !

Soudain, une voix retentit à travers la foule, indiquant

que la vente aux enchères de certains des biens les plus précieux était sur le point de commencer. Kiara ferma son hangar et se dirigea vers les jacarandas qui entouraient la cour.

Alors que Bryn assistait à la vente d'un landau en osier – sûrement trop vieux pour être utile à qui que ce soit – pour cent vingt dollars, quelqu'un lui donna un coup de coude. Il reconnut Donna, la marchande de journaux.

— Docteur ?

Occupé à regarder Kiara, tout sourires, se frayer un chemin dans la foule en tenant la main d'Alice et aller parler à Howard, il ne voulait pas être distrait.

— Docteur ?

Comme la voix se faisait plus pressante, il se retourna à contrecœur.

— Oui ?

— Docteur, c'est Maureen, dit Donna, très inquiète. Elle a dit qu'elle se sentait mal. Je l'ai fait s'asseoir dans la véranda. Elle prétend qu'elle a juste mal à la tête, mais je trouve que son élocution a changé. Elle n'a vraiment pas l'air bien…

Quand elle saisit son bras, il la suivit sans protester.

— Nous avons besoin de vous.

Il marcha aussi vite qu'il put jusqu'à la véranda. Comme il atteignait les marches, Kiara apparut à ses côtés.

Sans Alice ? Il jeta un coup d'œil en arrière et vit la fillette tendre un objet au commissaire-priseur, ravie de se voir confier une tâche aussi importante.

— Qu'est-ce qui ne va pas ? demanda-t-elle.

Maureen était affalée dans l'un des fauteuils en osier de la véranda. Elle était habillée comme à son habitude, d'une robe fleurie qui la faisait paraître beaucoup plus corpulente qu'elle ne l'était en réalité. En ce jour de fête, elle portait aussi un chapeau de soleil en paille, généreusement décoré de marguerites fraîches. Elle avait l'air… terrifié.

Bryn s'accroupit à côté d'elle et lui prit la main.

— Hé, Maureen. Donna dit que vous avez mal à la tête, c'est vrai ?

La vieille dame tenta sans succès de tourner la tête vers lui. Doucement, il soutint son cou, cherchant son regard.

Elle s'exprimait difficilement, au prix d'un effort considérable, et Bryn posa un diagnostic provisoire d'AVC. Un côté de son visage bougeait très peu, tandis que l'autre s'affaissait.

— Pouvez-vous lever les bras ? demanda-t-il.

Elle lui lança un regard impuissant.

— On va vous installer à l'intérieur.

Son pouls s'emballait. Insuffisance cardiaque ?

— Ne bougez pas, je vais vous porter…

En même temps qu'il parlait, il déboutonnait le haut de sa robe. Il devait l'allonger, et faire un examen complet, mais il ne pouvait pas le faire ici, où tout le monde pouvait les voir.

— Maureen, je pense que vous pourriez avoir une petite attaque, dit-il en la tenant dans ses bras. Rien de grave. Nous l'avons détectée rapidement et je m'occupe de vous. Vous n'avez pas subi d'opération ces derniers mois, n'est-ce pas ? Des accidents ?

Elle bougea lentement l'index.

— Avez-vous pris de l'aspirine pour votre mal de tête ? Ou à un moment quelconque au cours des derniers jours ?

De nouveau, elle répondit négativement.

— Depuis combien de temps avez-vous mal à la tête ?

Cette fois, Maureen leva les yeux au ciel. Soit elle ne comprenait pas, soit elle n'avait aucun moyen de répondre.

— Elle s'est plainte à Alice il y a presque une heure, dit Kiara, inquiète. C'est à ce moment qu'Alice a repris son stand de cupcakes. J'aurais dû…

— Tu ne pouvais pas savoir, dit-il avec un sourire rassurant. Je suis sûr que la dernière chose que Maureen veut, c'est que tu te fasses des reproches, n'est-ce pas, Maureen ? Nous allons l'aider. Donna, pouvez-vous aller chercher les clés de ma voiture dans la poche de ma veste, je vous prie ?

Il allongea Maureen sur le canapé, soutenant fermement son bras flasque. Il remarqua que sa jambe gauche était faible, elle aussi.

Il s'agissait bien d'un AVC, mais de quel type ? Un accident vasculaire cérébral ischémique, causé par un caillot de sang, nécessitait une intervention urgente, l'injection intraveineuse d'un activateur du plasminogène – l'altéplase – pour dissoudre le caillot avant qu'il provoque des lésions cérébrales graves et durables. Pour un résultat optimal, le traitement devait avoir lieu dans les trois heures, et combien de temps s'était écoulé depuis que Maureen avait commencé à présenter des symptômes ? Une heure ? Ou davantage ?

Mais ce diagnostic n'était pas certain à cent pour cent, et il ne pouvait pas encore administrer l'altéplase.

Une hémorragie pouvait provoquer des symptômes similaires à ceux d'un accident ischémique cérébral. Si c'était le cas, le traitement du caillot transformerait une urgence en désastre.

Il avait besoin de matériel médical de pointe pour établir son diagnostic, et il en avait besoin maintenant !

Tout en réfléchissant à toute allure, il s'adressa à Donna :

— Ma voiture est dans l'allée. Pouvez-vous prendre mon sac dans le coffre ? Il y a aussi un défibrillateur portable, clairement indiqué. Je doute que nous en ayons besoin, mais apportez-le quand même. Kiara, je veux que tu appelles les services d'urgence. Dis-leur que je soupçonne une attaque et que nous avons besoin d'une aide urgente. Une ambulance mobile de soins intensifs est absolument indispensable si le cœur de Maureen venait à lâcher sous la pression.

Maureen s'agita. Elle essayait de parler mais seul un côté de son visage était mobile. Il ajusta les coussins, la soutenant de façon qu'elle soit allongée sur le côté, la tête légèrement relevée. Pendant qu'il travaillait, Kiara s'accroupit devant elle et lui saisit les mains.

— C'est bon, Maureen. Tu es en sécurité. Si c'est une attaque, nous avons le meilleur médecin du monde avec nous, n'est-ce pas, docteur Dalton ?

Elle sourit à Maureen avec un tel amour, une telle assurance, que Bryn retint son souffle. Le sourire de Kiara suffisait à provoquer la guérison d'un patient !

— Bryn ? Ça va ? reprit Kiara d'un ton réprobateur, interrompant ses pensées.

Qu'est-ce qu'elle avait dit ? Le *meilleur médecin du monde* ?

— Oui, ça va, répondit-il machinalement.

Maureen avait besoin d'être rassurée. Elle avait besoin de croire qu'il savait ce qu'il faisait.

Il mit en place une perfusion, et demanda discrètement à Kiara de préparer le défibrillateur.

Les deux ambulanciers qui arrivèrent suite à l'appel de Kiara étaient jeunes et inexpérimentés. Le seul équipage d'urgentistes disponible avait été envoyé pour traiter une autre urgence. Bryn devrait donc accompagner Maureen, et il n'y avait de place pour personne d'autre dans l'ambulance.

Bryn savait que Kiara voulait suivre dans sa camionnette, mais hélas, c'était impossible. Dès qu'Alice avait compris que quelque chose n'allait pas, elle était accourue, affolée. Elle savait que des choses terribles arrivaient, et pour elle, c'était une catastrophe de plus. En découvrant Maureen, qui l'avait distraite et nourrie ces derniers jours, elle redevint l'enfant solitaire au visage blanc qu'elle était quelques semaines plus tôt.

— Bryn, je vais rester là, décréta Kiara, prenant conscience du désarroi d'Alice. Je vais téléphoner à la famille de Maureen, puis Alice et moi nous occuperons de tout ici. Mais prends soin d'elle pour moi, d'accord ?

Sa voix tremblait, mais tandis qu'on transportait Maureen dans l'ambulance, elle se ressaisit et se tourna vers Alice.

— Maureen va s'en sortir, tu verras, affirma-t-elle. Je ne doute pas que ton oncle la ramènera à la maison en un rien de temps. Je vais passer quelques coups de fil et ensuite nous retournerons dans la cour, pour voir combien d'argent les cupcakes de Maureen ont rapporté. Je te parie qu'elle voudra le savoir sitôt tirée d'affaire. Es-tu bonne en calcul ? Je suis nulle, mais à nous deux, on devrait y arriver !

Les portes de l'ambulance se refermèrent, et la dernière vision de Bryn fut celle de Kiara debout dans l'allée, entourée d'une foule de spectateurs inquiets – ses voisins et amis. Elle tenait la main d'Alice et Bunji était à ses côtés.

11.

Il était minuit passé quand Bryn franchit la porte d'entrée, après une journée difficile. Archie avait miraculeusement réussi à remplacer un des deux neurologues absents, ce qui était censé permettre à Bryn de prendre un samedi de congé, mais le nouveau médecin était jeune et inexpérimenté – et Bryn ne voulait pas confier Maureen à un collègue qu'il connaissait à peine.

Un premier scanner à l'hôpital le plus proche avait confirmé que l'attaque était ischémique. Il avait injecté de l'altéplase pour aider à dissoudre le caillot de sang. Une administration précoce aurait pu se révéler efficace, mais lorsqu'ils arrivèrent au Sydney Central – un hôpital universitaire où l'on excellait dans le traitement des accidents vasculaires cérébraux et qui disposait d'un matériel de pointe – un nouveau scanner montra que le caillot ne se dissolvait pas assez rapidement.

Cela signifiait qu'une intervention chirurgicale – extraction endovasculaire du caillot – était nécessaire, et que ses compétences devaient être mises à contribution.

Au moment où il quitta le bloc, Bryn était éreinté.

Pourquoi ?

L'opération exigeait une concentration extrême, et la vie de la patiente était en jeu. Mais il était habitué à la chirurgie de précision, s'était-il dit en se désinfectant les mains, et cela se passerait au mieux. Il n'était pas devenu chef du département de neurologie de l'un des meilleurs hôpitaux d'Australie pour rien.

En temps normal, et pour des questions de déontologie médicale, il n'aurait pas dû être autorisé à opérer Maureen, qu'il connaissait personnellement. Hélas, l'urgence et la gravité du cas ne lui avaient pas laissé le choix. Heureusement, il avait des nerfs à toute épreuve car pendant l'opération, il ne pouvait pas se permettre de considérer les patients dont il s'occupait comme… des personnes. Ils étaient certes des individus avant l'opération quand il les évaluait, les informait, les rassurait, et ils seraient des individus après leur réveil. Mais une fois sous anesthésie, ils devaient être de simples cas cliniques, des défis à relever.

Aujourd'hui, c'était différent. Il connaissait peu Maureen, mais les visages affolés de Kiara et d'Alice l'avaient marqué. Ils lui avaient fait comprendre – peut-être pour la première fois – pourquoi les chirurgiens se tenaient à l'écart lorsque leur propre famille ou leurs amis étaient pris en charge en tant que patients.

Il n'avait jamais pensé comme ça. Il n'avait jamais pensé qu'il aurait à faire une chose pareille mais aujourd'hui, s'il y avait eu quelqu'un d'aussi compétent que lui dans l'enceinte de l'hôpital, il se serait retiré.

Mais il tint bon. Il y eut des moments délicats durant lesquels le cœur de Maureen faiblit, mais son équipe était bonne et l'intervention suffisamment précoce pour pouvoir dire à la famille de Maureen, inquiète, qu'il espérait un rétablissement complet.

Sur le trajet de retour vers le refuge, sa jambe lui fit mal – ou plutôt, tout son corps. Pour une raison stupide, il ne pouvait empêcher ses mains de trembler sur le volant. Qu'est-ce qui n'allait pas chez lui ?

Enfin il s'arrêta dans l'allée, et Kiara sortit sur le perron pour l'accueillir. Quand il ouvrit la porte de la voiture, elle se jeta dans ses bras. Son visage était blotti contre sa poitrine et en la sentant trembler comme il tremblait lui-même, il pensa…

Maureen ? Était-il en train de s'inquiéter du sort d'une femme qu'il connaissait depuis à peine plus d'une semaine ?

Non. Il tremblait parce que Kiara l'aimait. Parce que jamais le résultat d'une opération ne lui avait semblé aussi important.

Il la serra contre lui, le menton enfoui dans son abondante chevelure. Oui, il était de retour… chez lui ?

C'était une pensée étrange, un flash parmi d'autres pensées sur lesquelles il ne pouvait pas s'attarder, trop occupé à étreindre Kiara…

Non. Au prix d'un énorme effort, il réussit à lui dire :

— Ne t'inquiète pas, Kiara, elle va s'en sortir. Tu as eu mon coup de fil ? Il y a toutes les chances qu'elle se rétablisse, avec l'aide de son mari et de ses filles. Elle est entourée de gens qui l'aiment, et vit dans un endroit merveilleux. Détends-toi.

Il la sentit se raidir, juste un peu. Mais son visage était toujours blotti contre sa poitrine où elle puisait le réconfort dont elle avait visiblement besoin.

— Maureen était la meilleure amie de ma grand-mère, dit-elle d'une voix étouffée. C'était une solitaire, mais Maureen s'occupait d'elle, elle était très souvent là, même après que je suis arrivée. Elle est mon amie, comme Hazel est mon amie.

Elle prit une profonde inspiration avant d'ajouter :

— Elle est pratiquement la seule famille que j'aie.

Pourquoi avait-il envie de la serrer plus fort encore contre lui ? Et pourquoi ces frissons, tout à coup ?

Il avait assez de bon sens pour comprendre qu'il devait

garder la tête froide. C'est alors que le souvenir d'une nounou qu'il avait connue jusqu'à ses sept ans s'imposa à lui…

Un jour, son père lui avait annoncé qu'ils allaient déménager, et que Gloria allait partir.

« Il y aura une nouvelle nounou pendant les vacances, et tu seras à l'internat la plupart du temps, de toute façon. Seuls les bébés pleurent pour ça. »

Pourquoi cela lui revenait-il précisément maintenant ? Pour lui rappeler qu'il devait s'accrocher, chercher en lui-même la force de tenir ?

— Entre…

Kiara s'essuya les yeux.

— Tu dois être épuisé. Maureen nous avait préparé une bonne soupe…

Elle se retourna et lui fit signe de la suivre.

— Elle serait contente de savoir que nous apprécions sa cuisine, alors mangeons-la avant d'aller nous coucher, d'accord ?

La maison était encore en désordre après la vente. Les cartons d'emballage, les meubles mis de côté pour pouvoir être déplacés facilement encombraient l'espace.

— Un grand rangement est prévu pour demain, dit Kiara d'un ton las en versant deux bols de soupe. Je vais manger avec toi, si cela ne te dérange pas. Alice a dîné avant de se coucher – elle était épuisée, et s'est endormie très vite. Mais je voulais attendre pour avoir des nouvelles.

Ils allèrent s'installer sur le canapé, devant la cheminée. Elle avait manifestement alimenté le feu pendant les longues heures d'attente, se réconfortant auprès des flammes.

— Bunji n'est pas avec toi ? demanda-t-il, étonné.

— Bunji est la chienne d'Alice, maintenant, dit-elle en esquissant un sourire fatigué. Et Alice a besoin d'elle. Elle a eu très peur pour Maureen, tu sais. En fin d'après-midi, nous avons compté notre recette, puis elle a emmené Bunji dans un coin tranquille du jardin et lui a tout raconté. Je les ai regardées quand tout le monde est parti et… ça m'a aidée. C'est merveilleux qu'Alice ait une amie fidèle à qui parler.

Il hocha la tête. Il avait perçu la note de tension dans sa voix.

— Et toi, vers qui te tournes-tu quand tu as besoin de parler ?

— Comme toi, je suppose, répondit-elle simplement. Nous avons appris à être indépendants.

— Parfois, l'indépendance, c'est difficile.

— Tu trouves ?

Elle n'attendait pas de réponse, et accepta son silence. Elle avait beaucoup de tact, songea-t-il, et devinait toujours les besoins d'autrui. Si Alice allait mieux, c'était grâce à Kiara. Et lui-même lui devait beaucoup… Oui, il était en difficulté quand Kiara était entrée dans sa vie, mais elle avait tout arrangé. Elle les avait invités chez elle afin qu'Alice se lie à Bunji, elle lui avait permis de reprendre son travail sans se sentir coupable, tout en encourageant sa relation naissante avec sa nièce. Elle avait trouvé un moyen pour qu'ils puissent tous aller de l'avant.

Mais elle, qui prenait soin d'elle ? se demanda-t-il en parcourant du regard le salon dépouillé. L'endroit semblait presque désert, maintenant. Presque tout avait été vendu. Ce qu'il lui avait versé, combiné à ce qu'elle avait gagné avec la vente d'aujourd'hui, lui permettrait sûrement de conserver le refuge encore un bon moment. Et même si ce n'était pas le cas, elle accepterait peut-être l'aide supplémentaire qu'il comptait lui proposer.

Mais l'idée de la savoir ici toute seule lui déplaisait…

Elle termina sa soupe et posa son bol, puis elle leva vers lui un regard curieux.

— Tu as fini ? demanda-t-elle. Tu vas te coucher ?

— Ça me paraît être une bonne idée, répondit-il, avant de se pencher pour effleurer sa joue du doigt. Tu as besoin de dormir, toi aussi.

— Je ne suis pas sûre d'y arriver.

Elle leva la main pour couvrir la sienne, et il y eut un long silence, pendant lequel le monde sembla retenir son souffle.

Puis il l'embrassa.

Elle l'avait déjà embrassé auparavant, mais ce baiser-là n'était pas un baiser de réconfort, ni un baiser amical.

Quand sa bouche rencontra la sienne, elle sentit une onde de chaleur courir dans tout son corps. Éperdue, elle s'abandonna à cette fougueuse étreinte…

Il n'y avait soudain plus qu'eux. Un homme et une femme unis par un désir fou.

Et peut-être même plus que ça.

C'était un baiser comme il n'en avait jamais connu. Un baiser qui ressemblait à une communion de leurs âmes, à une alchimie parfaite.

Elle frémissait entre ses bras, et il la sentit animée d'un désir pareil au sien. Elle était sa compagne, son amie… son amour ?

Le mot le terrifiait – il l'avait toujours terrifié – mais en ce moment, il n'en trouvait pas d'autre. Il y réfléchirait plus tard. Pour l'instant, il n'y avait que Kiara, que ce moment, que ce baiser…

Et quand ce baiser se termina, quand il réussit finalement à parler, il eut du mal à reconnaître sa voix, rendue rauque par le désir.

— Kiara… Je ne veux pas profiter de la situation mais…

Il n'avait pas le droit de dire ça, pas le droit de demander.

Elle le fixa, les yeux dans les siens, francs et sincères.

— Tu m'as demandé quelque chose ? murmura-t-elle, mi-tendre, mi-taquine.

Son beau sourire réapparut.

— C'est chez toi, ici, dit-il, un peu mal à l'aise.

Il ne voulait pas, ne pouvait pas insister, mais il la désirait tant !

— Alors c'est toi qui décides, acheva-t-il.

— Bryn, tu es mon client et j'ai assez d'expérience pour savoir que mêler affaires et plaisir est un désastre, mais tu pars bientôt et…

— Et ?

— Embrasse-moi…, chuchota-t-elle, en lui offrant ses lèvres.

Kiara ouvrit doucement les yeux, aveuglée par la lumière du jour. Puis elle se souvint…

La nuit dernière avait été extraordinaire. Elle était tombée dans les bras de Bryn, sous le coup de la fatigue, de l'émotion – à moins que ça n'ait été du soulagement ? Très vite, son désir l'avait emporté sur sa raison, et tout bon sens l'avait désertée. Elle l'avait pratiquement invité dans son lit, mais, quelles qu'en soient les conséquences, elle ne le regrettait pas.

Elle s'étira avec paresse. Quelles conséquences pourrait-il y avoir, au juste ? Aucune. Elle avait eu de brèves relations dans le passé, et hier soir, ils savaient tous les deux ce qu'ils faisaient. Leur étreinte avait été époustouflante. Ils avaient passé une nuit fabuleuse, en chassant de leurs esprits tout ce qui n'était pas leur désir…

Alors pourquoi se posait-elle tant de questions ?

Était-ce parce qu'elle s'était réveillée avec l'impression qu'elle pourrait rester là, au creux de son lit, lovée contre Bryn, pour le restant de ses jours ?

C'était fou. Il n'y avait eu aucun engagement de part et d'autre, et il ne devait pas y en avoir. Bryn allait bientôt partir. Il avait engagé une nouvelle gouvernante. Alice allait entrer à l'école de Clovelly et une nouvelle vie commencerait pour eux tous.

Avec l'argent qu'elle avait gagné, Kiara pouvait faire vivre le refuge encore un peu. Peut-être qu'il y aurait d'autres moyens de collecter des fonds. Cela faisait des années qu'elle vivait modestement et elle continuerait.

Par elle-même.

Non, se dit-elle fermement, elle ne serait pas seule. Elle aurait ses chiens. Elle aurait Maureen, dès que celle-ci aurait quitté l'hôpital. Elle aurait le soutien de Hazel, de ses voisins et amis…

Tout le monde, sauf Bryn.

Ce qui n'aurait pas d'importance car de toute façon, il ne l'aimait pas. Pourtant, elle avait des sentiments pour lui, elle en était certaine.

Que diable lui avait-il pris de tomber amoureuse d'un riche chirurgien, arrogant et égocentrique, qui ne faisait pas – et ne ferait jamais – partie de son monde ?

Tout à coup, il bougea et ses bras se resserrèrent autour d'elle. Elle se retourna face à lui, enroula les bras autour de son cou et l'embrassa pendant qu'il se réveillait, incapable de résister à sa peau chaude et douce. Quand il lui sourit, les yeux dans les siens, son corps magnifique répondant à ses caresses, elle sentit le désir l'enflammer à nouveau tout entière…

— Bonjour, mon amour, murmura-t-il en répondant avec fougue à son baiser.

Le dimanche, un groupe de voisins vint donner un coup de main à Kiara pour nettoyer le désordre occasionné par la vente de la veille. Pendant toute la matinée, la cour fut une véritable ruche. En plus de vouloir aider, chacun s'inquiétait de l'état de Maureen et voulait des nouvelles.

Sachant Kiara très entourée, Bryn décida de retourner au Sydney Central pour voir la vieille dame. Certes, son nouveau collègue était plus que capable de prendre en charge sa patiente, mais il avait besoin de se vider la tête.

Il devait réfléchir au plan qui avait mûri dans son esprit la nuit précédente.

Cette nuit avait changé sa vie, décida-t-il, et dissipé tous ses doutes concernant l'avenir qui s'annonçait plus que radieux.

Certes, il y avait des problèmes, mais ils les régleraient. L'Hôtel des Animaux était assez loin du centre de Sydney. Près d'une heure de route, c'était trop quand on travaillait six jours par semaine et qu'on devait se montrer disponible en cas d'urgence. Pourrait-il faire la navette ? Kiara envisagerait-elle de déménager dans un endroit plus proche de la ville ? Sa maison à Clovelly ne conviendrait pas, il l'admettait, mais ailleurs, peut-être…

Ensemble, ils trouveraient une solution. Si elle était d'accord…

Mais si elle refusait, que ferait-il ? se demanda-t-il, saisi d'une soudaine inquiétude.

Il irait de l'avant : il avait toujours eu pour projet de ramener Alice à Clovelly, de demander à sa nouvelle gouvernante de s'occuper d'elle en dehors des heures d'école, et de reprendre sa vie professionnelle là où il l'avait laissée.

L'idée de lier sa vie à celle de Kiara était beaucoup plus tentante, mais serait-elle intéressée ?

Il l'espérait car ce matin, quand il s'était réveillé avec la jeune femme dans ses bras, il s'était senti… merveilleusement bien, comme jamais auparavant. Il n'aurait pas cru qu'il fût possible d'être aussi heureux.

Tout à coup, il avait eu envie de passer le reste de sa vie avec elle.

Quelle idée stupide ! Son indépendance était tout pour lui. L'idée d'avoir besoin d'elle…

Non. Ce n'était pas raisonnable ! Pas possible.

— Tiens bon, se dit-il à voix haute. Si tu laisses tes

émotions prendre le dessus sur ta raison, elle sera la première à faire machine arrière. Vous connaissez tous les deux les règles du jeu, non ?

Bien résolu à s'en tenir à cette décision, il se gara dans le parking de l'hôpital, pressé de retrouver son univers familier.

C'était ce qu'il aimait : passer sa vie à essayer de réparer le chaos du monde, dans l'espoir de s'en protéger lui-même.

12.

Pour Kiara, le début de la semaine passa à la vitesse de l'éclair. Le lundi suivant, Alice irait à sa nouvelle école, et le samedi, Bryn ramènerait Alice et Bunji à Clovelly. La nouvelle gouvernante était déjà installée, et Bryn avait emmené Kiara et Alice pour la rencontrer. La fillette, qui n'avait pas quitté Kiara, n'avait pas prononcé un mot de toute l'entrevue, apparemment résignée.

« Je pourrai revenir ici de temps en temps ? » avait-elle demandé avec nostalgie à Kiara. Celle-ci l'avait serrée dans ses bras et lui avait dit que bien sûr elle serait toujours la bienvenue chez elle.

Aussi longtemps que l'Hôtel des Animaux existerait, du moins…

Même si le refuge fermait, elles resteraient en contact, pensa-t-elle. Elle connaissait Alice depuis peu, mais elle avait tissé avec elle des liens très forts, voyant dans la solitude de la fillette le reflet de sa propre enfance.

Quant à Bryn, elle se sentait également très proche de lui. Connectée. C'était comme si elle avait attendu cet homme toute sa vie, sans le savoir.

Lorsqu'il était rentré de l'hôpital, le lendemain de leur première nuit ensemble, elle s'était sentie timide, anxieuse. Elle ignorait la direction que prendrait leur relation, et ne savait pas comment se comporter avec lui.

Elle s'était rendu compte qu'elle avait peur pour Maureen, et appréhendait d'avoir de ses nouvelles.

Mais dès qu'il avait vu son regard effrayé, il l'avait prise dans ses bras et serrée contre lui.

« Elle est consciente, lui avait-il dit. Nous l'avions placée en coma artificiel pour lui permettre de guérir plus facilement – mais nous l'avons réveillée pendant que j'étais là. Elle a reconnu sa famille. Elle a même réussi à murmurer le nom de son mari, et à ce stade, il est plus que probable qu'il n'y aura pas de dommages à long terme. »

Quel soulagement ! Il l'avait tenue contre lui pendant qu'elle se calmait enfin, et tous deux avaient ouvert les bras à Alice, qui s'était approchée, pour un câlin réconfortant. Bunji tournoyait autour d'eux en jappant si furieusement qu'on aurait juré qu'elle était jalouse. Ils avaient fini par éclater de rire et Bryn s'était penché pour soulever la petite chienne…

Kiara se sentait désorientée depuis samedi. Oui, Bryn et Alice devaient partir, mais chaque nuit elle dormait dans les bras de Bryn, et plus la date de départ approchait, plus une grande question se posait.

Elle n'osait pas espérer, mais… comment cesser de rêver ?

Un soir, son amie Hazel l'appela.

— Comment ça va ?

Hazel avait été très occupée depuis la dernière fois que Kiara l'avait vue, et elle semblait presque étourdie. Son histoire avec son patron avait pris de l'ampleur, mais Kiara avait du mal à comprendre ce qui bouleversait son amie.

C'est tout juste si elle trouva les mots pour décrire ce qui se passait dans sa propre vie.

— Je pense… Je ne suis pas sûre…

Hazel était assez perspicace pour lire entre les lignes.

— Donc, entre toi et Bryn…

— Hazel, je ne sais pas, dit-elle avec franchise.

— Es-tu amoureuse de lui ?

— Je crois, oui.

Elle n'avait jamais pu mentir à Hazel. Et d'ailleurs, comment mentir sur un sujet pareil ?

— Et tu ne sais pas ce qu'il ressent, lui ?

— Quand il me prend dans ses bras, j'ai l'impression qu'il partage mes sentiments.

— Mais tu n'en es pas vraiment sûre, c'est ça ?

— C'est juste que… il a été célibataire pendant si longtemps ! Je sais qu'il se soucie de moi. Je pense… qu'il veut prendre soin de moi.

— Ça ressemble un peu à une relation à sens unique, non ?

— Je prendrai soin de lui, moi aussi.

— Arrête, on dirait que tu parles de tes chiens !

C'était une blague, bien sûr, et Hazel, qui aimait la provocation, avait parlé avec légèreté. Mais Kiara eut soudain une vision d'elle-même, prenant soin de Bunji. Était-ce ainsi que Bryn la voyait ? Comme une femme blessée, une femme à sauver ?

Quelle idée bizarre ! Ils étaient égaux, n'est-ce pas ? Un homme et une femme qui pouvaient choisir de devenir amis… ou amants.

Elle se rendit compte avec un léger pincement au cœur qu'elle s'était attachée à lui, et qu'elle attendait avec impatience son retour, chaque soir.

Il y eut un long silence, puis Hazel, qui lisait en elle comme dans un livre ouvert, dit doucement :

— Oh ! Kiara, ne le laisse pas te briser le cœur !

— Mais non, voyons…

Elle réussit tant bien que mal à changer de sujet, à inciter Hazel à parler un peu d'elle, puis elle coupa court à la conversation. Il fallait nettoyer le chenil et aller promener les chiens. Alice et Bunji l'attendaient près de la porte, impatientes d'aller jouer dehors.

Plus que trois jours avant samedi. Et ensuite ?

On verra bien ! Quoi qu'il arrive, elle l'accepterait.

Le vendredi, Bryn réussit à quitter son travail assez tôt. Il rentra au refuge et trouva Kiara et Alice en train de travailler dans le potager.

Bunji creusait aussi. Maintenant qu'elle était débarrassée de ses pansements, elle vivait sans contraintes sa vie de jeune chienne.

En contemplant ce tableau, Bryn se sentit soudain pris d'un désir de protéger cette femme et cette fillette, d'être toujours là pour elles, jour après jour. Que lui arrivait-il donc ?

Il sourit en découvrant les plants de tomates qui attendaient d'être mis en terre. Il y a trois semaines, Kiara se préparait à vendre cet endroit. Maintenant, elle regardait vers l'avenir.

« Si je fais attention, je pense que j'ai assez d'argent pour tenir pendant un an ! » avait-elle avancé fièrement la veille, et il n'avait pas pu s'empêcher de se réjouir à l'idée que, grâce à lui, cette période pourrait être indéfiniment prolongée.

Bunji aurait un foyer. Alice aurait auprès d'elle quelqu'un qui se souciait d'elle, qui la faisait rire, quelqu'un à serrer dans ses bras. Kiara, elle, pourrait recueillir autant d'animaux abandonnés qu'elle le voudrait.

Quant à lui, il pourrait continuer à faire le métier qu'il aimait. Il ne perdrait pas son indépendance, mais se sentirait aimé et soutenu. Au quotidien.

Alice, qui venait de remarquer sa présence, souleva une pelle de terre dans sa direction, puis gloussa quand son contenu se répandit sur ses pieds.

Kiara se redressa, et quand elle lui sourit, il songea que s'il pouvait voir ce sourire chaque jour pendant le reste de sa vie il serait un homme heureux.

Cette pensée le troubla. Le reste de sa vie ?

— Comment va Maureen ? demanda Alice, qui lui posait la question chaque fois qu'il rentrait à la maison.

Il s'avança vers la fillette.

— Elle va bien, répondit-il. Elle est encore un peu chancelante, mais elle devrait bientôt rentrer chez elle pour commencer sa convalescence.

— Mais je ne serai plus là, dit Alice. Je peux aller la voir ?

— Peut-être dans une semaine ou deux.

— Elle est très loin ?

— Elle est à Sydney, dans mon hôpital.

Il se tourna et désigna l'arrière de la maison, et la jungle des Blue Mountains australiennes.

— S'il n'y avait pas autant d'arbres, on pourrait presque le voir d'ici. Ce soir, regarde par ta fenêtre et tu verras les lumières de la ville, par-delà la vallée. Peut-être que Maureen sera à sa fenêtre, elle aussi, et regardera dans notre direction.

— C'est une bonne idée, dit Alice d'une petite voix.

Kiara se pencha pour la serrer dans ses bras.

— Tu la reverras. Je te le promets.

Une fois de plus, Bryn fut surpris par la facilité avec laquelle Kiara avait réussi à apaiser les craintes de la fillette. Elle était décidément étonnante, et il aurait bien aimé être auprès d'elle… pour toujours ?

Et puis, de nouveau, cette peur viscérale s'empara de lui. L'idée de passer sa vie avec une autre personne lui paraissait folle, et il avait l'impression qu'un gouffre allait s'ouvrir sous ses pieds. Il glissa la main dans sa poche et toucha le petit écrin qu'il y avait caché, comme pour se convaincre que tout cela était bien réel. Oui, ce petit diamant devait prouver à Kiara qu'il était sérieux, et en effet, son plan était tout à fait réfléchi, tout à fait… raisonnable.

Ce n'était pas le moment d'avoir des scrupules, songea-t-il. Il était engagé avec Alice, de toute façon. Il était… coincé.

Ce n'était pas vraiment le genre de pensée qu'on attendait de la part d'un homme sur le point de demander une femme en mariage, pensa-t-il avec ironie, mais qu'importe ! Cette femme qui serrait sa nièce dans ses bras, qui lui souriait, cette femme avec de la terre sur le nez et des chiens sur les talons, était merveilleuse.

Elle était forte. Indépendante. Parfaite.

— J'ai commandé le dîner ! lança-t-il à Kiara et Alice, qui avaient terminé leur jardinage et s'apprêtaient à rentrer dans la maison.

Il avait pensé inviter Kiara au restaurant, hélas trouver quelqu'un pour s'occuper d'Alice à la dernière minute était compliqué. Maureen aurait été ravie de passer la soirée avec la fillette, mais comme elle était toujours à l'hôpital, le dîner romantique qu'il avait prévu devrait avoir lieu à la maison.

La maison… Cette idée le troublait encore. Il savait que Kiara aimait cet endroit, qui n'était pourtant pas idéal. Pourrait-il la convaincre de déménager ? S'ils trouvaient un terrain plus près de la ville, il pourrait parler à l'architecte qui avait conçu sa maison. Lui demander d'imaginer quelque chose d'un peu plus moderne. Elle voudrait garder ses chiens, bien sûr, et l'endroit devrait être assez isolé pour ne pas déranger les voisins. Par chance, l'argent pourrait résoudre la plupart des problèmes…

Kiara lui adressa un sourire rayonnant.

— Un dîner sur commande ? Ça doit coûter très cher de se faire livrer ici, mais si tu en as envie… Je prendrai un long bain au lieu de cuisiner. Heureusement que tu rentres chez toi demain, car je pourrais facilement prendre goût à ce luxe ! Alice, tu veux aller dans la salle de bains la première, ou c'est moi ? On joue à pile ou face ?

La fillette baissa la tête et dit d'une voix presque inaudible :

— Je ne veux pas rentrer à la maison.

— Ah oui ? Figure-toi que j'ai eu une idée à ce sujet, répondit Kiara d'un ton vif. Une fois que tu seras à l'école, tu pourrais venir travailler ici le week-end. Et si, tous les samedis, toi et Bunji veniez m'aider à prendre soin des chiens ? Je pourrais venir vous chercher si ton oncle ne peut pas vous amener. Aussi longtemps que le refuge restera ouvert, et même après, tu seras toujours mon amie, tu sais.

— Oui. Mais tu vas quand même me manquer.

— Toi aussi, tu me manqueras, dit Kiara, les larmes aux yeux. Mais allons plutôt prendre un bain moussant, au lieu de penser à ça !

Il avait tout commandé pour le dîner, et c'était délicieux. De la nourriture thaïlandaise. Des rouleaux de printemps bien croustillants, des minuscules brochettes de viande avec une sauce pimentée. Puis un assortiment de plats sucrés salés tous plus délicieux les uns que les autres, dont ils se régalèrent un peu plus que de raison. Même Alice, qui il y a quelque temps encore touchait à peine à son assiette, dévora ses brochettes avec un plaisir évident. En quelques semaines, elle avait changé de façon spectaculaire.

Une fois le repas terminé, Alice, épuisée par le jardinage, les embrassa tous les deux pour leur souhaiter bonne nuit – ce qui était également nouveau. Elle était encore un peu triste à l'idée de partir le lendemain, mais elle semblait résignée.

Une fois installé sur le tapis, devant la cheminée, avec une bouteille de champagne entre Kiara et lui, Bryn songea que le moment était venu. Dans sa poche se trouvait un écrin de velours renfermant un solitaire, et il s'apprêtait à sauter le pas.

Oui, c'était maintenant ou jamais.

— Kiara…

Il s'interrompit aussitôt. Comment dire ce genre de chose ? En son temps, il avait entendu parler de demandes en mariage farfelues – des bannières qui tombaient d'un avion, des balades romantiques en ballon, des déclarations pendant un concert de rock, devant une foule en délire…

La formule qu'il avait choisie était très bien aussi, se dit-il pour se rassurer. Kiara était dans son élément, son espace. Cela ne l'empêchait pas d'avoir envie de faire machine arrière.

Arrête avec tes scrupules, et prends une gorgée de champagne pour te donner du courage.

Il se racla la gorge et fit une nouvelle tentative.

— Kiara… J'aimerais… Je pense que ça pourrait marcher entre nous si tu m'épousais.

Voilà. C'était fait. Pas très romantique, mais qu'importe ! Il s'agissait avant tout d'une union de raison, non ? Dans ce cas, pourquoi la tension était-elle presque palpable ?

Le feu crépitait dans la cheminée, la lumière jouait sur leurs visages… Peut-être aurait-il dû choisir un moment plus solennel ?

Kiara le regarda avec étonnement. Puis, très prudemment, elle posa leurs coupes de champagne sur la table basse, hors de portée.

— Nous avons passé notre première nuit ensemble il y a moins d'une semaine et tu penses qu'on devrait se marier ?

Elle avait parlé lentement, comme si elle ne voulait pas le contrarier.

— Je suis sérieux, Kiara.

— Ce n'est pas possible.

— Je crois que si.

— Pourquoi ?

— Parce que c'est raisonnable.

— Raisonnable ?

— Oui.

Il y eut un long silence tandis qu'elle semblait lutter pour mettre de l'ordre dans ses pensées. Puis, enfin, elle reprit la parole.

— Bryn, ça a été une semaine géniale. J'ai apprécié ta

compagnie, ton aide. J'aime la façon dont tu commences à t'investir avec Alice, à l'aimer, et j'admire tes efforts pour remettre ta vie sur les rails. Notre première nuit a été… magique. Comme les suivantes. Mais tu sais, je ne crois pas que cela soit suffisant pour se marier.

— Je suis persuadé du contraire, répliqua-t-il, saisi d'un étrange sentiment.

— Eh bien, pas moi.

— Vraiment ?

Il n'avait pas anticipé cette réaction, pas plus que le regard de détresse qu'elle lui lança.

— Bryn, je suis désolée, mais je vais être obligée de refuser.

— Mais pourquoi ? demanda-t-il, désarçonné.

Ça ne se passait pas comme prévu. Il fallait qu'il lui explique.

— Kiara, écoute-moi. Nous avons tous les deux des problèmes. Tu es à court d'argent et tu es seule.

— Pas du tout. J'ai des amis…

— Tu es entourée, oui, et tu as Hazel et Maureen. Mais d'après ce que tu m'as dit, Hazel est prise par ses propres préoccupations. Maureen est âgée et elle ne sera pas là éternellement. Tu es trop occupée pour rencontrer quelqu'un. Tu vas rester…

— Une vieille fille, qui vit avec ses chiens ?

Elle réussit à esquisser un sourire.

— Ça ressemble à une menace.

— Ce n'est pas le but, crois-moi. Je sais que tu te débrouilleras très bien toute seule, comme Alice et moi, mais ne serait-il pas mieux pour nous trois de rester ensemble ?

Elle le regarda dans les yeux, comme si elle essayait de deviner ses pensées.

— Ce que tu proposes ressemble à un arrangement de colocation. Pourquoi parles-tu de mariage, dans ce cas ?

— C'est raisonnable.

— Le mariage n'est pas censé être un acte… raisonnable !

— Pourtant, ça devrait l'être, répondit-il. Pour mes parents – et les tiens aussi, d'ailleurs – ne pas être raisonnable était synonyme de désastre. Les décisions prises sous le coup de l'émotion et de l'impulsivité sont rarement bonnes.

— Donc tu… n'es pas amoureux de moi ? demanda-t-elle d'une voix vacillante.

Tout à coup, il eut envie de la prendre dans ses bras pour revivre avec elle la magie de leur première nuit. Il voulait voir son visage enfoui dans son cou, lui murmurer des mots d'amour… Qu'est-ce qui le retenait ?

Il ressentait pour elle ce qu'il n'avait jamais ressenti pour une autre femme, mais sa vie était toujours là, et il chérissait plus que jamais son indépendance, sa liberté. S'il se laissait aller, s'il laissait ses émotions l'emporter, alors il serait vulnérable.

— Kiara, nous sommes très attachés l'un à l'autre…

— Attachés ? répéta-t-elle avec ironie.

— Le mot est mal choisi, je le concède. Je ressens pour toi plus que de l'affection. Je te désire, Kiara…

— Dans ton lit, mais pas dans ta vie, souligna-t-elle. Ta vie, c'est la médecine, c'est ton travail.

— Et ta vie à toi, c'est ce refuge. Où est le problème ? On peut tout concilier, tu ne crois pas ?

— Et Alice, qui s'occupera d'elle, si chacun passe son temps à travailler ?

— Il y a Maureen, dit Bryn, un peu pris de court. De plus, nous aurions une gouvernante. Nous pourrions aussi engager une nounou si tu penses qu'Alice en a besoin.

Il ne comprenait pas ce qu'elle voulait.

— Dis-moi, Bryn, si tu n'avais pas Alice, tu voudrais de moi ? lança-t-elle sans préambule.

— Kiara…

— On dirait que tu veux m'épouser parce que je coche

un certain nombre de cases. J'ai l'impression de remplir un formulaire médical !

— Inutile d'être agressive.

Elle le regarda d'un air triste.

— C'est vrai. Désolée, Bryn, mais je suis obligée de décliner ton offre, même si elle est très généreuse…

— C'est tout ce que tu as à dire ?

— Non, Bryn, dit-elle. J'ai un problème. Je suis amoureuse.

— Alors…

— Alors, rien. J'aime Bunji, j'aime Alice, et je t'aime, toi. Et toi… tu fais ce que tu crois nécessaire pour nous rendre tous heureux. C'est ce que tu ferais si nous étions mariés, n'est-ce pas ?

— Et ça ne te suffirait pas, c'est ça ?

— Non, rétorqua-t-elle. Je sais que je finirais par avoir le cœur brisé.

— Pourquoi ?

— Je sais que tu ne comprends pas, et ça ne vaut pas la peine que j'essaie de t'expliquer. Alors demain, ramène Alice à la maison et fais de ton mieux pour lui donner tout l'amour que tu es prêt à donner, d'accord ?

— Kiara, je ne sais pas comment l'aimer plus que je ne l'aime déjà.

— Tu ne veux pas d'elle ?

— Je ne sais pas, avoua-t-il. S'il y avait un autre moyen…

— Eh bien, tu ferais mieux de te décider, lança-t-elle. Alice est une enfant formidable. Je la garderais bien moi-même, mais c'est impossible. Donc c'est à toi de jouer, et elle mérite le meilleur.

— Je le sais, mais je ne peux pas…

— Il te suffira d'ouvrir ton cœur et de te faire confiance, Bryn.

— Et toi ? Ne veux-tu pas essayer de me faire confiance ?

Soudain, elle sentit une grande lassitude l'envahir, mêlée de tristesse. Mieux valait couper court à cette conversation, avant que le malentendu s'installe pour de bon. Elle avait besoin d'être seule pour mettre de l'ordre dans ses pensées.

— Désolée, Bryn, je crois qu'il vaut mieux que nous en restions là pour aujourd'hui. À demain…

Puis, sans attendre sa réponse, elle sortit et referma la porte derrière elle.

Alice s'était couchée, mais elle ne dormait pas, préoccupée par l'idée que le lendemain elle devrait partir. Quitter cet endroit qu'elle adorait, quitter Kiara. Allongée dans le noir, les yeux au plafond, elle entendit Bunji s'agiter, à ses pieds, et se souvint qu'elle avait oublié son écuelle d'eau.

Bunji était censée boire au rez-de-chaussée – c'était la règle – mais sa patte était douloureuse, alors Alice décida de descendre chercher de l'eau dans la salle de bains. Dans l'escalier, elle entendit des voix en provenance du salon.

— Tu ne veux pas d'elle ? disait Kiara.

— Je ne sais pas. S'il y avait un autre moyen…

À ces mots, Alice se figea.

Malgré les difficultés qu'ils avaient rencontrées, ces derniers mois, elle n'avait jamais douté de l'affection de son oncle. N'avait-il pas risqué sa vie pour la sauver ?

Ne voulait-il pas qu'elle reste avec lui, où qu'il soit, pour toujours ?

Elle sentit un froid glacial envahir tout son corps. Bunji, qui ne la quittait pas d'une semelle, frotta sa tête toute douce contre son genou. Elle prit sa chienne dans les bras, au comble du désespoir. Si Bryn ne voulait pas d'elle, que ferait-il d'elle ? L'enverrait-il dans cette école inconnue dont il lui avait parlé ? Mais elle devrait toujours rester chez lui le soir et le week-end. Le pensionnat, alors ?

De nouveau, elle entendit les voix, dans le salon.

Kiara ne pouvait pas la garder.

Elle pensa soudain à l'une des dernières fois où elle

avait vu Maureen. Elles avaient fait des petits gâteaux pour le vide-maison.

— C'est magnifique, avait dit Maureen à propos des créations colorées d'Alice, avant de la serrer dans ses bras. Si tu étais ma petite-fille, je te prendrais chez moi sans hésiter.

— Vraiment ?

— Vraiment. Mes filles ont quitté la maison, et j'ai toujours voulu une petite-fille comme toi.

Maureen.

Plus elle y pensait, plus elle se disait que c'était une bonne idée. Kiara ne pouvait pas la garder. Son oncle ne voulait pas d'elle. Maureen, si.

Mais où était Maureen ? Bryn avait dit qu'elle était à l'hôpital de Sydney. L'hôpital où il travaillait.

Elle se faufila jusqu'à la salle de bains. En équilibre sur la baignoire, elle contempla la vallée, les montagnes éclairées par la lune, le bush et la grande lueur au loin qu'était Sydney.

Elle connaissait les hôpitaux – Skye y avait été admise pour overdose plusieurs fois dans la courte vie d'Alice. Il était assez facile de s'y retrouver. Il suffisait d'aller à la réception, de dire que vous vouliez voir votre mère, et quelqu'un apparaissait et vous emmenait dans sa chambre. Ou alors, on vous expliquait très gentiment pourquoi cela n'était pas possible.

Maureen serait d'accord pour recevoir sa visite, elle en était certaine.

Tout ce qu'elle avait à faire était de se diriger vers les lumières, de chercher l'hôpital – tout le monde devait savoir où il se trouvait – et, une fois sur place, de demander à voir Maureen.

Elle dirait que c'était sa grand-mère, décida-t-elle, et l'idée lui plut. Elle adorerait avoir une grand-mère comme

Maureen. Celle-ci l'embrasserait à nouveau et elle la ramènerait chez elle parce qu'elle voulait vraiment d'elle.

Malgré sa gorge serrée, elle décida de ne pas pleurer. Elle avait un plan, désormais.

Elle devait emporter un peu de nourriture, car la route vers les lumières semblait longue. Et elle prendrait aussi Bunji. Bunji était son amie, et elle ne serait pas si seule si la chienne l'accompagnait. Il faudrait du courage, mais avec Bunji, rien ne lui paraissait impossible.

Et si ça marchait, elle n'aurait plus jamais besoin d'ennuyer Kiara ou Bryn.

Pourquoi s'était-elle couchée, sachant qu'elle ne pourrait pas trouver le sommeil ? Allongée dans son lit, Kiara fixait le plafond en essayant de comprendre pourquoi elle avait repoussé… une offre trop belle pour être refusée ?

Car dans la noirceur de la nuit, sans le corps de Bryn pour la réchauffer, elle commençait à regretter son choix.

13.

Kiara nettoyait le chenil quand Bryn vint la trouver, le lendemain matin. Non que les box aient besoin d'être nettoyés, mais elle devait faire quelque chose. Elle était debout depuis l'aube et il n'y avait qu'auprès de ses chiens qu'elle pouvait trouver un peu de réconfort.

Aujourd'hui, Bryn et Alice allaient partir. Avec le chèque qu'elle recevrait, elle pourrait rouvrir les box vides. Et engager quelqu'un pour l'aider jusqu'à ce que Maureen soit assez en forme pour revenir. Elle pourrait aller de l'avant.

Elle avait fait du bon travail ces dernières semaines, en réunissant une chienne malheureuse et une enfant en deuil. Elle aurait dû se réjouir.

Au lieu de cela, elle frottait pour évacuer sa frustration, ne s'arrêtant que pour chasser une mèche de cheveux tombée sur son front.

Tout à coup, la porte du chenil s'ouvrit, et la première chose qu'elle vit fut les chaussures impeccablement cirées de Bryn. Elle se redressa pour lui faire face.

— Le désinfectant me pique les yeux, dit-elle en essuyant ses larmes.

Il y eut un silence, puis elle demanda :

— As-tu fait tes bagages ? Où est Alice ?

Il eut l'air surpris.

— Je pensais qu'elle était ici, avec toi.

— Je ne l'ai pas vue, affirma-t-elle en fronçant les sourcils.

Depuis quelques jours, la petite fille bondissait hors du lit dès qu'elle entendait du bruit dans la maison. Ce matin, Kiara avait supposé qu'elle était avec Bryn.

— Peut-être qu'elle savoure ses derniers instants dans le grenier ?

Mais elle perçut le malaise sur le visage de Bryn en même temps qu'elle le ressentait elle-même. Sans mot dire, ils se dirigèrent tous deux vers la maison, et montèrent droit au grenier.

Kiara frappa à la porte.

— Alice ?

Pas de réponse.

Son cœur manqua un battement. Elle était peut-être dans le jardin, se dit-elle, en train de nourrir les poules une dernière fois ? Mais elle l'aurait sûrement vue, si elle était sortie…

Elle frappa de nouveau, puis entra.

Pas d'Alice. Pas de Bunji. Juste un lit, soigneusement fait, et une feuille posée dessus.

Chère Kiara,

Je t'ai entendue parler avec Bryn la nuit dernière. Je sais que tu ne peux pas me garder, et que Bryn ne veut pas de moi, mais Maureen, si. Elle me le dit tout le temps.

Elle dit que je suis comme sa petite-fille et qu'elle aimerait pouvoir m'emmener chez elle. J'aime quand elle me serre dans ses bras, qu'elle me jure que tout ira bien. Bryn dit qu'elle va mieux, alors je vais aller la trouver et lui demander. Si elle dit non, je devrai rester avec Bryn, mais Bunji et moi, on veut essayer.

Bryn dit que c'est juste de l'autre côté des montagnes. J'ai vu les lumières, la nuit dernière. On part maintenant, très tôt, pour que je puisse voir clair et trouver le chemin.

J'ai fait deux sandwichs à la confiture pour Bunji et moi. J'ai pris une pomme et j'ai emprunté ta torche jaune. J'espère que ça ne te dérange pas. Nous serons peut-être absentes toute la journée mais ne t'inquiète pas.

Alice

Bryn se tenait dans l'embrasure de la porte. Elle lui tendit la note puis se dirigea vers la fenêtre qui donnait sur les montagnes.

Alice avait sans doute pu voir Sydney la nuit dernière. C'était une ville si vaste que ses lumières étaient visibles à des kilomètres et des kilomètres à la ronde.

Mais entre le refuge et ces lumières se dressait une chaîne de montagnes si sauvages qu'il avait fallu des années avant que les premiers colons trouvent le courage et l'endurance suffisants pour la traverser. Les Blue Mountains étaient constituées de brousse impénétrable, de pics, de gouffres, de ravins, de terres si accidentées qu'elles n'avaient jamais été et ne pourraient jamais être construites.

Si Alice était partie avant l'aube... Mon Dieu, cela faisait au moins trois heures ! Peut-être plus. Elle avait dû marcher dans le noir...

Elle se retourna et vit Bryn qui fixait la note. Son visage était aussi pâle que le sien.

— Bon sang ! gémit-il, elle a entendu ce que j'ai dit. Kiara, elle croit que je ne veux pas d'elle !

Il y eut un moment de silence pendant qu'ils se repassaient leur conversation de la veille, et elle vit Bryn pâlir encore plus.

— Nous allons la retrouver.

Elle posa la main sur son épaule.

— Je vais y aller. Il y a un sentier, derrière la maison...

— Elle est sans doute partie par là, approuva-t-elle. Mais le sentier s'arrête abruptement au bord du ravin, après la plate-forme d'observation construite par grand-mère.

— Alors c'est par là que je vais commencer. Elle s'est peut-être arrêtée là.

— Si c'était le cas, elle serait déjà rentrée.

— J'ai mon téléphone. Si je la trouve, j'appellerai, mais peux-tu prévenir les secours ? demanda-t-il en se dirigeant vers la porte.

— Bryn, dit-elle d'une voix ferme, connais-tu ces montagnes ?

— Non, mais…

— Et ta jambe est-elle assez forte pour grimper ?

Il y eut un silence ; Bryn réfléchissait. Sa jambe était en train de guérir. Chaque jour, elle devenait plus forte, mais il boitait toujours un peu. Pourtant…

— Kiara, il faut que j'y aille…

Il gémit et, mue par un irrépressible élan, elle l'étreignit de nouveau, s'accrochant presque à lui.

— Ce sera difficile, dit-elle en refoulant sa propre crainte. Bryn, tu as déjà risqué ta vie pour Alice, mais aujourd'hui ce n'est pas une situation de vie ou de mort. Bien sûr, la forêt est dense, mais il fait jour et elle a Bunji.

— Alors je la trouverai…

— Écoute, Bryn, dit-elle avec toute l'autorité dont elle était capable, nous aurons de l'aide dans quelques minutes. Les premiers à intervenir seront les pompiers locaux. Ils connaissent ces montagnes comme leur poche – ils passent une moitié de leur temps à combattre les incendies, et l'autre à chercher des randonneurs perdus. Je vais les accompagner car cette région est mon fief. Grand-mère m'a tout appris sur son pays. Je connais tous les sentiers d'animaux, toutes les pistes dans un rayon de cinq kilomètres. Si on ne trouve pas Alice d'ici une heure, on enverra des équipes de secours, des hélicoptères… Mais tu dois rester ici.

— Je ne peux pas.

— Il le faut. Il y a de fortes chances pour qu'elle change d'avis, et qu'elle revienne. Tu dois être là.

— Je ne peux pas supporter…

— Nous la retrouverons, promit-elle.

— Je l'aime, gémit-il, impuissant.

Et à ce moment-là, elle l'attira à elle et lui donna un long baiser passionné.

La suite fut un véritable cauchemar.

Comme Kiara l'avait promis, les pompiers arrivèrent en quelques minutes. Des hommes et des femmes vêtus de tenues fluorescentes et de solides bottes, et équipés de radios bidirectionnelles, de cordes, de fournitures médicales, de boussoles, de cartes…

Kiara avait raison – ils connaissaient parfaitement la région, et en quelques minutes, les recherches furent organisées. Le capitaine, qui avait tout de suite remarqué que Bryn boitait, lui tendit un émetteur-récepteur radio.

— Si vous vous chargiez de la communication, je pourrais envoyer tous les membres de mon équipe sur le terrain, expliqua-t-il. Je vais vous montrer comment ça fonctionne… Ne vous inquiétez pas, nous allons la retrouver en un rien de temps !

Trois heures plus tard, la police était venue prêter main-forte aux pompiers qui suivaient à la trace tous les enfants et les chiens aperçus entre le refuge et l'hôpital. Une équipe inspectait les environs directs de la maison, d'autres les ravins alentour. Dès que la nouvelle de la disparition de la fillette s'était répandue, des groupes de randonneurs et d'habitants avaient abandonné leurs activités pour organiser une battue, tandis que deux hélicoptères survolaient la zone.

Était-ce si difficile de retrouver un enfant et un chien ?

Installé dans la cuisine avec son appareil radio, Bryn était fou d'inquiétude, et plus la journée avançait, plus son angoisse grandissait. Il essaya d'appeler Kiara, sans succès, car il n'y avait pas de réseau au fond des ravins. Si elle avait besoin de le contacter, elle utiliserait la radio, se dit-il pour se rassurer.

Hélas, l'appareil resta muet. La fin de la journée s'écoula dans une sorte de torpeur et à la tombée de la nuit, une voisine, Donna, vint lui apporter quelque chose à manger.

Finalement, quelqu'un lui tendit une radio.

— C'est Mlle Brail, monsieur. Elle voudrait vous parler.

— Kiara…

— Bryn, dit-elle d'une voix tremblante, il n'y a rien de nouveau. Je suis au fond du deuxième ravin. Les experts pensent que, compte tenu du temps dont Alice a disposé, elle pourrait être arrivée jusqu'ici. Nous avons du matériel de camping et des provisions, alors nous allons passer la nuit ici. Nous pensons qu'elle et Bunji se sont probablement réfugiées derrière un buisson ou un tas de rondins pour se protéger du vent. Il y a de la brise et elle doit avoir un peu froid. Dieu merci, il ne pleut pas. Nous reprendrons les recherches dès l'aube. On va la trouver.

— Mais… cette nuit…

— Elle a Bunji avec elle, et c'est une enfant raisonnable. Nous la trouverons.

— Kiara…

— Essaie de dormir un peu, Bryn.

— Comme si c'était possible !

— Je sais. Bryn…

— Kiara…

— Je t'aime.

Et elle coupa la communication.

Comment dormir après ça ? Sans même prendre la peine de se déshabiller, Bryn s'allongea dans le noir et fixa le plafond.

Quelque part, il y avait une petite fille perdue. Une enfant qui avait besoin de lui, qui dépendait de lui.

Quelque part, il y avait Kiara.
Une femme qui l'aimait.
Et il était seul, impuissant…

Aux petites heures de l'aube, alors que retentissaient les premiers cris des loriquets et les rires rauques des kookaburras, Bryn eut une révélation qui le terrassa : s'il perdait Alice ou Kiara, il perdrait une partie de lui-même.

Elles faisaient partie de lui. Comment pourrait-il exister sans elles ? Il ferait n'importe quoi pour qu'ils soient tous les trois en sécurité, heureux… chez eux.

C'était ça, l'amour ?

Et alors que le soleil se levait lentement sur les montagnes, il comprit qu'il était dans le vrai.

C'est à midi que la fillette et la chienne furent retrouvées.

Bryn était assis sur les marches de la véranda, le regard dans le vide, quand il entendit grésiller le récepteur radio, que l'on avait confié à quelqu'un de moins… impliqué affectivement.

— Et ils sont tous les deux sains et saufs ? demanda le policier. Eh bien, c'est une super nouvelle, bravo, les gars, et merci ! Je vais prévenir le père…

Le père… Avec les étrangers qui allaient et venaient, les présentations avaient été brèves, et tout le monde l'avait pris pour le père d'Alice.

Le policier s'approcha de lui et posa la main sur son épaule.

— Ils sont en sécurité. Votre femme était dans l'équipe qui les a trouvés. Ils s'étaient réfugiés dans une sorte de grotte. Il semble que la petite ait eu la bonne idée de se mettre à l'abri en comprenant qu'elle était perdue. Elle est un peu égratignée, elle a faim, soif et froid, mais les gars m'ont dit de vous dire que votre femme pleurait de soulagement et ne voulait plus lâcher la fillette.

Soudain, une clameur s'éleva autour d'eux, dans la cour du refuge : les équipes de secours et tous les bénévoles avaient appris la bonne nouvelle…

Alice, Kiara et Bunji étaient en sécurité.

Sa famille.

Sa Kiara. Son amour.

Sa vie.

Trente minutes plus tard, Kiara grimpait dans un hélicoptère. Alice, emmitouflée dans des couvertures, était blottie contre elle, Bunji allongée à ses pieds.

Je vais les garder, pensa-t-elle alors que l'appareil s'élevait du ravin où Alice et Bunji avaient passé des heures épouvantables. *Si Bryn ne veut vraiment pas d'elles, elles resteront avec moi. Quoi qu'il en coûte… Bien sûr, je serai fauchée, mais si j'abandonne le refuge pour prendre un poste de vétérinaire dans un cabinet, je pourrai peut-être…*

Trop fatiguée pour réfléchir davantage, elle regarda les eucalyptus gigantesques qui entouraient le terrain de football de Birralong, où ils atterrirent. Une foule s'était rassemblée pour les accueillir

Tant de gens se souciaient d'elles !

Peut-être qu'elle pourrait rester au refuge, finalement ? La communauté pourrait l'aider. Et…

Les pales cessèrent de tourner, et comme des hommes en tenue de camouflage les aidaient à descendre, la première personne qu'elle vit fut Bryn, qui fendait la foule.

Il ne boitait plus, et fut près d'elles en quelques longues enjambées. Il attira Alice contre son cœur, puis passa l'autre bras autour du cou de Kiara, et les serra comme s'il ne voulait plus jamais les laisser partir.

— Bryn, murmura Alice, penaude, comme si elle avait peur d'être grondée.

— Peut-être que tu ferais mieux de m'appeler papa,

répondit Bryn en déposant un baiser sur le sommet de sa tête. J'ai eu tellement peur pour toi, ma chérie ! Je t'ai crue perdue. Alice, ce que tu m'as entendu dire l'autre soir était stupide. Toi et moi… on forme une vraie famille. Une équipe. Et si tu es d'accord, on va rester ensemble pour toujours.

Alice hocha la tête et se lova plus étroitement contre lui. À ses pieds, Bunji assistait à cette scène, comme un membre à part entière de cette famille.

Puis, Bryn s'adressa à Kiara d'une voix tremblante :

— Tu te souviens de ce que j'ai dit à propos du mariage ?

Elle ne répondit pas.

Les gens s'agitaient autour d'eux maintenant, journalistes et badauds. Le brouhaha était assourdissant mais elle n'entendait que Bryn.

— J'aimerais reprendre la conversation que nous avons eue à ce sujet.

Malgré le vacarme ambiant, c'était comme s'ils étaient seuls au monde, un monde où, comme par magie, tout était selon leurs désirs.

— Je me suis trompé, lui dit-il en resserrant son étreinte. Kiara, je t'aime plus que tout. Veux-tu m'épouser ?

Ils passèrent leur lune de miel dans le Queensland. Bryn aurait pu penser aux Bahamas, à Hawaii, aux Maldives, à un endroit exotique et sensationnel. Mais avec Kiara, ils décidèrent de faire de ce voyage une affaire de famille. Ce qui signifiait rester en Australie pour que Bunji puisse être de la partie.

— À partir d'aujourd'hui, nous formons une famille, avait déclaré Bryn, alors passons ces premiers moments ensemble.

Et quand Kiara avait suggéré qu'ils aimeraient sans doute avoir un peu de temps seuls, Bryn avait pensé à Maureen, maintenant presque guérie et de retour auprès de son Jim bien-aimé. Bien qu'encore un peu fragile, celle-ci avait très envie de passer du temps avec Kiara et Alice, qui avaient toutes deux déclaré qu'elles seraient ravies que Maureen et Jim se joignent à eux.

Ils choisirent comme destination l'une des îles qui bordent la Grande Barrière de corail et louèrent deux villas en bord de mer, mais Hazel déclara qu'il était hors de question que sa meilleure amie se marie sans elle. Cela signifiait qu'il fallait louer une autre villa, car Hazel voyagerait avec son tout nouveau mari, Finn.

Kiara Brail et Bryn Dalton se marièrent enfin, par un matin magnifique, sur une plage immaculée et baignée de soleil.

Bryn se tenait sur le sable, devant le célébrant, sous l'arche de frangipaniers légèrement bancale qu'Alice, Maureen et Jim avaient construite avec amour et dans la bonne humeur. Derrière lui se trouvaient Maureen et Jim, puis Hazel et Finn – accompagné de sa fille et de sa petite-fille –, et enfin deux chiens : Bunji et Ben.

Bryn songea qu'il devait beaucoup à Bunji, et que cette petite chienne, finalement, l'avait sauvé. Grâce à elle, il avait une seconde chance avec Kiara, et avait l'impression que sa vie commençait en ce moment même.

Il avait déjà accompli d'énormes progrès. Il continuerait à faire de la médecine parce que c'était un métier qu'il aimait, mais cela ne serait qu'une partie de sa vie. Il avait démissionné de son poste d'enseignant et de chef de service au Sydney Central, ce qui l'avait étonnamment soulagé. Ainsi, l'Hôtel des Animaux resterait leur foyer, leur point d'ancrage. Grâce à son argent, et avec le soutien de Hazel et de Finn, cet endroit serait bientôt le meilleur refuge qui soit, et ils y seraient heureux pour toujours…

En descendant la dune, Alice et Hazel, demoiselles d'honneur vêtues de sarongs assortis, étaient radieuses.

Mais la reine de la journée, c'était Kiara, son épouse,

simplement vêtue d'une robe blanche en broderie anglaise sans manches qui soulignait son corps de rêve. Ses boucles noires étaient nouées en un joli chignon, et Alice avait piqué une fleur de frangipanier dans ses cheveux.

Alors qu'il se retournait pour la regarder s'avancer vers lui, Bryn se dit qu'il était l'homme le plus heureux du monde. Elle était sa Kiara. Son amour. Sa vie.

— Êtes-vous prêts ? demanda l'officiant.

Quand Kiara leva les yeux vers lui, il crut que son cœur allait éclater.

— Oui, nous sommes prêts, murmura-t-elle. Prêts à passer ensemble le reste de nos vies.

Retrouvez prochainement, dans votre collection

BLANCHE

Le patron des îles, d'Amy Ruttan - N°1616

SÉRIE : L'HÔPITAL DES CARAÏBES - 1/2

Alors qu'elle se rend sur les paradisiaques îles Vierges pour participer à une opération domino, le Dr Victoria Jensen découvre avec horreur que le chef de la chirurgie n'est pas un inconnu pour elle. Durant leur internat de médecine, Matthew Olesen la rendait folle, et elle était folle de lui ! Pas question cependant de se rappeler les nuits merveilleuses qu'ils ont passées ensemble ni leur séparation houleuse. Ils sont réunis pour travailler, rien de plus !

Un mariage au paradis, d'Amy Ruttan

SÉRIE : L'HÔPITAL DES CARAÏBES - 2/2

Seule et enceinte, Alexis croyait avoir trouvé l'endroit parfait pour élever son enfant. Les îles Vierges, où elle exerce son métier de sage-femme, est un havre de paix – et elle y est heureuse. Hélas, elle sera bientôt expulsée… à moins qu'elle ne se marie ! Acculée, elle accepte bientôt la folle union de convenance que lui propose le Dr Marcus Olesen, qu'elle vient de rencontrer…

Princesse ou médecin, de Becky Wicks - N°1617

Depuis toujours, la princesse Adrienne subit la curiosité des médias. Or aujourd'hui qu'elle a troqué sa tiare contre un stéthoscope elle n'a qu'un but : se faire oublier ! Tout ce qu'elle souhaite, c'est honorer sa fonction de médecin en soignant ses patients. Fraîchement débarquée à Naples où elle travaillera sous l'égide du très respecté Dr Franco Perretta, saura-t-elle lui prouver qu'elle est bien davantage que l'héritière privilégiée d'un royaume ?

Une famille pour Morgan, de Traci Douglass

Ely. Ce prénom, murmuré sous les étoiles dix ans plus tôt, Morgan ne l'a jamais oublié. Pas plus que son ténébreux propriétaire… Le revoir sur l'île Whidbey où elle doit prendre son nouveau poste à la clinique locale lui cause un choc terrible. Il est toujours le même, ou presque. Devenu papa, Ely est aussi médecin – et son nouveau confrère !

Leur mission : sauver des vies.
Leur destin : trouver l'amour.

BLANCHE

HARLEQUIN

Seconde chance aux urgences, de Sue MacKay - N°1618

Quand Chloé croise le regard du Dr Devlin Walsh, le nouvel urgentiste de l'équipe, elle est projetée des années en arrière. Dans une autre vie, tous deux étaient fiancés, mais son grand amour l'a quittée parce qu'elle n'appartenait pas au même monde que lui, lui brisant le cœur au passage. Sauront-ils aujourd'hui oublier leurs différends pour travailler ensemble ? En infirmière chevronnée, Chloé s'en fait la promesse...

Le baiser du boss, de JC Harroway

Pour son premier jour au City Hospital de Londres, Darcy espère faire bonne impression sur son chef, le Dr Joe Austin. Hélas, ce dieu de la chirurgie se révèle hostile à son égard, comme s'il doutait de ses qualités de médecin. Qu'à cela ne tienne, Darcy est résolue à lui montrer la professionnelle accomplie qu'elle est. Et, pour cela, à ignorer l'élan de désir qui la pousse bien malgré elle vers cet homme insupportable...

Retour à Wildfire, de Meredith Webber - N°1619

SÉRIE : WILDFIRE, URGENCES MÉDICALES - 1/6

En revenant sur l'île de Wildfire, Caroline ne s'attendait pas à revoir Keanu Russell, celui qu'elle considérait comme son grand frère autrefois. Quelle n'est donc pas sa surprise quand elle apprend qu'ils travailleront dans le même hôpital ! Si Caroline s'en réjouit d'abord, cette collaboration s'avère vite délicate. Car, au fil des jours, elle sent naître pour Keanu des sentiments inédits. Serait-elle tombée amoureuse de son ami d'enfance ?

La petite fille du Pacifique, d'Alison Roberts

SÉRIE : WILDFIRE, URGENCES MÉDICALES - 2/6

Ainsi, Luke est de retour à Wildfire... Anahera est bouleversée : elle risque à tout moment de croiser l'homme qu'elle a follement aimé quatre ans plus tôt... et qui l'a trahie de la pire des façons. Cette confrontation, elle la redoute au plus haut point : elle craint de retomber sous le charme de Luke, mais surtout il lui faudra bientôt lui révéler qu'il est le père de sa petite Hana...

Leur mission : sauver des vies.
Leur destin : trouver l'amour.

HARLEQUIN
www.harlequin.fr

BLANCHE

HARLEQUIN

Pour le bonheur d'Alfie, de Karin Baine - N°1620

« Maman… » Le jour où le petit Alfie l'appelle ainsi, Charlotte sent la panique la gagner. Certes, elle vient de partager des moments exquis avec Hunter, le père de l'enfant, mais ses priorités n'ont pas changé : seule sa carrière de médecin compte. Bouleversée, elle préfère alors couper tout contact avec Hunter et Alfie, qu'elle aime pourtant déjà comme sa famille…

Sept jours pour s'aimer, de Louisa Heaton

C'est folle de joie que Belle pénètre dans le parc de Yellowstone. Voilà des années qu'elle souhaitait participer à ce trek ! Mais soudain son cœur manque un battement. Dans le petit groupe de randonneurs qui l'attendent, elle aperçoit Gray Mc Gregor, l'homme qui l'a abandonnée devant l'autel le jour de leur mariage. Comment pourrait-elle vivre à ses côtés une semaine entière ?

Leur mission : sauver des vies.
Leur destin : trouver l'amour.